DIE WELT IM RÜCKEN
背向世界

THOMAS MELLE

〔德〕托马斯·梅勒 著
沈锡良 译

人民文学出版社
PEOPLE'S LITERATURE PUBLISHING HOUSE

著作权合同登记号　图字 01-2018-4282

Thomas Melle
Die Welt im Rücken
© 2016 Rowohlt Berlin Verlag GmbH, Berlin, Germany
Chinese language edition arranged through HERCULES
Business & Culture GmbH, Germany.

图书在版编目(CIP)数据

背向世界/(德)托马斯·梅勒著;沈锡良译.
—北京:人民文学出版社,2018
ISBN 978-7-02-014555-3

Ⅰ.①背… Ⅱ.①托… ②沈… Ⅲ.①自传体小说-德国-现代 Ⅳ.①I516.45

中国版本图书馆 CIP 数据核字(2018)第 189985 号

责任编辑	卜艳冰　何炜宏
装帧设计	钱　珺

出版发行	人民文学出版社
社　　址	北京市朝内大街 166 号
邮　　编	100705
网　　址	www.rw-cn.com
印　　刷	上海盛通时代印刷有限公司
经　　销	全国新华书店等
字　　数	200 千字
开　　本	890×1240 毫米　1/32
印　　张	11
插　　页	2
版　　次	2018 年 10 月北京第 1 版
印　　次	2018 年 10 月第 1 次印刷
书　　号	978-7-02-014555-3
定　　价	49.90 元

如有印装质量问题,请与本社图书销售中心调换。电话:010-65233595

序 言

1

我想跟你说说损失的事。事关我的图书馆。这个图书馆现在没有了。我失去了它。

我们正儿八经谈及这一话题是在一次饭局上,安排那次饭局是为了表示对我的敬意,因为我取得了一点小成绩。参加这样的饭局我觉得不舒服,可我不想扫其他人的兴致,而他们说是为了让我开心。总而言之,这次活动后来也搞得非常成功。

坐在我旁边的是亨莉,事实上她有一个好听得多的名字。我对她有某种偏爱已有一段时日。我们倾心交谈,几乎亲密无间。我猜想这样的亲密无间更多的是来自她温柔而从容的态度,而不是来自真正的亲近。我们就像往常那样谈论文学,而且我并没有给她留下最好的、让人容易轻信的印象,而是向她透露,我已不再拥有图书馆了。

这是我不由自主地顺势而为的一时冲动。一段时间以来,我要比之前更坦诚地对待我的损失和缺点,尽管这些自白始终充满羞耻,也让人费力。要展现自己的灾难,有点叫人讨厌;

可若是不说出来，一旦引发什么后果的话，那就更令人生疑。东道主贝尔特拉姆在桌子的另一边无意间听到了具体细节，于是我们谈起了在生命过程中图书馆这种缓慢而又持续的增长，尤其谈到了原材料和资料堆积如山，对有些人而言它们在数十年间成了个人身份的并非毫无意义的一部分。我们俩达成一致意见，即这样的一种损失一定是相当叫人受不了的。然后我俩不再对话，我重新转向亨莉，倘若我们的对话不该显示出引人注目的空间，我仍然必须向她透露我的图书馆消失的原因。于是我显得比较随意轻轻告诉她，声音如此之轻，我平时是不大这么说话的，可她自己说话也很轻，几乎听不明白，尤其是她坐在我的左侧，或是受到耳鸣困扰的那边：我是个双相障碍患者。我估计她之前知道。或者她知道点什么。每个人都知道点什么。

英语中有个著名的措辞"房间里的大象"，描述的是被人无视的一个众所周知的问题。也就是说，房间里有一头你不可能视而不见的大象，然而谁也不去谈论它。或许那头大象很难堪，或许它的在场太过明显，或许人们以为，尽管它几乎把人逼到墙角，但它终究是会走的。我的疾病就是这样一头大象。被它踩碎的那只瓷器（为了马上用第二幅画面让它踩踏）还在我的脚底下嚓嚓作响。我还谈什么瓷器。我自己都躺在瓷器下面了。

以前我曾是一名收藏家。我沉溺于文化，花了数十年时间建造了一座宏伟的图书馆，我满怀炽爱持续不断地对它进行补充和扩展，直至细节。我的心牵系在这些图书上，我也喜欢了解所有作家的背景，这些作家曾经给我留下了深刻印象，让我深受鼓舞，包括那些同行，他们的新作一再让我注意到，时代在前进，那些东西在发生变化。这些书我并没有全部看过，但所有的书我都需要。我也可以随时查看我想要查看的书籍，可以重新或者初次沉浸在某本书中。我的音乐收藏室同样很可观，独立音乐，电子音乐，古典音乐。收藏室和图书馆也成为展示我个性的组成部分。将一个人的自我形象投射到他周围的那些东西上是很少见的。不过更为少见的则是，并不是真心愿意把那些东西贱卖了。

二〇〇六年，我卖掉了图书馆里的绝大部分图书，尤其是古典作家的作品。突然之间，我这个躁狂症患者觉得那些我先前喜欢的书籍成了包袱，我想尽快地摆脱它。二〇〇七年，我处在抑郁症阶段时，对这样的损失深感痛惜。一个收藏家让他深爱的对象流离失所，要想重新收回已无可能。我在遭受巨大损失的收藏品之间忍耐了三年，然后又得了躁狂症，那年是二〇一〇年，我又卖掉了剩留下来的准图书馆里的绝大部分藏品，包括所有的CD以及商贩还能接受的唱片。我把其余的东西也扔掉了，其中就有我的很大一部分衣服。二〇一一年，我从错乱的精神恍惚中重新醒来，对我从前那么喜欢而现在已经失去和贱卖的一切感到震惊。

至今我依然惦记这些图书。我多半在说服自己，即便在正常的精神状况下压缩图书馆规模也不是最糟糕的主意（但只不过是压缩而已！），或者等到将来某个时候，为了让自己沉浸在新的自由的极简主义之中，我本来就会对持续不断的归档和储藏感到厌烦：白色墙壁，一张沙发，一张摆放着格哈德·里希特作品《蜡烛》①的桌子，其他什么也没有。可做出的那些决定受制于疾病。没有自由的意志做支持，时至今日，那些空荡荡的墙壁、房间里的回声还在嘲讽我，极端地说，那是说明了人生尝试的失败。

亨莉不知该说什么。她注视着我，点点头。然后确信自己明白这样的情况，即便她恐怕一开始就无意和我一起比较我的身体素质和她的身体素质。我们还在继续谈论那些情况，这些精神上强有力的高压区和低压区，我都不愿意或者无法描述，我的疾病对我的生活真正意味着什么。没有进一步的灾难性细节从我的嘴里流露出来。图书馆的话题必须暂告一段落了。然而，和她谈论此事没有什么好尴尬的，那种信任可以感觉得出来，不过那种蔓延开来的距离也同样可以感觉得出来。现在可以说的是，那种疾病更清晰地横亘在我们之间，但我并不后悔和她说过这事。三四周之后我们相爱了。可我们无法相聚在一起。我的疾病让她感到恐惧，她的旧贵族式的、从世道常情看几近狭隘的家庭让我感到害怕，而在如梦似幻一般度过一周之后，我们知道我们之间实际上没有空间，即便我们还要长达数月之久倔强地尝试反对所有外来的和自己的异议。自此以后，对我的图书馆我仅仅和她说过很少的细节，虽然她是我可以、

---

① 格哈德·里希特（Gerhard Richter，1932— ），德国画家、雕塑家和摄影家。1971—1993年担任德国杜塞尔多夫艺术学院绘画系教授。他是目前健在的在艺术市场上最有价值的德国艺术家。其作品《蜡烛》创作于1983年，在2008年苏富比拍卖行拍得1057万欧元的天价。

而且是必须告诉所有这一切的那些人中的一个。本书敬献给这类不可能的事情——以及一种可以立即收回的爱。

2

和麦当娜做爱的时候，我一时感觉不错。麦当娜的精神状态还一直棒得出奇，不过这基本上并没有让我感到惊讶。大家确实可以看到麦当娜大约二〇〇六年在跑步机上挥汗如雨，在《念念不忘》的视频中尽心尽力做健身达人的场面，她的单腿前蹲动作越来越绷紧，越来越极端，作为一个有着柔性曲线的橡皮人，可以按照自己坚强的意志塑造身体，将这种过眼云烟踢进太过柔软的屁股里。现在我成了这些努力的得益者；现在我终于从她汗流浃背的体力劳动中收获了果实——我，那个我同样也在最近几个月明显消瘦，也对这个过程或多或少完美无缺地提供证据，在我每天破坏和更新的博客上。那现在是时候了，我也可以毫不思索地从奥兰尼大街引她出去。为何我该感到意外呢？她一辈子都在唱着关于我的歌。

就跟比约克[①]一样。不过这段时间她让我的神经彻底受不了了。她在我周围的咖啡馆和酒吧里无望地忙忙碌碌，试图以她沙哑的女妖歌喉俘获我的心。她难道不一直是我真正喜欢的流

[①] 比约克（Bjork，1965— ），冰岛歌手。因在电影《黑暗中的舞者》中的出色表演而荣登戛纳影后宝座。

行歌手吗？究竟为何现在突然变成麦当娜了？呻吟声似乎从她那里发出。可是和麦当娜不同的是，比约克没有始终不渝地进行自我教育，没有持续不断地重新杜撰和蜕皮。比约克似乎认为，因为戴着电影《黑暗中的舞者》里主角塞尔玛的那副眼镜和她那种不修边幅、筋疲力尽、祈求怜悯的形象，她或许可以开门见山地重新挑起我年轻时对她的爱恋。在不见阳光的寻常咖啡馆里，她想要结识我，头发里插着落叶，娇滴滴地说着令人费解的话，然后一无所获地溜之大吉。和科特妮·洛芙①相似。

我几乎记不得和麦当娜发生过真正的性行为了。她既不特别疯狂，也不特别无聊。因为麦当娜根本不是性感女郎，正如"猫王"埃尔维斯·普雷斯利也不是性感男人一样。众所周知，一个情人提及他时说，她感觉他在床上犹如一个笨拙的小小孩，包括咬啮反射到喝下母乳。麦当娜和乱伦无异，似乎在我身上看到的还一直是她的儿子，那个堕落的耶稣，她想强迫他口交："我跪下我的膝盖，我希望你带领我"②，因此，这种异端邪说根本没有对我射门，我们的做爱散发出被禁止的气味。不久，我就认出在我身下的那个老太太，肉体现在动用起来更柔软，都柔软得不得了，所有的面具都已掉下，那些涂鸦被众多的笑声吸引至皮肤深处。对，所有的面具都已掉下：除了书店橱窗映照出我的那种狼似的冷笑之外。麦当娜露出她的长牙。我们打量过橱窗里的图

---

① 科特妮·洛芙（Courtney Love，1964— ），美国女歌手。
② 美国流行女歌手麦当娜演唱的流行摇滚歌曲《宛如祈祷》里的歌词。

书，我们的目光相遇过，我这边是认出了她，她那边是会心一笑，我们没有再多发出一个信号，便急匆匆地奔往我在科特布斯门那个破败的住所，湿漉漉的焦油是我们脚下的一面黑色镜子。她干干脆脆地跟我过来了。我还知道我一开始很惊讶，她保养得有多么好，差不多就像是上世纪七十年代末裸体照片上显示的那样，但我也不得不承认，我马上觉得她的乳房比设想的、比被媒体或者被她自己伪装的要硕大无比得多。至少得取出两个小篮子大小，然后大约就对头了。可是，此刻小题大做地进行判断的我是谁，即便麦当娜几乎可以说在我的目光之下变得憔悴？或者更确切地说：让她失望的我是谁？我们俩等待这个时刻已有数十年了。我放弃了其他的想法和评价，把她想据为己有的东西给了她。次日上午，她合乎身份地消失了，没有留下电话号码。麦当娜就是这样。我没有对她做出另外的评价。

  明星们突然从各种缝隙里爬出来，这我知道。情况一直如此。我刚刚重新意识到我那无法形容的作用，我刚刚开始发出正确的信号，他们就蜂拥在我周围，正如星星围绕在它们的黑色窟窿周围一样。我把它们全部吞噬掉了。在我和麦当娜一起坠落之前，MCA 在我四周游荡，"野蛮男孩乐队"中这个善良的成员，可惜现在已经去世的 MCA，为的就是要检查一下我在这个遭上帝摈弃的夜晚究竟做了些什么。和那个经常且在四处潜伏的维尔纳·赫尔佐克[①]不同，是一个内心纯粹高尚的人。他

[①] 维尔纳·赫尔佐克（Werner Herzog, 1942— ），德国导演。

稍稍伸出拇指暗示我一切没有问题，我和麦当娜就可以问心无愧地行动起来了。因为MCA本人是一个闪耀人性光芒的流行音乐人，他点头的东西，无论从政治上还是从道德上都是正确无误的，不管是变装王后站在"玫瑰"酒吧前在我们后面发出尖叫，还是在"牛至比萨店"前对着年轻的土耳其人，而那些变装王后怀疑地打量他们，懒得搭理他们。他们应该从内部处理他们的蔑视行为，但这和我们没有任何关系。即便，谁知道呢——我不是数周前就帮助过那些变装王后了吗，因为我站在他们和好斗而结实的说唱暴徒之间，并且在最后，当歌手们出手打人时，我还是叫来了警察。我，警察！小题大做。可土耳其人理解我的行为，并没有动我的一根毛发。最后我和他们一起出现了。这一点影响很大。对我，尤其对他们。变装王后们亲吻我以示谢意。

麦当娜走的时候，她就走了，什么事也没有发生过。那个时候大多就是这样：我经历过一件事情，它在前意识阶段就已经为大量的骚动和丑闻担惊受怕——可现在，任何可能的轰动事件都烟消云散，不管我此刻戴着手铐"被拘捕了"，还是被麦当娜引诱了。我确实也没有和任何人说起这事，或者顶多在几周之后，在完全受威士忌困扰后躺在一张重新被弄得乱七八糟、已然变得陌生的床上时。发生的那些事需要全身心投入，却毫无结果。每一天犹如转世一样，而必须出现一种崭新而更强烈的刺激，才能让那种意识得到安宁。可昨天就像一场新近输掉的战争一样被排斥在外了。

3

仅仅这个词:"双相"。这是排斥其他概念的那些概念中的一个,因为据说它们通过摆脱对这种歧视性的元素的命名而更恰如其分地评价这件事。被伪装起来的委婉语,它们运用重新命名的方式拨掉了它们对象上的硬刺。但是最终,"躁郁症"这个古老的概念很合适,至少在我的病例中要好得多。我先是得了躁狂症,然后是抑郁症:非常简单。首先是躁狂的阵发来了,对大多人而言持续几天至几周,对少数人而言最长持续一年;然后紧接着是负量症状,即抑郁症,那种完全的绝望,只要它没有被冷酷无情的空虚瓦解,然后被变形为模糊的无定形性。根据患者的不同,这个阶段也可以持续几天至两年,或许还要更长。我是属于使用年卡的那些人中的一个。当我滑倒在地或者向高空飞翔,那就需要很长时间。然后我就忍不住了,不管是在高空飞翔还是滑倒在地。

除了这些完全现有的改名带来的正面效果,比如将混合和温和的疾病形式包含在内之外,我们要对"双相"这个词一起给出某种技术性解释,它将抑制这种概念真正的灾难性含义,然后将其划入有案可查的那种:这种不幸作为对消费者友好的"专业术语"。这个词是如此自由散漫,以至于有些人还一直不知道,它究竟表示什么意思。于是无知的言论可以讲上几天几夜。受过良好教育的公民对"双相性"的概念很难下手——何以首先将它和病征联系在一起呢。这一点不必苛求,上述事物对人们而言还一直完全陌生，叫人毛骨悚然。这个词很廉价，但真相却令人震惊。在这里，那些正常人，即便被神经官能症、恐惧症以及真正的疯狂困扰，但他们个个都讨人喜欢，个个都眨眼示意合成整体，而那里的疯子无休止地抱怨自己的不理解，干脆不再顺从，不去讥讽或者用幽默加以比较。这是疯子的命运：他们的不可比较，成为剩余社会的生活而丧失了任何一种关系。病人是背离社会习俗者，并且必须避免作为这样的人，因为他是无意义的象征，这样的象征很危险，尤其是对于这种名叫日常生活的脆弱的感官工作构想。病人和恐怖分子如出一辙，从这个社会制度中掉下来，然后落入敌人的无知深渊。而且残酷的是，他甚至也无法理解自己。他应该如何让他人理解自己呢？他只能接受自己的无法理解，试图与之继续共处。因为他什么东西都没有透明，他的内心生活没有，外部世界也没有。那些医疗声明是医生理性的样板，他们愿意促成一种前后关系，以便帮助病人摆脱丧失自我的打击：就是说，那些神经元火力太强了；因此每一次重压都会产生不良后果。可上述的更换声明大约和真正的疾病经历有着很大的关系，犹如制动系统的功能描述和多次碰撞的事实相关一样。人们拿着使用说明书站在事故面前，试图在图表中找到残骸，它们可是如此生动形象地躺在一个人面前。可人们什么东西都没有找到。那些事实驱散了这种声明。事故并不在这种结构里有过规定。

或许最好不过的则是，一个人作为精神病人——正如他在疾病突发之时幸免于难一样——让自己永远停下来，另外尝试在没有强烈反省和苦思冥想的情况下艰难度日直至最后。反正绝大多数的情况都很无望。主动地并且分析性地研究自己的疾病，努力并痛苦着，而这一点很危险。

我成了一个有传闻有故事的人物。每个人都耳闻一些。他们无意间听到了这件事，再把或真或假的细节传播出去，而若是谁还没有听说过，有人得事后马上用手掩着告诉他。它不可分割地渗入我的书里。那些书不谈及任何其他东西，却试图以辩证法的方式掩盖这些东西。这样下去可不行。虚构必须暂停（而且当然从背后继续发生作用）。我必须夺回我的故事，如果这些原因无法反映出来，如果它们无法在那些结构图中找到的话，我就必须通过精确描述这些事故而让那些原因突然现身。

原因，原因，原因。你去看十个治疗师，你就有一百个原因。无论如何，所谓的"易受伤害性"一再被重新确定：按照字面意思，就是容易受伤，虽然它首先只是指精神疾病缺乏抵抗力，但也完全可以被解读为脸皮薄，是一种过分敏感的感受性，它让日常世界很快变得不堪忍受。太多的感觉、太多的视线，以及他人的思维始终被一起计算，因此外部看法充斥着内部视野。比如，进入一个公共空间、一座戏院或者一家酒吧，扎进这种充满社会紧张氛围的地方，会立即增加这类易受伤害者的负担。这种场所出现危险的可能性是多种多样的。在那里，随便闲聊一下就会掉入陷阱，在场者的目光像是疾病发作一样突然出现，闲言碎语令人心神不定，仅仅是旁人闲站着就会导致一

序言

个人完全不知所措。易受伤害者若是不愿意在自己的社交恐惧症中完全消失，就必须一再克制自己。由于很少有抵抗能力，还被所有这些外部东西弄得杂乱无章，他避免这种社会性的东西，而一旦曾经学过这种东西，他就荒废它。或者强迫用酒精和毒品使自己变得不敏感。于是开始使神经元家庭晕头转向，然后让它慢慢地跌倒。或许。或许是一个理由，一个原因。

所以，有一个数字，所有的双相障碍患者中百分之六十都有滥用药物的经历。究竟是疾病造成了滥用药物，还是滥用药物造成了疾病，或者说这是相互影响的呢？这一点还不是很明朗。如果把原因弄明白了，那么它们将变得显而易见和破绽百出。一方面，那些原因将这些澄清的模块托付给一个人，人们可以藉此使自己和他人平静下来，而且是依据所谓的精神创伤。另一方面，绝没有任何东西可以成功，它们是简单化的东西、咒语，因此全是谎言。医学始终是一种探索中的科学，"试错法"已有数百年之久。药物大多归功于偶然的发现。心理学深受原因和作用的逻辑的影响。而到最后，就连打哈欠的问题都还没有被澄清。

我只能说：如此这般的事曾经在我身上发生过（但愿这样的事再也不会发生）。这其中的原因是什么，后果是什么，以及疾病中并不震惊的情况，最终都无法予以确认。也就是说，我必须讲述，以便使它更容易理解。

一九九九年

1

"有什么不对。"

我们可以就此达成一致意见。卢卡斯尽管说的事和我的不同,但他很聪明,认为这个句子很普通,因而我也可以同意他的说法。也就是说有什么不对。我说的是:这个世界不对。他当然说的是:我不对。

一只公鸡在叫。这是用一只公鸡表示一个开玩笑的对象,一旦移动,它就会自动发出细弱无力的声响。安德里亚斯手里举着那只塑料公鸡,让它重新发出呱呱叫声。或许这是一种类似不知所措的玩笑,是对触发我的妄想症的一次揶揄:这是一个信号,一个符号,一个叫声,不错。这是给你的。而且它什么也没有。它是一个玩笑。醒醒吧。

我妄想的第一个夜晚已离我很远,现在已经难以想起。尽管心惊肉跳,但我无疑睡着过了。我肯定也用喝啤酒的方式使自己心平气和起来,医学专家确实将它命名为自我用药。因为那些评价如此迅疾地发生变化:刚刚还是一个懒惰之人的酩酊大醉，一夜之间成了一个病人的自我用药。

朋友们一筹莫展地围坐在我身边，每天早晨，在厨房桌子旁。如此这般的事他们还没有碰到过。有人有一次谈及一名学法律的女大学生，她在毕业考试前一天突然发火，在电话机旁冒充自己是她的外婆。这当然引起了我的兴趣，因为我易受这种故事的影响。现在我本人正要成为这种故事的主角。而朋友们先是坐在那里，不知该说什么。他们看着我，从默不作声直至困惑不解。

在情绪激动之下，克努特是唯一试图打破这种诅咒、打破这种不知所措的人。"可这一切完全不对劲呀！"他打破沉默，涨红着脸嚷道。这是一次很好的、几乎是一次伟大的尝试，只是做得太过难得了。这样的一句话不会从一位大夫的口中说出来，恰恰相反，在病人的对话中什么都不会被否定，一切只是被记录性地重复："那么所有的人都认识您吗？"——"是，所有的人都认识我。"——"从何时开始？"——"从……我不知道。"——"啊哈。"——"啊哈。"——"那您听得见声音吗？"——"什么？"——"声音？您听得见吗？"——"是，您的声音。非常清楚。"——"我不是指这个。其他声音呢？"

然后，一声"是"自动地表示"精神分裂症"，一声"不"表示还什么也不是，它让所有的选项搁置在"多项选择法"里，这种多选法对病人的回答永远不会产生怀疑，对所有的一切点头同意。这样的做法有其久经考验的意义，而绝大多数的偏执狂当然难以改变自己的信念。可有时我问自己，是否负有使命的主管机构的呼喊声——妄想症的一种简单的否定,或许是顺带的,以事情无关紧要的口吻——难道不会很有帮助吗:"顺便说一句,您想的东西不对,可是……"

无论如何,克努特尝试过。或者更确切地说,这种尝试从他口中肆意地突然蹦出,因为克努特有时是个容易发火的人,似乎想要为他的红头发增光添彩。

"可是这一切完全不对呀!"

我还记得自己当时盯着他看的样子,一道裂缝打开了,现实在那里出现了,前天的正常世界,那种我认识的还算牢固的秩序。我还记得就在其他人面面相觑的瞬间,我竟然相信了他几秒钟,我可以相信他几秒钟。难道我的想法就不对吗?这些想法确实首先出于感觉。或许它们真的不对。它们确实每分钟一次地发生变化,没有要害的地方,哪个地方都没有依靠,而且无形。可然后就对了吗?他的"一切"究竟是指什么?一定是什么东西出问题了,要不然我们就不会坐在这里。而头脑可能清醒的时刻已经过去,我重新陷入由毫无秩序的猜想组成的混乱之中。不过纯粹发自内心,没有说出口。

因为恐惧让我默不作声。不只是我的想法太过狂热和新颖,我竟完全无法将它们带到某一个概念里,更是出于害怕和惊恐,我基本上不可能完全张开嘴巴。我仍然太颠簸不定,被过去的一天弄得心力交瘁。恐慌昏昏沉沉地潜伏在我身上,我也不知道哪是上面,哪是下面,哪是里面,哪是外面。我只是不理解地看着朋友们,然后我的目光重新垂至桌面,一直定格在那里。

灰色天空无力地映照在油漆上。脑子里满是污泥。他们不是从前同样的朋友吗,同样的马上可以认出的熟悉的脸和人,可一切迥异,我们之间存在着巨大的陌生感,来自一种说不出口的界限。雄鸡又在啼叫。我从未感到过如此孤单。

"整个世界离我而去的那天。"① 人们必须用快闪而过的青春期那样设想这一点,迅速重新评估一切价值和观点,立即睁开眩花的眼睛,丧失纯洁,而这恰恰不是长达数年,而是一日之内,数小时内,差不多动动眼睫毛的时间。整个世界的结构突然之间与迄今为止假设的完全不同。原则和法则还没有看透,但令人痛心地感觉到了,直至神经发出了警告。那个新手在跌跌跄跄地走路,在埋怨,在咆哮,在沉默。他不明白,于是沉默无语。然后他怒吼起来,由于固执和恐惧。熟悉的东西不再有了,一切由陌生组成,自己成了一个外人世界里的外人。这种意识失去了任何依靠。

"那些人的态度那么怪异呀。"我支支吾吾地说。

"他们的态度当然怪异啦。因为是'你'的态度怪异!"

是吗?又是这种可能回头的短暂瞬间,这种正常化的突然出现,这种抓住杠杆的健全理智:对了,我的态度费解而怪异,我在城里奔跑,和陌生人拉家常。真奇怪,那里究竟怎么了?可转眼又起了念头:他们真的不陌生。他们认识我。从何时开始的?

当一切无济于事时,卢卡斯又一次逮住我不放:"有什么东

---

① 美国九寸钉乐队演唱的歌曲,原文为英文。

西不对劲。"于是我点点头，我可以赞同他的话。有什么东西不对劲，而且是原则性的，直至基础，直至事物的本质。必须上医院去，正如我的朋友们建议的那样。他们劝说我先离开家。

2

我像吸食过大麻一样恍恍惚惚地穿越大街小巷。只要我不集中注意力的话，混凝土似乎就在我的脚下塌陷；虽然我意识到这种感觉，但它马上又消失不见了。一切看起来被照亮得很假，那些房屋正面像电影布景那样摆在那里。氛围沉重而无情，一阵轰鸣声从远方传出，听不清，却有形地挤压过来，不如说是作为噪声的压力，就连空气似乎也变成了表面。我和世界之间昨天还没有界线，在各种征兆的恍惚中彻底瓦解；可现在我被身边的一切完全孤立起来。我在大街小巷辨认方向有困难，可我本来对这里的一切都很熟悉。然而再也没有本来一说。

在一家名叫"德意志之家"的土耳其餐厅里，我们吃着扁豆汤和肉丸。这是我多日来第一次吃东西。我吃东西感到很吃力，因为我感觉自己在被人打量，我害怕其他客人的目光。当一个摄像团队进入餐厅，迫使在座者表达对发生在前一天土耳其地震有何反应时，我几乎又想要把吃下的东西全部吐出来。我理所当然地将这架正在拍摄中的摄像机联系到我身上，即便它根本就没有往我的方向拍摄。这只是我的幻觉而已：有人从最高当局得到命令，想叫我准备好我的新角色。不管这种情况有多荒谬绝伦，克努特一定哈哈大笑了，因为他马上发觉摄像团队激发了我的妄想症。

我突然开始独白起来。安德里亚斯和卢卡斯的一个同学和我们会合，他戴着一副角边眼镜，流露出狡黠的得意神情，这样子马上使我有了好斗的冲动。我找到了一个新的敌人，他却完全没有做过任何恶意的事情。他只是谈到不知在哪一家东道主家庭，在一次消化不良之后，主人给了他一根香蕉。他说这个很有用。先前我本人一定也提到自己最近几天呕吐过多次，而这个香蕉故事大概可以作为一个建议。尽管这根"香蕉"毕竟是一开始几句话中的一句，我可以认定它们不含隐喻，但我还是阻挠了他的答辩，抛给他几句漂亮的评论，此外还将几个在我身边就餐的土耳其人称为"布列克馅饼皮条客"。安德里亚斯扑哧一声"傻瓜"，我只能报以咧嘴大笑。可我觉得自己好像只是装作咧嘴大笑，好像迄今为止只是伪装每一次咧嘴大笑，我的整个一生都是。然后我重新克制自己，好让人看出我已经不再理会这个戴角边眼镜的人，与此同时用眼神镇住摄像团队，清理我疯狂冒出的粗鲁想法。我认为在一台小电视机里看到灾难性后果的地震是策划出来的。有一瞬间我真想再次痛哭，然后突然发出一声太过响亮的大笑，完全非典型，连我都感到根本不同，因为我发觉让我突然产生好感的这个戴角边眼镜的人的笑话极其可笑。我又一次感觉自己像吸食过大麻一样恍恍惚惚，只是更加令人难以置信，勾出的轮廓更加模糊，感光更加过度，完全没有通常吸食大麻带给自己的那种愚蠢。我的眼睛看到了一切，却又什么都没看到。

晚上，我又独自一人在寓所了，又呕吐了三四次。那些我吃撑并且中毒了的痕迹必须离我而去。可是无济于事。它们存留在我心里。一切都存留在那里。

3①

在里面　　　　　　　　"这真是很简单"

14:32：我为之死去的任何死亡，是对真相的又一次出卖。为卢卡斯举办的惊喜派对暂且以把我安排到封闭病房而告终。一个人若是小便，厕所门通常都开着。一个正常的地方和任何其他地方一样，这不是新的经验。并不奇怪。我真想在"外面"一起写作，不是在这里的封闭病房。是谁毁灭了这些人？

马布斯博士：好棒。昨天不正常了。这里没有把手。我"没有外出"。梅勒先生（也可以是"迈勒"）今天没有外出，您或许可以给他带上一支香烟，诺勒斯先生？因为诺勒斯先生"值得信赖"。

15:12：我的朋友和朋友的朋友的阴谋。周四晚上卢卡斯

---

① 据作者介绍，本章节系作者发病时写下的真实文字，因此上下文之间没有正常的逻辑关系。

一九九九年

那里要召集一个和密谋有关的会议，他们要收集关于我的信息，天知道是哪些新的行动，又该引向何方。

玛格达可能也到场：玛格达背叛。很遗憾，一个人当然不是完全清楚，为什么对他本人而言真的只是一个普通而古老的笑话，而对其他人而言一个笑话可以使他们变成病人。因此，随随便便散发传单的行动而没有敦促性的人物，将成为自动安置到封闭病房的一次动机。发送和接收具有明显的非对称性。一个讨人喜欢的手势突然在那里掐住你的脖子。哪些机械装置在工作中？

"别为我哭泣"。①

11:30：我在这里也突然成了领袖角色，仅仅凭借我的到场。滑稽可笑。于是我扮演大夫，给出建议。甚至沉默时，我就是中转站，是所有人的朋友。昨天一位身子颤抖的旧式将军饭后过来找我，可能是冯·古斯特洛夫或者之类的，被微笑着的交感神经病便衣警察迈着细步缓缓领到我的桌边，然后对着我的耳畔咕哝着大多难以理解的独白，尽管可以看出，句子结构明确无误、井井有条，句法上也无可指摘，他提到了桌席问题，对此提出了可能的甚至并非必不可少的劝告，大家可以召开一次病人全体大会，他表示很抱歉在餐后小吃时打搅我；然

---

① 德国柏林"雨鸟"乐队（Rainbirds）的一首歌曲，也是该歌曲中的一句歌词，原文为英文。

后他又从几乎僵硬的嘴里轻声而细致地分离出含糊不清的瀑布般的话语。我说我理解他的建议,并说他给出的建议很好(我绝不想愚弄他),我说对这些建议我会好好考虑。"古斯特洛夫先生,我们走吧!"便衣警察第三次斩钉截铁而又和颜悦色地提出抗议,我们表示感谢后告别,古斯特洛夫现在更确切地说是口齿很清楚,回答道,大家无疑马上就要挡住自己的道了。

我阅读:罗伯特·格恩哈特①的《明亮的诗歌》,莱纳德·戈茨②的《献给大家的垃圾》《传教士》,卡图卢斯③和贺拉斯,一点点维特根斯坦。我觉得维特根斯坦恰恰是太疯狂了。尼克拉斯·卢曼④的完整篇:《社会、社会、社会》。

在吸烟室,有人在我周围聚众闹事。笔记结束。

17:32:昨天渴望。不一定,不,其实绝不是:在性行为之后,在具体的两个女性之后,她们的皮肤和亲近。没有更多。缺乏理解。为什么独自待着?这应该对谁有益?

如此悲伤。

一旦渴望持续地得到满足,那个所盼望的人便突然消失。关系的结束:括号和不自由。空话。

茶和可可饮料在粗暴的人群里,我在一根接一根地抽烟,

---

① 罗伯特·格恩哈特(Robert Gernhardt,1937—2006),德国作家和画家。
② 莱纳德·戈茨(Rainald Goetz,1954—),德国作家。
③ 卡图卢斯(Gaius Valerius Catullus,前84—前54),古罗马诗人。
④ 尼克拉斯·卢曼(Niklas Luhmann,1927—1998),德国社会学家。

正如奥拉夫·格迈勒（后来对他）那样，过滤嘴香烟。疯子想要与众不同者的浪漫：所有精神错乱的根源。而我则始终如一地，在每一个句子里，试图说："我是一个正常人。"你们咬吧，你们的目光终于不再打扰我。我避开你们的目光建造了一个房子，我说道，而你们，独自为自己建造了你们的世界。有人走进房间，目光首先落到我身上，我的本能察觉到了。眼前有黏状物——这也是为什么我不想再和 F 有牵连的原因。性行为在她那里是窥阴癖。我们看看他吧，我们的色情明星。《妖夜慌踪》①没什么好反对的。现在她是同性恋，很清楚。

别打开：关上。

循环论证：整个伦理学。新观点已经不新。

而且那些卑鄙无耻的事情无意之中发生了，以讥讽的方式，疏远的方式，言简意赅的微微一笑的方式。我一直发觉这很讨厌。究竟为什么这里的厕所里就没有小便池呢？这里不是只有男人嘛。这不就是男人的封闭病房嘛，难道是我理解错了？

9:02：穿着切·格瓦拉 T 恤、喜欢源自印度果阿邦迷幻舞曲电子音乐的可爱嬉皮士给我演奏"大举进攻乐队"②和凡·丹内③的歌曲《没有说一声》。一个从四月起因毒品引发精神病的

---

① 《妖夜慌踪》(*Lost Highway*)，由大卫·林奇执导的"21 世纪的黑色恐怖电影"，于 1997 年 1 月上映。
② 大举进攻乐队（Massiv Attack），一支活跃于 20 世纪 90 年代、来自英国布里斯托的乐队。
③ 凡·丹内（Funny van Dannen，1958—　），德国歌手。

花花公子在一块板上画了一条十字线,另一个往一棵植物上画了一个有花饰的阴茎草图。他说就说我吧根本不会想到哪怕在那块滑稽的黑板上画上一条粉笔线。不是我的舞台。

那个毒品花花公子问我是否要尿检一下。我说不用。

朝眼睛射击:粉笔、黑板、十字线(图画)

11:00:桑拿,却又如此遥不可及。①

13:45:只是稍稍打听一下:假若那些最小的、或许比通常情况更怪异的行动立即被密谋似地兜售然后最终真的用来对付一个人的话,人们究竟该如何信任最亲密的朋友?这个语言究竟怎么说?"用来"?对不起,什么,谁,用于什么?

异化的瞬间,意识中的时间闪光——

22:34:夜晚的烦躁不安。将军向所有人致以良好的问候,谈及火灾保险事。他在寻找自己的裤子。大家的脑子又出问题了。

玛格达在,人很漂亮。其他人也在,康拉德、卢卡斯、安德里亚、伊萨、克努特、安德里亚斯:时间很短。大家在玩一种名叫"母牛贸易"的棋类对弈。总经理拥抱我。奥拉夫·格迈勒

---

① 从习用语"如此近在咫尺却又如此遥不可及"转化而来。So nah(如此近在咫尺)和 Sauna(桑拿)发音相似。

一九九九年

（后来对他）说："你身上有着和阿纳尔①一样突然发作的毛病。"

总经理则回应道："我能叫您总经理先生吗？"

我们以军事手段行事：安睡

在经理室床上安睡，我们就这么做

诗人这段时间稠密、高声而流畅：

"七个朋友，"他责骂我道——

"谁也没有激动。"（我在玩"母牛贸易"时）

17:47：和乌尔里希·雅奈茨基联系，马上下个月。抽烟和看看。等待最终解决，抱歉加上了"终"字，我不希望有任何恶意的事情。我很好。很好但是病了，在精神病院。原因何在？原因何在？

18:34：可能的讨论课和博士论文题目

维特根斯坦的裸体

文学中的睡眠

文学中的分析哲学

二十世纪文学中的导弹

二十世纪文学中的妄想症

托马斯·品钦②和德国唯心主义最古老的系统程序

---

① 后文将提到托马斯·阿纳尔这个人。
② 托马斯·品钦（Thomas Pynchon, 1937— ），美国后现代主义文学代表作家。

布林克曼①和戈茨的恶心

百无禁忌的戏剧——萨拉·凯恩②和维尔纳·施瓦布③

精神分析批评

数字朋克和神经生物学

贝尔恩德·阿洛伊斯·齐默尔曼④——时代作为球体和抑郁

小心你的表面：有创造性深度的写作

哈，哈哈，哈哈

哈哈哈哈哈哈

0:01：在值夜班，自然而然吗？

在流亡中

4:03：失眠

穿越至二〇〇八年

很遗憾我看不到你，正如你看不到我。

　　　　（摘自一九九九年九月十七至二十一日我的笔记）

---

① 布林克曼（Rolf Dieter Brinkmann，1940—1975），德国诗人和小说家。
② 萨拉·凯恩（Sarah Kane，1971—1999），英国当代著名戏剧家，是西方"直面戏剧浪潮"的重要代表人物。
③ 维尔纳·施瓦布（Werner Schwab，1958—1994），奥地利剧作家。
④ 贝尔恩德·阿洛伊斯·齐默尔曼（Bernd Alois Zimmermann，1918—1970），德国作曲家。

4

第一次去精神病院大多会留下创伤。你越过了边界，大门关闭了。在这里，福柯不会帮你的忙，将推理的直至具体的权力关系和排除机制的字母逐一拼读出来也不会帮你的忙：妄想的理论和历史不再和任何人有关。在这里，人们被迫面对诊所，不，人们成了诊所的部分和对象，这个诊所摆脱了任何主观的影响。就让你建立起来的所有的自我形象见鬼去吧。哪儿有什么东西不对劲，你现在就在哪儿。叫嚷声和吧嗒吧嗒的噪音在欢迎你。还有一种承载着负担的寂静，弥漫着类似当沉默的人对某事期待太久了的那种寂静。只是病人们等待的并非特定的东西。顶多等待下一次吃药，等待第一次外出，但毋宁说是等待最终解脱。他们漫无目的地等待。这是一个陌生而有规律的世界，一个直抵官僚主义细节的阴森可怕的世界，恰好驻扎在普通疾病的世界旁边，和 X 光研究所离得很近的一栋房子，矫形外科上面的一个楼层。

突然之间，你就踏进了妄想的王国，它的气味、幻觉、神情和表现。我想起和一位身强力壮的经理模样的大夫做过一次录音对话，他因为男性的实用主义令我对他很有好感。我想到我立即同意住院治疗，可能是出于有趣、感兴趣或者为了使坐在我旁边的朋友们平静下来。他们对我做了相应的研究，并许诺定期看望我。我处在丧失理智中，始终无法理解我已然失去了理智，这还算使我不会产生令人惊讶的印象。我将它视为调研逗留，微微一笑顺从了，或许偷偷大笑一番。在接下来的日子里，有时我和病友们谈话，仿佛我是治疗大夫。还没有出现什么创伤性的东西：这要到了后来才发生，在抑郁症时。我简直太精神病了，无法看出真的是怎么回事。

先抽上一支烟，我想道，于是沿着铺上了黑色人造大理石的长廊走下去。在吸烟室里，人们感觉到那种持续多年的时代艰难的例行公事。像我这样初来乍到者受到了懒洋洋的欢迎，或者被怀疑地盯着看。我先是一声不吭，和其他人一起抽烟，在这种由尼古丁和严重麻痹组成的鸽棚里。侵略在空气里弥漫。人们来了，抽支烟，又走了；门开了，门关了，没有很多的语言交流。两支烟工夫之后，我就站了起来，踏着沉重的脚步走进我的房间，坐到床上。在宣布要做个明星之后，我的室友在半瓶醋地拨弄着吉他。和我对自己的估计不同的是，我马上看出他对自己估计过高。我倾听了片刻，感到惊奇的是，他可以完成自己失真的自我感觉，我重新一骨碌跳起来，急匆匆地穿过走廊，盯着那间混乱不堪的休闲室看，瞄了一眼集体游艺和图书，马上感到无聊了，然后趾高气扬地回到吸烟室。五分钟之后我已经把接下来几天的障碍物跑道标出来了。

5

有一位主任医师，十年后应该成为我的不是非常有用的鉴定专家，我在他的诊所待了好几个月，却只见过他一次面，而和这位主任医师的陈述相反的是，躁狂症患者恰恰并没有想到所有的一切。恰恰相反：他仅仅想到很少的东西。和记忆相关的躁狂症是一种慈悲的疾病，凯·雷德菲尔德·杰米森①写道，她本人是精神病学教授，自己也罹患双相障碍之苦。她断定，躁狂症消灭了绝大部分的记忆。通过慢慢删减就成了。可我不知道是否应该果真将它视为慈悲。不对自身的行为和经历采取行动表明了事后的进一步失控，除了所有其他的带给自己的急性病的失控之外，这种失控虽然在缓慢之中被掏空，但与此同时仍然对病人从前受损害的身份继续产生怀疑。因为我本人就很想知道在阵发期间所做的一切，而且要尽可能完整。可这个不行。对特别可怕而又影响深远的大事件的抓拍，包括并没有引起轰动的瞬间，和人们之间的单独会面，以及一些残存的碎片，都是可以随时提取的。我对我的行为知道的很多东西，也从他人身上知道。其他人从我的位置上知道很多东西。可有些勾出的画面和情况却是如此令人难忘而又引人注目，以至于修复它们之间的连接件的尝试会显得不是完全没有希望。

6

一九九九年。那是一个任性而又抑郁的夏天。我和我的新

---

① 凯·雷德菲尔德·杰米森（Kay Redfield Jamison, 1946— ），世界躁郁症研究领域顶尖专家。约翰金斯大学医学院精神病学系教授，情感障碍中心主任；苏格兰圣安德鲁大学荣誉教授；加拿大心理协会荣誉主席。

朋友外出很多，有时每天享受着酒精和音乐带给我的亢奋。那是"漂亮妞"、"铁桶"和"艺术和技术"夜总会的时代。那是柏林时代，比大学承诺时代几乎还要有着更多承诺的时代，那是多少年来始终听得到呼唤我们的大城市承诺的时代，加上它的混乱、它的夜总会、它的强烈节奏，以及聚集在那里的整个精神、折磨我们的文化、我们希望的放荡。我们，我写道，仿佛我代表着其他人，而不仅仅代表我；可是我确实也是他们中的一员，我们中的一员。我在场，听天由命，通过晚上和白天的生活，通过畅销新书，通过那些报纸和思想，通过依然年轻的互联网，通过那些讨论课、那座城市。我将自己视为某些东西的一部分。

　　终于在这里，终于在路途上——可从一开始就很压抑，会使一个人的胸腔、呼吸和目光变窄。我感觉自己就像是一个懒汉，有时只是无所事事地闲逛，酗酒，然而又是一个超级勤奋的大学生。这如何能匹配起来呢？真可以。一开始存留的许多浪漫的异地恋无声无息地不欢而散。日子变得越来越苍白，地铁行驶的时间越来越长。柏林自由大学坐落在遥远的郊外，位于该死的达勒姆，是一个典型而又冷漠的机构。讨论课成了负担，可我咬紧牙关，阅读了所有的东西，有时又重新如饥似渴地阅读着。我采取攻势对付自己的懒散和无望，实际上已经完全迷失了方向，不管现在是在外面无名的人群中，还是在内部无知的大陆里，而我学得越多，知道得越多，无知的大陆增长

一九九九年　　33

得就越庞大。我在写一篇关于罗伯特·穆齐尔①的课外论文,写得如此着魔、如此精准,仿佛我的生活依赖于此,可正如女教授早已承认的那样提出那个奉承的问题,即我何以能完成这篇课外论文之后,那篇论文就永远被我遗忘了。为何这样一些东西没有任何结果?我究竟为何如此努力拼搏?大学里莫名的尽心尽责,大学生间的接触恐惧简直荒唐透顶,尤其在我就读的精英荟萃的学院里。而我这个最惧怕的人,马上把我自己完全击倒了。

有时我懒洋洋地吊在绳子上,一筹莫展,不想承认这一点,然后漫无目的地一跃而起,在大街上、超市里神出鬼没,寻找"石榴绿洲",寻找某一种可以带来某些东西的产品,可什么也没有找到,悄无声息地回到那个毫无生机的拒人于千里之外的居所。然后,我手足无措地坐在厨房桌子那里,涂抹我的一个只吃过半个的面包,并试图回到阅读课上。这还能达到预期目的。

那些情况不是到了柏林才有。它们由来已久,在童年时代,青少年时代,青春期:这种离开生活常规的顽固感觉,以及必须持续不断地在我和世界之间消除距离,而且不仅是几小时或者几天时间,而是基本上都是如此。并且总是在某一次兴奋之后,包括令人厌恶的反面:琐事、无聊、空虚。若是有什么事

---

① 罗伯特·穆齐尔(Robert Musil, 1880—1942),奥地利小说家,代表作有《没有个性的人》等。

情让我高兴和感动，它马上就会死亡、腐烂和叫人不堪忍受。去除大量的空间，始终要留出一块真空地带。

于是我就来到了图宾根。一九九四年，我在那里开始了大学学业，浑身充满着强烈的求知欲，使出的那种干劲、那种力量恐怕都让某些人感到奇怪。大学对中学毕业生而言真的是一个承诺。年轻的才俊们终于可以加深自己真正的兴趣，不受部分相当灰心丧气的可以约束他们的老师的打扰，远离了家庭以及从我的情况看是远离了小市民的遭到破坏的关系。在学习中重新找到自己，继续发现自己，增长知识，提高能力，这是我的目的。我想做一个追名逐利的人，依靠我的教育小说过日子。

早上八点，我拖着沉重的脚步自愿参加新教讨论课，以便和宗教专业大学生一起刻苦学习古希腊语，真的是"刻苦学习"，以那种过时的方式。然后继续，我参加讨论课，到图书馆去，取之不尽的宝藏打开了，我从前作为重要文学作品阅读的东西，现在可以作为我的理论同盟之间的舒缓剂，因为我真的是太过紧张了。因此我至少想到了这一点，在课间阅读了恩岑斯贝格尔[①]和布洛赫[②]。我兴奋于这种学说，并且满怀还无法看见、还无法被确定的无意识的幸福。

和分析哲学家们发生了几次交情，他们在约莫第一年年终时使我的学习孤立感得到缓解。比如，我们常常在周五晚上看

[①] 恩岑斯贝格尔（Hans Magnus Enzensberger, 1929— ），德国诗人、散文家。
[②] 布洛赫（Hermann Broch, 1886—1951），奥地利小说家。

完录像之后到"车场",那是一家位于工业区的家庭俱乐部,让我们的身体自由地摇动。特定的轨迹将我——每个人都是——置身于我喜欢的亢奋状态。

可那些事情很快有点儿变味了。《速度》杂志停刊了,这一点让我感到奇怪,我几乎不想相信报摊上的任何新闻,心想我的青春现在终于一去不复返了。那些讨论课越来越费力,也越来越无聊;我失去了动力,却依然继续做下去。但我发觉有些东西犯下了原则性的错误。在我的内心深处我确信其实无法读大学,真的,缺乏生存能力。来自起床、穿衣、出门、希腊语课、讨论课、进食、图书馆、归途以及睡眠的每日定额,既让人无聊又叫人失望。从寄宿时代开始,我就习惯在一个充满类似思想倾向的社会空间里活动,我也觉得它们好陌生。那里曾经有过一种共同支撑我并且自己向前推进的动力;现在已经没有这样的动力了。应该开始的新生活,仍然毫无进展。我坐在我的写字台旁吃晚饭,可是不好吃。我回避我住的大学生宿舍那个楼层的厨房,因为很怕那些企业经济学和师范专业的大学生,他们以怀疑的眼光对我不理不睬。我萎靡不振,情绪低落,而两段短暂的暧昧关系也不奏效。在第三学期,我终于放弃了希腊语课,旷了几次讨论课,爬到城市另一边的小山上,好从那上面看出我的那种瓦红色痛苦,这个施瓦本地区狂热的理想主义的巢穴,或者马上看电影去,好让我重新回想自己真正想要做什么:虚构,而非理论。我的情绪为何如此低落?我在这里,可究竟到了哪儿?

夜里，我站在荷尔德林墓前，意识到我只是以一种阴险而复杂的方式给自己"表演"这一切。然后我继续游荡至夜间加油站，在那里买了廉价的"老板"葡萄酒。有了酒我就可以唆使自己去阅读和创作尝试，好固执地反对这种麻痹认识。可是，每一个早晨、每一天从垂头丧气开始，直到晚上它才可能消散。图宾根先是开足马力的一年，然后是怀疑和忧郁的一年。

后来，在柏林，我才明白：即便它并没有指名道姓地介绍自己是这种病症，我也已经和真正的抑郁症相识了。

7

在被安排住院前几周，我和其他人慢慢地、也是确凿无疑地把我丢失了。我还知道，高温使我元气大伤，在柏林的那个夏天，在我上半年创作那部小说之后，空虚使我不知所措。小说名叫《星期六之夜》，故事也完全发生在这样的一个夜晚。五个人经历了一个不幸的派对之夜，他们年轻人生的错误基础就像在凸透镜下得以披露：舞池边上的悲剧。它作为对立面被指定成了当时传播的流行文学，同样的背景，不过是否定而不是肯定，是抑郁和反抗，而不是满足。我在几个月的时间里将四五百页的小说一鼓作气地投放在尼古丁一样黄色的屏幕上，之后整个人身心交瘁，同时又感到很幸福。作品完成了，我也希望它很好。我将稿子寄给了几家出版社，也寄给了柏林文学研究会。雪崩可能就要来了。

可什么也没有发生，夏天就这么继续着，变得越来越乏味。在文学界可能需要很长时间之后，人们才会收到某些反应，这与我没有耐心的天性并不怎么契合。创作这部永远不该被印刷出来的书籍，把一种刺激强加给我，现在我要设法战胜这种刺激末梢。我还一直被我所做的努力以及由此产生出的喜悦惊醒，并感到紧张。与此同时，可以使我的兴奋状况平静下来或者可以绕道走进宁静的生产力的东西找不到了。感知关上了，情绪平息了。

我确实突然急躁起来。施图克拉德-巴赖①和我同龄，一年前出版了处女作，然后本杰明·勒伯尔特②也来了，他还是个孩子，以一部寄宿生活的故事开始了创作生涯。这是我很感兴趣的，我密切关注这方面的动态，毫无妒忌地阅读了所有的作品，然而这还是让我处在了压力之下。难道我不是在这段时间里早就应该对所有的艺术手段烂熟于心的那个人吗？难道这不是恰恰在这整个讨论、文本以及思想的景象中痛失的我的感觉、我的语言吗？这当然夸张而自负，当然我也意识到了这一点，然而还是无法摆脱这种想法：创作这部小说。我本来读大学就是为了能够阅读和理解大量的书籍，然后运用这些学到的高雅方法记录下这段时间里羞耻的美丽。而就在我抱怨德里达③，听着阿封克斯·特温④的电子音乐多少夜没有睡着时，那些一开始创

---

① 施图克拉德-巴赖（Stuckrad-Barre，1975— ），德国作家。
② 本杰明·勒伯尔特（Benjamin Lebert，1982— ），德国作家。
③ 德里达（Jacques Derrida，1930—2004），当代法国解构主义大师、当代最重要、最受争议的哲学家之一。
④ 阿封克斯·特温（Aphex Twin，1971— ），英国电子乐师。

作轻松愉快文字的撰稿者早已捷足先登了。

人们今天大可以一笑了之，嘲弄地讨论高估自己的年轻怪人，至少我自己也是这么做的，不管有多少改变，我也对自己曾经是这样的一个人，也许还依然是这样的一个人稍稍感到尴尬，就像对我在这里写到的某些东西那样感到尴尬。但这种夸张、这种虚荣、这种要么全部要么全无、这种过度的、因而也很快失望的热情，恐怕也属于应该突然落到我头上的那些先锋吧。而且这种内心烦躁，这种自我承受的成就压力，这种自高自大的想象——它们往往在数日之后被丢开一切的愿望、被彻底的懒惰和最深的自卑感接替：它们已经归入躁郁症的典型气质——即便还没有归入拥有同一个名称的疾病。

8

它始于一次感情过剩。不，它在之前就开始了：始于一次潜伏期，在如棉花柔软的孤独日子里昏昏沉沉地过着饥寒交迫的生活，始于一种摇晃和领悟，可与众所周知的"暴风雨来临之前的宁静"媲美——我大多只是不清晰地想起这个时间，因为它现在有着可以想象得到的不清晰。思维和感觉的轮廓渐渐模糊，知觉迟钝，反省麻木。然后我以捉摸不透的方式只是部分存在着，一个幽灵般的仅仅对自己有着半清醒意识的人物，基本上已经失踪。在发生瘫痪之前已经有过孜孜不倦的努力，伴随着精疲力竭，这是一种精力和自我的浪费。更多的酒精，多创作，少睡觉。

今天，如果我问朋友和熟人，他们注意到疾病暴发前有哪些最初的症状，在哪些状况下他们会想到"这里有些东西不对头"的时候，他们就用那些平时完全符合我的习惯行为的，看起来只是稍稍更可怕、更顽固和更极端、也稍稍更偏执的例子回答。然后我就坚持某一个项目，比如一个剧本或者一个不幸的博客，而且只是谈论这些东西，完全被偏僻的平行世界占领，否则就不完全在那里了。我基本上没有看到和我说话的那个人，于是做出冲动、激烈、夸张的反应。然后我却重新刹车了，克制自己，检查自己。

努力，浪费，疲惫，麻痹——然后爆炸。躁狂症悄悄接近许多病人，从背后，而且缓慢地，逐步从轻度狂躁、过度刺激和超级兴奋的阶段越来越陷入典型的暴躁之中。不是在我身上发生的那样。除了上述的麻痹状态（不过人们也应该将它视为疾病的一部分——可是这一切之后还有什么呢？）它可以在数秒钟之内发生在我身上。

也就是说，它始于一次感情过剩。一种打击突然触及一个人的神经，没有调整好的澎湃激情向下射击，然后又重新向上漫出。完全站不住脚的感觉出现了。皮肤下面是滚烫的。后背火辣辣地作痛，额头麻木，脑子空荡荡的，而同时又过满了：神经元过剩。思维方式瞬息之间失去，重新形成，兀自独立，嗖的一声远离迄今为止的圈子。大脑无主地仓皇溜走。那是什么？可这个问题只是在脑海里闪了一下，不能在感觉的急促之中继续得到处理。因为那种目光已被落入一种细节中，天空已成了扩散的威胁。然后，第一个念头来了，接着，以这个念头为基础的第二个念头也来了，紧接着又是第三个念头，然后那种思维迅速形成，错误的思想接连不断，将那个使澎湃的激情短时间内可以解释的架子搭起来。而这种架子以完全错误的设想、以疯狂的假定为基础，无法再被认出来。它只是正在继续自动地形成，将零碎部件着了魔似的组装至漫无边际的虚无空间，仿佛一个疯狂的拼装工将他有裂缝的思想小屋拼装起来，然后要为这样的时刻而操心，即这种过度的感情被埋入一个明天早已不再有效的临时理由里。

这种系统以一种微小而又突变的细节为出发点，犹如一座发狂的幻想大楼开始疯长。它在持续变化、变形，宛若在一部坎宁安①的动画片里一样，急速地穿越各种各样的形式。其他的细节随之而来，凝固起来，变成铰链，变成支架，重新被抵制和替代。世界形成和世界毁灭的一个持续不断的程序正在进行中。疯狂是一个过程，不是状态，它可以持续数小时，或者数周，或者数月。或者也有一年。

几个模糊的基本假设在所有的形变之后坚强地活下来。精神病人可以一再追溯至此。那些假设大多具有偏执狂的天性：指的就是"我"，"它们"就在外面的某个地方，已经密谋策划

---

① 坎宁安（Lowell Cunningham, 1959— ），美国漫画家，以其作品《黑衣人》而闻名。

好了。然而，那些基础论点仍然处在偶然之中，这也正是为什么精神病人可以一再引用它们的变种的原因。

所以，他的原因被交付给那种感觉。然后随这种原因一起并且基于这种原因，虫蛀、有毒而有病，上天堂和下地狱之旅开始了。

9

在我身上发生的这种突变的细节曾经是互联网上的一曲小乐章。我的中学同学卢卡斯，他介绍我走进了一群有趣的渴望派对的法律专业大学生中间，周末我和他们一起在那些房子周围游荡。有一天，卢卡斯打电话给我，说他那里有一些可望得到少许乐趣的东西。哦，对呀，是什么？那就是一个进入互联网文学项目ampool.de的通道，只要随便用个密码就可以登录，我在几天前《时代报》上的一篇小文中注意到了这个网站。自此以后我密切关注那里懒散的活动。尽管有诸如尤迪特·赫尔曼①、莱纳德·戈茨以及克里斯蒂安·克拉赫特②这些感兴趣的人已经被告知，但几乎什么也没有发生。卢卡斯说，这一点我们可要根据他查出的密码尽快改变。

卢卡斯同样属于庸人、无赖和以后应该称之为"怪胎"的

---

① 尤迪特·赫尔曼（Judith Hermann，1970— ），德国当代女作家。
② 克里斯蒂安·克拉赫特（Christian Kracht，1966— ），瑞士小说家。

东西。他的幽默具有自嘲和优雅的特征；与此同时，他如梦如幻而又有点笨手笨脚地走过这个地区，富有一种嘲讽的才智，这种才智在活动时还很笨拙，还很仓促，犹如他的身体一样似乎尚未充分发育。他所受的家庭教育，他在波恩的家人笃信天主教，又容易接受新生事物，他们一家居住在一栋别墅里，他家的后门永远不上锁，就好像这个世上根本就没有盗贼一样（当然他们家也从未被盗窃过），因为有着基础深厚的世界观，他对众人充满天生的信任。卢卡斯学习勤奋，却不骄傲自大，自信而谦逊，会弹钢琴，是陀思妥耶夫斯基的粉丝，计算机专家，早在我们中学时代就从事过相当杂乱无章的电脑维修服务——对当时，九十年代初，还相当不寻常。我常常从他的知识中获益良多，比如，当他给我的石器时代的没有全点可寻址的电脑配置互联网链接的时候。

"哦，那现在什么情况？"他问。他坐在电脑前，我站在他身后。他们常常就这样站着、坐着，然后"炮制出"一些数字之类的东西来。只要涉及以前的卢卡斯，那我们就不得不求助于淘气鬼词汇，因为他当时就是如此：一个保守的爱开玩笑的人，喜欢"捉弄一下用功教书匠"（即便我们从不如此谈论）。当年，我们还是两个高级中学学生时，闯入一个同学的毕业考试口试现场，以便向主考老师和考生献上一杯可买到利乐包装的名叫"大教堂地窖自豪"的混合白葡萄酒加上橙汁作为饮料，然后受到女校长训斥：那可真的是事关能否拿到毕业证书的毕业考试，是否我们意识到这一点？在上述行动中，我们的核心能力经受住了考验，而且即便到了现在，四五年之后，我们依然印象深刻。

"是的，我不知道。"我不敢肯定地说。

"过来，我们现在就署上他们的名字。"

"行。"

我们就这么做了。我们用一句激动人心的"**世界你好！**"让莱纳德·戈茨从度假地回来了，让尤迪特·赫尔曼哼了一个毫无意义的"轻微的斜视"三连音作为对克里斯蒂安·克拉赫特"双下巴"登录的回答，让莫里茨·冯·乌斯拉在鲁曼那里用他放松到酷的语言文字对那个"观察家问题"胡扯两句。然后我们把这个帖子发了出去，哈哈一笑，又喝了一杯啤酒，然后到夜总会找朋友去了。

10

有一阵子我想到，若是没有这个行动，那么我就永远不会疯掉，若没有这种涉世未深的男学生的恶作剧，这样的恶作剧必将越发陷入一个毫无价值的平行世界，那么我就永远不会跌入第一次深渊。但这也许不对。这种身体素质在我身上，我都不用知道，它在暗中守候，等待我善意而有力地亲近的合适时刻，通过苛求、努力、无望、过度。它先前一定会发生，正如它后来也会重新发生那样，以另一种方式触发。然而有时我向自己提出一个早已知道的问题：如果是那样，那会是怎样。或者恰恰是，在这种情况下：如果不是那样，那又会是怎样。

11

游泳池里发生了一点小骚乱,有人在发脾气,很气愤,有人在大笑,鼓掌,或者气恼地沉默着。我和卢卡斯起先还虚构了两名参与者之间的一场对话,然后,当一切突然中断,我们得以用真名暴露自己,很遗憾的是,它会导致一种反诱发,这又要激发我回答,而这种回答又使心情激昂起来。争执和玩笑弥漫在空气中。有一些偶尔要求发言的参加者,尴尬地宣布道,从现在起并且无论如何愿意沉默不言。这让我的神经受不了,我本人现在认为整个事情毫无必要。我开始用自己的长篇大论装满还一直未利用的游泳池,谈及柏林的生活、夏天、我心里的萎靡不振、我整个生活的轻度歇斯底里。我和亲历者录制了开头几页,并因此有着很多的乐趣。

可这已经不再正常了。我越来越多地自言自语,没过多久,它看上去犹如一种迷惘的"现在我在说"的独白一样,而在我意识的后厢房里始终郁积着一种小小的良心不安。我固执地在我登入的文字里忙碌不停,辱骂某些学术权威,放下以名人抬高自己身价这种引人注目的做派,然后等待回应。

恰恰这种渴望关注,这种期待的态度,由于那部毫无结果的小说而遭到强有力的排斥,仿佛内部反馈一样马上要敲碎我的脑袋。然而我还没有预料到这一点。我也不知道自己有多久没写东西,或许三四天,然后卢卡斯打开了一个对立面——那个"真游泳池",我们在那里继续写作;在此期间我有了一个摆

一九九九年

脱不了的念头，我不得不以某种方式"拯救"这个项目。啤酒和失眠在尽着自己的本分，此外我还爱上了一个女作者，如果这种介绍的方式完全有可能的话。这是一件荒诞不经的事。我继续写作，写得太多，写入我们的真游泳池里，写入来宾题词的纪念册里，谩骂、咕哝、欢呼，而慢慢地，其他的陌生人敢于走出他们的巢穴，胆怯乃至炫耀地同样讲述自己的人生。在我已经过度的感觉中，它等于一种运动：迄今为止沉默的一代似乎要求发言，我因此继续受到鼓励，务必竭尽全力。我狂热和放弃，已经有了轻度躁狂症，只是还想着写作的事，想到这种从无奈的人生中出来的滔滔不绝的话。卢卡斯之前已经提醒过，人们可以"对它更有好感"，他想用一句聊天的结束语结束该行动，因为他大概感觉到，那里有一些东西马上就要翻倒了。我们喝酒、聊天、胡扯，结束了"自嗨"行动和愚弄行动。

当事情后来真的过去时，我缺少了某些东西：大概是那个排出内压的阀门，另外是和其他人始终有机会像是表现出风格和漫画式的交流，而且特别是我陶醉其间的自私自利的表演。我胡乱地打发几天光阴，犹如脑袋被打过一拳之后一样，心里感到郁闷，同时又感到痛苦和心酸。有些人惦念我的作品。我也是。写完那部小说之后，游泳池行动成了接下来的兴奋点，它留给我空虚和疲惫。有些东西裂开了，而且在所有的人面前。我感觉不舒服，想重新把它废止。羞耻感油然而生。有好几天，我大力士一样地登台演出时还要负责匿名撰稿人和著名撰稿人名下的对话材料;我观察它,相当疲惫,还很想插手,纠正我留给人们那种相当自高自大的印象。可为时已晚。行动过去了,我不得不克制自己,才不至于精疲力竭,并因此成为他人嘲弄的对象。我像一堆灰烬那样躺在那里,不知道去哪儿。太阳无动于衷地挂在天上。然后,那个星期四来了。

12

疲惫的脑细胞在打瞌睡,在摇晃,在休闲,可有一些东西开始聚集起来。一种不平衡已经蔓延,不,它一直在,可能是作为遗传学的嫁妆,通过所有超大的压力和努力来挑战,通过酒精和工作而壮大。在丘脑上和前面的脑干上,神经细胞彼此密密麻麻地挤压在一起,远比在健康人那里多得多:有研究认为,那里的神经元要多出三分之一。丘脑将感官印象捆扎起来,把它们转交出去;脑干调整整个思维器官的活跃度水平。两个功能将马上摆脱控制:感官印象将发出噼里啪啦声,脑活跃度将蜂拥而出,并且避开任何监督。所有的一切一块接一块、一个搏动接一个搏动地向一边倾斜,慢慢地倒下,以便之后彼此反抗。只是谁都还没有注意到这一点。脑本身最少注意到它。同时,一开始的神经传输器和那些马蹄一起翻寻,那些信使物质将信息从一个细胞传至另一个细胞:血清素、去甲肾上腺素和多巴胺。除此之外,它们继续传递信号,在组织内负责行动、报酬和情感分发。可它们对自己的服务员角色早已厌倦。它们不断增多，打算发动歇斯底里的起义。不久，它们充满这一地带，使得预约的东西横穿空间，投至墙上和脸上，将整个机构引至左边。

然后，大脑新陈代谢满溢了，人可以休息了。

13

我盯着屏幕看。字母开始舞动，完全不知不觉地，像素的闪烁或许是热效应吧。我阅读起来。不可能发生这样的事！由于我的电脑破旧不堪，形成的那个页面只是像瘸了腿似的残缺不全。可后来逐渐显示的单独句子，却在这里以特别的方式发送到脑子里。单单页面的形成需要那么长时间这一点，就在我心里隐隐约约唤起了一种怀疑，好像有人禁止我打开页面，好像卢卡斯和运营商联系过并且决定必须以阴谋破坏的缓慢方式使我放弃这一技术。这是偏执狂的第一次模糊不清的痕迹，一种即将迅速点燃整个思维系统的火焰核。

我的目光停留在一句或许需要面对和阅读的句子上。那是关于勃兰登堡门前的某一辆车，一只车轮或者一辆轿车，或者一辆装载游客的人力车，其他我就不清楚了；与此同时，我觉得这是针对我的，只是没说出来而已。这怎么可能呢？那里出什么事了？那些话不仅适用于那辆车，也适用于我——这是一句嘲讽的评论，一个精心阐述的隐喻。它冷不防使我陷入惊慌失措之中，我还完全无法相信自己的解释。我究竟为何突然被人提及呢？另外，那些暗示和提示还有其他解释吗？我聚精会神起来，看了看其他句子。现在，突然之间，其他文字也似乎在说我，或者说：也在说我，以挖空心思想出的阴险方式，永远无法解释清楚，也始终无法否认。比如，某个人说到派对上的一个可疑客人，我就在想，是否在那里被描述到的那个人就是我，或者是否本文作者要将涉及我的文字告诉给我听。假如谈及的是一篇热情的文章，那么我自己的热情似乎成了共同的主题，或者是我确实真的在某些人那里唤起的主题。在数分钟之内这种偏执狂的说明在我心中蔓延开来，我完全别无他法，只能把所有可能的一切都跟自己联系起来，先是试验性地，然后是强迫性地。而这样的事太过频繁地发生。不管现在是一次林中漫步，是一个硬盘，还是去一次咖啡馆——人们写到那些事情时的嘲讽方式，总是一同输送着一种思想真空，我可以从中毫不费力和完全合身地找到一个位置，让我自己颤动的语义学振动和词义领域的振动保持同步。所有的词语都可以指涉我，形容词、名词、动词。这一效应完成得有多精确呢？他们说我的事和不说我的事是如何进行的？我很吃惊，变得手足无措。我干了什么，那些人又和我一起干了什么？

毋庸置疑的是，我早就希望公开出现，我的声音可以听得到并且坚定地出现——可事实并非如此！我明白，我那毫无节制的干涉和超越它的自然力一起出现，而这种干涉现在导致我可能难以看清后果。他们（他们？对，究竟是谁？）提出了过高的要求，他们必须好好对付，领会它，摆脱我，以间接和我谈

一九九九年

判的方式。有些人向我投掷污物，也有些人使用如常言所说的鲜花赞美我，还有些人惺惺相惜。可对于这样的评价我也没有把握。或许我只是错误地解释了这一切吗？剩下的理智变得清醒，让我很容易感到自己恰恰有了一个疯子的想法。事实上：就是一个疯子的想法。在我耳畔一闪而过的反应却只是出自幻觉，或者不是吗？深呼吸一下，我对自己说，保持镇静。这只不过是你该死的抑制不住的自恋而已！可我无法保持镇静，我愤怒至极，被我还无法识别的洋溢的情感晃荡得晕头转向。我的心在飞驰。

我不得不转动身子，一骨碌跳起来，打量着那道看得到细微的彩色气泡的墙。那些气泡跟随着一种意图。所以我还未曾见过这种墙。在它之后隐藏着什么？我的脑海里闪过各不相同的人的观点。有人说是"标准话筒"，另一人说是"地下墓穴"。这里是摄影机吗？

我扑到那张破烂的皮沙发上，透过窗户望向天空。现在乌云密布。在有节奏地流动吗？我一跃而起，走到粗陋的阳台前，盯着高空望。什么也不是，只是灰蒙蒙的。对面有所房子被人占用了，那里也没有任何变化。有人在那里活动吗，在窗户那里？那些窗户此时还没有全都照得通亮，而此刻，像是接到了秘密指令似的，变得完全有意地暗淡无光了吗？现在还是白天。

仿佛有人在观察我似的，我向四周投去紧张的手势，这样的手势表达如同苛求一些东西，同时还应该一并传递某种幽默，讽刺那种明显荒唐的情况。但那里谁也没有看到我。难道有人吗？我继续打手势，好几次抓住我的脑袋，然后急匆匆地回到电脑前。不是一切都在那里吗，完完全全都在那里。那里！我的名字也突然出现了，先是隐秘地，然后完全公开地。可我不再对那些地方感兴趣。那是另一种讲话，这种私密的讲话使我震惊，眼下我又不得不破解它，以便能够初步理解三魔鬼名字这里发生了什么。现在我看到了那些很后面的帖子，于是开始匆匆研究，检查我之前没有注意到的痕迹和提示。事实上我可以往所有方向上翻动和转动那些句子，然后分别得出不同的结果。这样可以持续多久？我也以抽样方式扫描了那些帖子，它们早在我们"入侵"之前就被贴上去了。没有提及我，谢天谢地。秘密代码似乎还没有工作。可是且慢——在开始行动时参与人员长久沉默难道不引人注目吗？难道在沉默中仅仅对这种确信感到满意就已经明白无误地表明，我现在终于并且无疑从传说的远方登台亮相了吗？究竟是怎样的传说？

看吧！他们当真选派了合适的人，好引起我的关注。这所有的一切不都是有意识的诡计和欺诈吗！或者说？或者说在那些明星的顽固不化里只是流露出一种我还无法理解的巨大恐惧吗？那是怎样的一种沉默？我感觉并且跟随它，再一次急急忙忙地浏览了一遍我登录之前的帖子。就连那些还没有受我影响的旧帖子也突然开始含义模糊地闪闪发光，然后指向我。那是什么？他们难道在等我吗？这个网页就是一个窃听装置吗？保养良好的颓废分子在那里等待他们的救世主吗？或者他们的刽子手？或者是别的什么？

可以确定的是：语言内部发生了一次位移，只是我还不知道这一效应达到何种程度，它在什么时候发生，哪些文章已经被处理过了，谁也许在那里悄悄地嘲笑、高兴和害怕。正如我也在计算和比较的那样，它无法统一起来。我明白一切，可也不明白一个词，"一个背离社会常规的注疏学家"，我矫揉造作地大笑，以便还能以某种方式找到自己的位置。可一直亢奋至发尖，已经到了运行轨道上，失去了正常理智，被混乱的语义疯狂攫住了。

生动形象地描述这种疯狂并不容易，因为那里并没有任何生动形象的东西。这是一种内部的语言位移和讨论位移，一种语义关系的解体，而矢量兴致勃勃地向各个方向闪烁、转动和展示，并为此一再重新找到那个疯子。所有语言（若不是语言，那是什么），都是颠三倒四和毫无根据的，那些符号抛锚了。没有什么还叫它原来的名字，尽管如此，一切始终都叫"我"。

如同从未被警示似的，我继续阅读、思考和点击。其他页面现在似乎也遭遇这种奇特的效应。政治家和社会名流各种各样的观点有着某种慌里慌张的成分，而在里面始终向我隐藏着固有的信息，完完全全向我，在这儿书桌前。施罗德谈到了我的贮煤室的童年时代，菲舍尔催促我保持克制。这真是无法忍受！一种世界性的约定吗？如果互联网已经如此谈论过，那么究竟如何首先发生在外面的大街上呢？我突然被吓得呆若木鸡，可我不得不准备应战一切。

这种情感过剩很庞大。而这些情感一定来自某个地方。他们不可能凭空战胜我。它们在那里，自有其原因。而且我在继续寻找这些原因。

14

我必须在此稍作停顿，才能继续叙述下去。因为其实我常常谈及那决定命运、招致毁灭的那一天，无论是在《肿瘤》①，还是在《病人》里——即便写得很隐秘、很文学、很抽象。有时我甚至引用了段落和章节，让它们又一次被印刷出来，因为我觉得这种被叙述出来的东西如此令人难以置信，我对此不想也不能找到其他形式——正如一个受过创伤的人，他反复不断地写着同一句话，因为他想摆脱背后的故事（大事或灾难）竟到了难以言说的地步。相貌酷似者和幽灵，贯穿我迄今为止创作和出版的书籍。那为何要再一次描述这个"星期四"呢，这个混乱和第一次阵发的日子？为了永远将相貌酷似者逐出吗？也许吧。可真正的原因要简单得多：如果我想多年以后，或者十年之后做相关报道，那么有必要再次关注这第一天。

此外，现在在这里，上下文、意图以及风格和迄今为止的文字迥异。这里涉及的不是抽象和文学，不是效应和露骨。这里事关一种真实性、一种具体化的形式，至少是事关上述形式

---

① 这是作者一本书的名字，原文为"Raumforderung"，多义词，既有"肿瘤"的意思，又有"空间要求"的意思，希望拥有更多的活动空间、创作空间，该书其中一篇小说提及希望自己拥有更多的居住空间。

一九九九年

的尝试。事关我的生命，事关纯粹形式下的我的疾病。那里不能缺乏最初的觉醒。没有任何东西应该被隐藏，被拔高，被间离。只要它恰恰有可能的话，一切应该公开并可见地放在那里。

15

一个派对！当然！应该有一个派对。或许为我，或者为我们，为所有人。为卢卡斯！为那些以匿名方式联系着、沉默了很久而现在重新成为话题的人。我们一定可以互相拥抱、交谈、畅饮、跳舞。我恍然大悟：在柏林的某个地方正在准备一个派对，或许甚至已经在暗中进行，舞台搭建了，音乐设备调试了，一箱箱啤酒排成行了，只是我还在寻找，高兴地期待着。也就是说，接收到那些信号是令人愉快的。猎人抓捕狐狸的游戏即将上演。我不能错过谜底揭晓的伟大时刻！我心急火燎地寻找城市地图，背上了我的背包，呼的一声爬下接连发出鼓掌声的楼梯。那条路一定可以在路上找到。

我沿着那条马路向下疾奔，从身体上扔下大腿，不，大腿自己扔进了喧闹声中。汽车从我身旁呼啸而过，仿佛想要激励我，带我一起走似的。一切都延期了，发疯了。我像是从来没有如此满怀深情地想起那个有着哈喇味的越南人，对他时而为我做的饭菜鞠躬致谢。他扬起眉毛，确认了我的谢意，于是我可以不需要任何约会、并且可以无比幸福地继续行进。我哗啦啦地沿着那条遭到蹂躏的林荫大道往下跑，当我左手边的百叶窗向我眨眼示意而没有移动一步时，我真想赶超那些汽车。它们以一种引人注目的方式被安排好了：那些房子就是脸面，只是我现在才能看到它们，甚至在呼啸而过时。小汽车在加速行驶。在这些本身无辜的车辆中，暗示派对这事究竟会在哪一辆车上被找到，又以何种形式？它们会意地呼啸而过。我没法在红绿灯前停下，更深地坠入车流中，想起有一位捷克电影导演，他在布拉格举办的一次讲座时声称，德国人在遇到红灯时就像被电击过的母牛那样站住不动。他说的有多不对呀！我觉得被电击，但不是在遇到红灯时！瞧吧，我如何冲进去，瞧瞧你那愚蠢的红灯！然后到了下一个红绿灯，我重新遇见了恰恰在上一个红绿灯那里见到的那些人，因为策划完美而让我感到很搞笑。他们像是推着手推车那样，在我背后超过我时有多么快？难道他们是奸诈的长相酷似者，来自一家双胞胎代理公司的群众演员？当我发现他们只是在等待我发笑好让他们自己发笑时，我不禁发笑了，以便我们大家都能一起发笑。我们就这么做了。

可在城市上空，那些字母直截了当地悬挂在那里。它们的发起者是谁，是我吗？它让我继续奔向市中区。我有一个任务，一个伟大的任务，即便我肯定无法给它命名。我的朋友现在究竟在哪里？那些暗示在哪里？哦，那些暗示，它们将会证明——或者它们已经被散落到各处，我只是不得不学会看到它们。那些海报真的可怕地出现了，但是那些密码因为被设置太广而难以精准地相会在一起。你们这些愚蠢的广告代理商！你们的信息毫无结果地飞驰而过。当我从空间上走在前面时，我从时间上不得不回去，然后也就是试图回想起我的室友在中午说的话。他谈及自己寻找到的市中区的特定地址，可能就是这样的话，而其中一个地址就是诺瓦利斯大街。诺瓦利斯？诺瓦利斯！"数字和角色"！①

恐慌的波涛突然在我的心中闪现，但我可以把它们放进虚无然后平息下来。我的脑海里浮现出那些句子，广告标语和座右铭，外加有关引语。它们犹如摆脱不了的思想扎根在我的头脑里，直至首先化为更为细小的含义单元，然后化为音节，最后化为纯粹的音位，它们作为干扰噪声将内耳围困在一种固执的无法忽视的嘎巴（Gabber）电子音乐节奏里。我上了轻轨，感到惊奇的是，车里是多么安静，我对着安静说了几句，又下了车。走在诺瓦利斯大街上，橱窗里的图书突然成了威胁。它们和我最近几周和最近几个月创作的所有东西混合和黏合在一起。字母的风暴攫住了我，异议、指责、威胁噼里啪啦地撞入我的脑子里。我做了什么？出了什么事？我对老天提出挑战，和天使搏斗了吗？现在一切都变成死对头了吗？我朝四面八方看去，围绕着自己的轴线，灯光的漩涡、深度的回声、渐逝的重力。正在侵袭我的身体上的眩晕，只不过是精神上的眩晕的补充而已。我的心情完全崩溃了。我要结清的和注意的事项太多，所有的一切都是巨大的"太多"，它们在折磨我。只是去哪儿呢，去哪儿？

---

① 出自德国诗人诺瓦利斯（1772—1801）的一首诗歌《如果不再是数字和角色》。

16

　　整整一天我就这样在城里满街瞎跑,我的热情越来越转变为恐慌。那些标记和牌子变成了怪物,它们同样五花八门地出现和闪光,如同之前的互联网上的那些句子。网络颠倒过来了,扩大到了城市,一切可以翻转和多义,崭新得难以置信。我还从没有看到过这些标记、这个世界;可它们大概一直在那里,只是我没有注意到这一点。所有的信息到最后也一直指的是我,我却还一直从各个方面看待它们。慢慢地,看到那些东西我完全头晕眼花了。那些广告牌和灯箱广告开始嘲讽我。要是一个女人把我的双眼包扎起来,她就取笑我之前瞎了眼。不知哪儿的广告牌上冒出一个箭头,有一个巨大的尖角!上面写道:我们找到你了!你被包围被拘捕,关门打烊,吵闹不休,现在玩完了。我躲避那些标记,同时又在寻找它们。那又能如何——它们无处不在。最寻常的街名开始变为含沙射影的笑话。城市地图再也帮不了我的忙。我突然害怕变成纳粹,在这个乱七八糟的新柏林,眼泪被溶解了,我告诉一个骑车人,他作为回答指着一只红绿灯说道:"绿灯了。"然后他和家人继续行驶,那面行李架上的小旗子。那应该是什么意思:绿灯吗?

　　我在城市里狂奔,城市变得疯狂。由标记和图片构成的乌合之众从四面八方冲向我。我尽力机警地躲开,可没有抵挡它们的机会。它们每时每刻重重地击中我。它们原来还是普通的标语和标牌、购物单和路牌,没有任何特别的意义。现在它们

一九九九年

露出可憎的鬼脸，想要活生生地给我点颜色看看。空气已是唯一的毒药。我是被轰击的游戏角色，可究竟从哪儿？真的从那些标记吗？它们难道不是和昨天一样的东西吗，一如从前？难道是其他什么东西？是的，我这样想道，然后狂奔：一切都是另外一码事。那些像素在我的脸前闪烁。

我若不是如此惊慌失措，那一定哈哈大笑了。我确实也哈哈大笑了，或者暗自大笑，不过仿佛一种回声。我的哈哈大笑声从我脚下的地下室里向上发出回响。一次振动穿越这座城市的咽喉。那不是深度钻孔，那是表面爆破。我让城市颤动，同时它也穿越我而过。谁在这里使谁振动，已经说不清楚了。我没有皮肤，没有边际。一切完全毁灭性地劈头盖脸地向我砸来，正如它原来的模样，正如它一向真正而深远地体现在它的本质中。它不仅发出噼啪声，它扩散，它发射，闯入我的地方。我和这个世界，我们分开了，穿过其他任何人。

为何我从没有发觉这一点呢？为何其他人没有发觉这一点呢？他们可就在那里，那些人，你们好！我靠近他们——可他们却立马作鸟兽散，如同接收到了一个秘密信号，尽可能自然得体，假装不急的样子。他们怎么了？我要问他们什么，他们却不回答，顶多做个拒绝的手势，或者指着一架公用电话机。有些人做事麻木得如此引人注目，这一定又是一种信息。我继续狂奔，想到施普雷河那里去。那里信号一定更少，但愿如此，人也一定更少。

有些东西颠倒过来了，倾覆到城市，然后倾覆到我的生活，而且在不多的几个瞬间里。这种颠倒,这种倾覆,这种威胁,从哪里来?它要比城市或者国家都要大。它就像整个历史那么大。它是包罗万象的。我不得不反对它某些东西,而且只是我在狂奔,我在逃逸。我就这么做了。我不停地狂奔,惊慌之中又有一点儿亢奋。然后我又毫无顾忌地痛哭流涕。我无法逃之夭夭,不。天网恢恢,疏而不漏。

到了施普雷河畔,我稍稍喘了口气。可大自然也失去了它的无辜。水发射出和之前不一样的信息,波峰上的斑斑光点在迷惑我。我考虑跳到河里去。巨大的罪责压在我的身上。究竟是谁的罪责?我的?德国人的?原罪吗?我不知道,我只感觉到它压在我身上,然后我失去了知觉。我站在桥上,看到自己作为水尸飘浮在那下面。一个漩涡来自黑暗中。我紧紧抓住大桥栏杆,就像在波涛汹涌时抓住舷栏杆,然后数着那些东西:一,二,三,一百。我不知道该怎么办。那时有一阵风,它无比柔和地吹着,或许来自地狱。

然后我又狂奔起来,大腿宛若两片狡猾的薄膜在空虚中起舞打转。

17

那些时刻信步向我走来。在我们对面有人居住的那所房子里,我在寻找派对时额头碰出了血。"他们究竟叫什么?"当我敲她家的房门,然后向她打听我的朋友时,这个戴着厚镜片眼镜的女人对我咆哮道。她的男友,一个斜眼朋克,随后凶狠地将地上的一把扫帚柄砸碎,砸到我的头上。我流过血,但伤口已经干了。外面,夜幕低垂。在栗子树大道旁边,我问两个家伙派对的事,我自己都难以相信是否有。他们微笑着注视我或者取笑我,说听起来不错,他们也很想被邀请参加这样的派对。我继续狂奔,穿越市中区、普伦茨劳贝格、克罗伊茨贝格,时而奔进大楼入口,时而奔进大街小巷。一根长长的蓝色羊毛线将我带到一座偏僻的停车场,可那里只有各种希望破译的号码牌等着我。回忆混乱而肆意地涌上心头,各种残缺不全的句子、碎片似的画面、对各种事物的反响,它们表达的意思突然和从前有点不一样。一切都在运动,任何东西都无法保留或者抓住。卡车从我身旁呼啸而过,在纷争中对付那些自行车,和前几天报纸上描述的一模一样。对,"卡车疯狂",《明镜周刊》上的标题就是这么写的,而此刻,针对这个叫人幻想的信息和这一叫嚷的大标题,我的心里出现了一种直接的直观形象:载重卡车一辆接一辆地从我身旁轰然而过,尘土在震耳欲聋的轰隆声中飞扬。报纸上每天发出尖叫的事是对的,而且是一对一地。我急急忙忙回家去,都筋疲力尽了,又是在暴风雨之下,然后听了录音电话。我从电话里也只是听到了杂乱无章的新闻。一个和我只有一面之交的建筑专业大学生想和我谈谈保罗·威里利欧[①]和加强军备的问题,正如我们几周前约定的那样。您说什

[①] 保罗·威里利欧(Paul Virilio, 1932—),法国哲学家、建筑家和社会评述家。

么？我在研究那些积压的信件，什么都不明白。他们对陈述的东西做出了不同的陈述，是不是？作为文学专业大学生，我更在行的是事物隐喻的一面，可在这里，隐喻似乎包罗万象，而且完全是怀有恶意的。最为简单的句子都在撒谎。它们只是伪装成它们似乎拥有的真相。数字是电码，句子是密码。就连账单也在角落里思考和说话。我躺在地上小睡。

我室友的女友回来时，我试图含着眼泪从她那里弄清楚某些情况。

"你不是知道吗，安东尼娅。你知道。"

"我知道什么？"她惊恐而细小的眼睛里茫然一片。

"你们不是全都知道了吗。"

"什么？我们知道什么？"

是啊，什么。确实就是这样。我要是知道，早就告诉她了。可我不知道。我什么都不知道。我是一无所知的人，是新手。他们不是知道吗，肯定知道。

"安东尼娅！你不是知道吗。"

她不知所措地注视我，不知说什么好。

"我给拉斯打电话，行吗？"

"行。"

"行。"

我消失在自己房间里，根据那些暗示仔细搜寻积压了好几周的报纸。互联网的行动持续多久了？四天吗？两周吗？这段时间我几乎不再从外界听到任何信息。媒体对我作过报道，究竟是不是真的，同样在这种共同指认的恶意方法中？《时代报》上一篇有关后未来主义的文章立即对我采取了突袭。该文带着嘲弄、逼真，它简直在讥讽我的方向。相反，那张附属的插图我倒是觉得特别漂亮。我甚至觉得仿佛在我的一生中还从未见过比这更漂亮的东西。从美学上看，那些报纸完全充满美感，那些编辑人员最近似乎下了特别多的功夫。《时代报》《南德意志报》，包括《柏林日报》，笑脸看我的样子多么漂亮！唯独《明镜周刊》在大呼小叫。而《法兰克福汇报》重新以其老弱病残的身子多么满怀恶意地坚守，我几乎觉得它可爱了。我闪烁的眼睛匆匆浏览着那些文章。约阿希姆·凯泽①在《南德意志报》上发表了一篇关于数字王国新居民的文章，文章还配上了一幅容易激动的插图，插图上是一个用电缆连接的瑟瑟发抖的怪物在一个用电缆连接的瑟瑟发抖的世界里。就连他也对我做出了反应。他写了什么聪明的文章？以后再说。首先我不得不感觉到报章上有着怎样的普遍情绪。可我在匆匆忙忙之下无法领会它们的基本内容；我一再停留在那些和我有关的细节上。尤其是那则广告在嘲讽我，笨拙而刺眼。我打开音乐，以便淹没我不敢听到的寂静。

那些报纸也在紧锣密鼓地行动起来。它们同样开始以这种大胆鲁莽、不够诚实，却也许是满怀好意的方式说话。他们所有的人都同心协力，而我是唯一没有参与其中的人。从何时开

---

① 约阿希姆·凯泽（Joachim Kaiser，1928—2017），德国著名艺术评论家、演员。

始的？一种怀疑向我袭来。我朝那边的书架望去。它们大概应该——？我急忙走到书架，翻开一本书，然后再翻开另一本书。然后一本接一本地翻。我看得越是多、越是急，那些句子朝我的方向倾斜就越强烈。那些图书也是，直至最遥远的过去吗？我不想再继续思考了，于是闭上了眼睛。

18

精神病一开始引发的离奇场面很明显。对本人而言，那是一种无法理解、包罗万象的刺激，它把一个人扔进骇人听闻的区域；对朋友和家庭而言，那是赤裸裸的悲剧。人们看到的有着另外一面的那个人凭空变成疯子，彻彻底底变成疯子，而且要比电影里和书本上显示的更清楚、更真实、更难堪，犹如一个对着市内交通车辆谩骂的独眼流浪汉那样丧失理智，变得愚蠢、痴呆，令人毛骨悚然。朋友凭空变成陌生人。

凭空？

躁郁症的根源，可以分成五个类别：遗传因素，神经元变化，生活环境，此外还有上述易受伤害性的基本素质，最后一个是普遍的个性结构。这些类别当然互为关联，而且保持不确定性。但它们提供了一个方向，一个分类帮助，而且它仅仅是一个永远无法完全抓住的帮助，它只是一种近似值，但可以提供假设模板，这些模板通过四五种结构相似性将整个混乱局面和教科书上描述的其他病例进行比较，并进而外推解释模式。

一九九九年

我想起我的朋友科德从大老远打电话给我，他被我目前的身体状况完全吓到了，和一位女大夫谈过话后才差不多缓过神来：大夫说一切都是神经元的问题，她让他放下心来。因此要让自己活下去，这种个性变化因此要具体到精神层面。因此必须从身体上说明理由，被转移至骨头和神经的世界，基本上犹如骨折一样，而我作为个人未必就满盘皆输。

19

双相基因还远没有被发现，即便它完全是存在的，而且在决定基因方面也并没有孟德尔定律①，人们由此可以确定，谁以多大的概率患病。可是不论是双相障碍，还是精神分裂症，都是通过基因决定的，而且精神分裂症的症状和双相障碍的症状往往重叠在一起，出现在同一个家庭内。但更为频繁的则是，在双相气质的人中，仅仅在谱系中找到单相抑郁症，也就是纯粹的抑郁症。我的情况也是这样。

我的家人对精神缺陷并不陌生。据说，我的外祖父曾经罹患抑郁症，不过从未到医院医治过。这简直不符合那个时代，他违背了德国国防军的纪律。从儿童的视角看，尽管他每天从每周计量器中取出大量的药物，但其中大概几乎不包含抗抑郁

---

① 孟德尔（Gregor Johann Mendel，1822—1884），奥匈帝国生物学家，是遗传学的杰出奠基人，他揭示出遗传学的两个基本定律——分离定律和自由组合定律。

药物。从官方信息看，他的问题反正始终只涉及心脏和血压。然而，他一定是"在退休之后不久"去世的。而且他的压抑和感伤留下了他点头认可的简短眉批。

我的母亲度过了漫长的而且恐怕也有过临床经历的抑郁症的一生，我的一位阿姨同样也是，程度稍微轻一些。就是说，这种遗传学的基因组至少是从母亲这边得到的。

相反，据我所知，我父亲那方并没有精神失常的记录。据我所知——因为父亲那方几乎并不存在。

20

整个世界没了。一切活生生地被拽走了。即便是地震，也不可能更具毁灭性。只是这种地震很另类：事情偏偏发生在我身上，蔓延得如此无所不包，而毁灭却静悄悄地出现了。没有任何东西像从前那样保持不变，可是单纯从表面看，一切又显得一模一样。这种语言虽然没有任何依靠，但那些人却在继续说话，像是很正常一样，他们看起来非常陌生，完全遥不可及。我真该先学学这种新语言，可是怎么做，我可没有语法可用，没有辞典可用，只能退至自身，退至滑稽的自我，不过这个自我恰恰开始腐烂了。我的思想被故事和相反的故事可怕地蒙住了，没有一句话是对的，一切如同鬼火一样地忽闪着。我的周围尽是烟雾腾腾的废墟，可只是发生在我身上。这是最纯粹的恐怖。

一九九九年

日子只是在我的耳边飞逝。偏执狂继续开花，向每一个角落生长，变得包罗万象，我也渐渐在它那里适应了。我还有什么别的法子吗？恐慌以阶段性方式突然转变为必须大声喊出的抗拒，然后转变为将我带入最高点的亢奋。短时间里成为救世主真是太棒了。我不再感觉到我的身体，我有着魔力，和自然法则保持一致，听到了土星光环的嗡嗡声响和天体音乐的华彩乐段。我觉得现在从直觉上已经对数学进行了深入研究，看到我和所有的一切构成无穷的关系。然后，最可怕的事情又来了；尽管我赤裸裸地、毫无遮掩地站在寒冷凛冽的宇宙里，但丝毫改变不了任何东西，而我，被选中的人，受尽折磨的生物，简直不知道该怎么办。我不得不一再突破我误以为被关入的这座由时间、历史和目的论组成的百年监狱，不得不越狱逃跑，口头地或者通过身体的突然旋转，通过重新向城里飞奔，通过向陌生的机构寄发不合常规的邮件，我在他们那里试图从整体中找到滑稽而讽刺的一面，但到最后只是渴望为了老天的旨意必须要做的新证据。电视在幕后持续地开着，从童年时代开始就如此，当我向那儿仔细看去，几乎沉浸到屏幕上，头发在玻璃上沙沙作响，我才认识到，主持人和新闻发言人的心灵多么受到创伤地渴望获得重视，他们真的发情得厉害，更多的是心灵而不是身体。而哈拉尔德·施密特① 当然又进了一步。他把一个看不见的被人嘲弄的朋友安置到身边，他令人讨厌地给此人起

---

① 哈拉尔德·施密特（Harald Schmidt），德国当代喜剧"脱口秀"天王。

了个霍斯特的名字。狗日的家伙！我笑道，却知道我确实一直想使自己成为这个虚构的朋友，也就是说想让自己成为霍斯特。可是另外一种情况又如何呢？我若是什么都不做，我周围的一切下至加沙地带只是变得更糟糕，我若是让自己变成傻瓜，那我至少可以表明我还在那里，我在研究这个解决方案。这个可怕得难以相信的并且在可怕之下还远没有被估计到的命运本来就是在为任何一种行为辩护。采取和之前不同的极端态度甚至是恰当的，加上对我的能力的新意识，对现在压在我身上的那种责任。与此同时，我也想摆脱这种责任，而且为了解放自己，我一再自发地庆祝我自己的私人狂欢节。我泡在城里，说着不合适的笑话，在什么地方加上什么标签，然后不再睡觉。我在家里循环放映当时还很新的偏执狂主题的电影《游戏》《楚门的世界》《23》，一刻不停地研究那些不再依从任何时间顺序的书籍：《无名者》《马丽娜》《海因里希·冯·奥夫特丁根》《忏悔录》《万有引力之虹》《亲合力》《斐多篇》《1984》。这个时代真的四分五裂了，我也从它那里摔下来了，从这个时代，在那些裂缝之间。写作的每个人都会出事吗？如果我回想起那些人疯狂的一生：显然已经回想起来了。假若允许的话，我匆匆地认识到，我现在被装入的铸模早就在我出生之前就被锻造好了。早期浪漫主义者在我耳边绝望地嘀咕着，寻找未来的上帝，一会儿也在寻找歌德，响亮而同情地抵押世界主义的某些东西。迄今为止我为何就没能注意到它呢？卡夫卡直接同我攀谈，用他虔诚的同时又是官僚主义的方式：真的同我攀谈。我是荒原狼，我是"V.",我是奥斯卡·马策拉特和戈多。历史上那些死去的独裁者也已经开始朝我的方向破口大骂。

我购买的大量报纸在我的眼前被自动撕得粉碎。然后我重新冲出去,贪婪而失常地欢庆。我不得不忘记自己,忘记所有的一切,可只是为了几分钟消逝的时间。可我本来只是想回到我昔日的生活而已。

事实上:有些东西不对劲。而且完全不对劲。我的朋友们在研究我,有时在协会,有时个别地和轮流地,举行会议,做出结论,挖空心思想出策略。在我坚持不懈地拒绝三四周之后,他们终于如愿以偿地劝说我到夏里特医院去。"夏里特"——这个至少还有历史,听起来合乎身份。夏里特,这是魏尔啸,是绍尔布鲁赫,是解剖学的狂热爱好者内阁,那里有畸形的《铁皮鼓》胎儿,我也曾经被这个内阁吸引过。

正如已经说过的那样:我将它视为调查研究。

21

精神病院是一个聚集着错误样本的大杂烩,乱作一团的他们相应地彼此做出疯狂的反应。在那里,抑郁症患者和精神分裂症患者、躁狂症患者和边缘人、失去记忆者和企图自杀者以及瘾君子们聚集起来,当然一再发出砰啪的声响,当然有叫喊声,杯盘四处飞舞,失望和妄想爆发。人们在医院的病房里挤作一团,尽管有人或许其实是德国的一个国王,或者完全就是地狱的天使。那位国王不得不怀着耐心，直至他通过电话向他的臣民口授新的旨意，天使就觉得无所谓了，因为他本来就超越时空之上。或者一个人简直只是一具僵尸，一贫如洗，这一生已经完蛋，他感到惊奇的是，人们究竟为何还在这里。

我想起了哈拉尔德，一个好心肠的瘦长家伙，他总是拿着那只乒乓球拍吧嗒吧嗒地拖着脚走过病房，发出用唾沫涂抹过的独白，而那些独白虽然和和气气，却又令人费解。他只是偶尔谈及自己的父亲，差点儿痛哭起来，而之后他的语言却突然变得非常清晰。有一次，他发起火来，跟在一名护士后面大骂半天，越来越令人诧异和出人意料，因为他平时为人处事可是有着那样一种乐善好施和善解人意的脾气。这一次的破口大骂和他的父亲有关，他咒他去死，可人们从他依然和善的眼里读出，尽管他现在被巨大的忧伤笼罩着，他只是在拼命思念父亲。

我在夏里特医院封闭病房待了四五天。我之所以进了那里的病房，是因为在普通病房恰好没有空位了，至少我至今相信的官方说明是如此。一切对我都很新鲜，部分而言甚至还是享受，因为我几乎不把自己视为真正的病人：随时提取的一次拜访。不习惯的环境和药物的影响使我转移自己的偏执狂念头，那些念头仍然还一直存在着，但现在不太迫切了。朋友们每天来看我。有时，八个人在吸烟室里围坐在我周围，这让某一个病友特别激动，我把他叫做奥拉夫·格迈勒。他正处在偏执狂的精神病中，散发出一种几乎带电的攻击性，这是一个不修边幅的大胡子男子，长着一双热烈的淡蓝色突眼（"希特勒眼球"，

一九九九年

我写道），在他烦躁而沉默地抽烟时，他的眼睛毫不掩饰地盯着我和其他人。有时他禁不住说出话来，而那些话却源于一个无法领会的想法。比方说，当他打听我的名字时，那是他在适时关心自己内心的激动，因为正如他宣布的那样，一名冒用我名字的男子要为自己在封闭病房的逗留承担责任，而这另外一个托马斯，托马斯·阿纳尔[①]，职业是治疗大夫，正如名字所说的那样，是一个混蛋。此外，那个"油腻的不合格治疗大夫"也给他持续发送了卑鄙无耻的新信息，而且是通过那个"肛门渠道"。但并没有任何东西针对我个人，他然后安慰道，那真的只是我的名字，只是我的名字。然后他一骨碌跳起来，消失不见了。遇见他很不舒服（当然人们经常在这个人满为患的病房相遇），因为他马不停蹄地身处人流之中，寻找鬼火般忽闪的目光接触，不管是在走廊上，在吸烟室，还是在吃饭时。我在后期阶段也许给我的病友们留下了完全类似的印象，回想这事有时耗费了我全部的精力。

我都不明白怎么回事就开始服药了。对我而言，它曾经是安慰剂或者一种特别善解人意的药物，让我的脑子咯咯笑起来。我现在更平静了，但并没有将这种平静归于所谓的药物上，而是归于我的隔离，这种和世界的断绝来往，这种信息禁欲。因为我当时是（而且现在还一直是其中的一分子）一个信息吸毒者，始终被各种媒体扫荡，最喜欢广播、互联网和电视同时打

[①] 阿纳尔（Anal），也有"肛门"的意思。

开着，一边还翻阅三份散发着油墨清香的日报，试图尽可能分散自己的心思。因此，这样一种孤独、一种没有征兆在所谓的"被保护空间"里只能产生镇静和缓解的作用。或许我完全可以找到我还从未被感觉到的大家到处都在热议的中心？但有一次，某些事渐渐传开了，我在电视里观察烟火仓库爆炸，对此当然得出各种不同的结论，这种所谓的纵火又不得不和我联系在一起。可我很快就把这事给忘了，更确切地说是我可以想到其他病人那些讶异而适度的反应，他们在心里喃喃自语或者会意地表示拒绝。

我感觉自己更平静、更柔和了，头上戴着类似看不见的安全帽，一方面归于第一次神经元过热后的疲惫，另一方面归于叫人暗淡下去的药物。世界受到了压抑，偏执狂完全改变和抑制了思维。我更平静了，是的，但也很怀疑：我在哪里？为什么在那里？而且这所有的一切不仅仅是巨大的自我欺骗，好为了让朋友们平静下来吗？在疯子和受害者之间，我在这里是不恰当的，这种认识渐渐形成了。烟火仓库的那场火灾让我想起了那熊熊燃烧的外面，想起了现实中发生的大事和变革，想起了这个世界在大火中的狂怒征兆，而我可以肯定在一片狼藉之中负有一项使命，尽管我不知道它应该是什么样子。医院不适合我想要成为的那个人，也阻止我履行我从远方被托付的义务。我因为自愿在那里，因此可以不顾大夫的劝告而出院。而且我之后就这样做了，回到了那个居所。我的室友之前就想着要搬走，其间真的已经离开了那里。静寂在发出声音。

一九九九年

22

我得的精神疾病，就是躁郁症。在临床领域，以及越来越多地在日常应用中，它也以双相情感障碍闻名。这种有点湿乎乎而且——不仅对我的概念而言——轻视性的（不过对其他概念而言却是较少受辱性的）新名称得到了采用，以便可以更好地描摹这种障碍的不同形式：双相Ⅰ型，双相Ⅱ型，循环性情感症，快速循环型，混合型。双相Ⅰ型是伴随抑郁症的典型躁狂症，大多会复发，就是说，病人一生中会多次患病。双相Ⅱ型的病人，常常先是患上抑郁症，然后是轻度躁狂症，然后又是抑郁症。轻度躁狂症在这里是躁狂症的一种轻微而缓和的形式，就是说：病人感觉自己特别强大、机灵、快乐，富有创造性，很早醒来，情绪特别饱满，而又不会制造任何后果严重的屁事，而在完全的躁狂症中就会遇到这样的情况。（假若没有抑郁症的话，轻度躁狂症几乎不会被视为问题）循环性情感症具有双相Ⅱ型的症状，但又一次得到缓和，在比较高的频率上。对于快速循环型的病人而言，频率还要更高，一年最多四个插曲，然而上下震荡很剧烈。对混合型的病人，躁狂症和抑郁症的症状将同时或者在很短的间隔内出现。

我得的是双相Ⅰ型，也就是典型而严重的变种，精神病科大夫埃米尔·克雷佩林[①]在十九世纪末将该病命名为"躁狂抑

[①] 埃米尔·克雷佩林（Emil Kraepelin，1856—1926），德国精神病学家，现代精神病学创始人。他以精神病病原学的研究而著称。

郁的精神错乱"。无论是躁狂症还是抑郁症，它们的特征在这里都有着完整的体现。在这一变种内，我的个人症状又一次看起来特别强烈，而且，正如某些人称呼的那样，是"核武器"：我的躁狂症和抑郁症持续时间特别漫长，而且此外，躁狂症由偏执狂的精神病陪伴着。如果我这里提及躁狂症，大多情形下说的是这种精神病，它意味着是一种很明显也很疯狂的失去现实，直至出现幻觉的瞬间。双相Ⅰ型的平均值持续大约两周至两个月，我到目前为止却已经经历了躁狂症的三个阶段，它们远高出平均值，而且持续时间一次比一次更长：一九九九年是三个月，二〇〇六年是一年，二〇一〇年甚至几乎一年半。此后的抑郁症同样相当漫长而痛苦地结束。而且，还在躁狂症阶段时，你就可以相信抑郁症将会接踵而至。而且躁狂症越是强烈，抑郁症就越是顽强。

人们可以看到，躁狂抑郁障碍属于世界范围内导致终身残疾最为常见的十种疾病之一。它出现得相对很常见：在3%—6.6%的人口中，他们的一生至少有一次患上其中的一种疾患。非官方数字非常之高：双相障碍人群中估计有一半从未被诊断为上述的病人。障碍的起因具有生物学和神经病学的天性，但它作为精神疾病显示出来，也就是在变得古怪的经历和行为中：这种内心生活无法控制，一切更强烈地被感觉和被发泄；一种结束于真正疯狂的强烈程度。病人感觉自己远胜过他周围的人，庆祝他获得的新的自信，满怀巨大的活力。然后他喜欢极大地浪费所有的资源，无论是心灵上的、精神上的或者经济上的。失去的自制力在

一九九九年　73

所有的领域发怒：躁狂症患者在性行为上喜欢放荡不羁，在智力上喜欢异想天开，在情感上喜欢大起大落。他逐渐展示出的那些想法和计划是脱离现实的，行动的样式是难以捉摸和毫无节制的。创造性可以引起病发，但摇身一变也可以什么都没有。注意力变得漫不经心，只见树木不见森林，从小木块变成小木棍，然后又只认出森林，接着砰的一声撞向树木。爱情仅限于猛烈、混乱以及有时超强的冲动的次序，断断续续地，不由自主地，并且可以导致和他人发生短暂的风流韵事，而他们在健康时期一定会对此了无兴趣。躁狂症患者穿着显眼，活动起来不知疲倦而忙碌不堪，沉溺于购物，陷入失眠和一种抑制不住的倾向于文字游戏和爱开玩笑的演讲欲望，它只是不充分地反映他那些分裂想法的滑稽可笑。与此同时，他把自己伪装成热情的人，有着特别良好的情绪，这也正是为什么诊断常常很困难的原因。他负债，毁掉自己。此外当他还不得不和精神病症状战斗的时候，这种症状在早期分类中更多地被划归精神分裂症，现在却也被视为始终可能的双相性的产物，那么，不管其亢奋的高度，躁狂症有可能转化成可疑的偏执狂、消极的强迫症以及令人恐惧地完全看不懂这个现实世界。然后，在精神分裂症和躁狂症之间有时唯有幻觉作为区分标准——以及复发的频度。因此，许多精神分裂症估计也是被误诊了的双相障碍患者。

相反，在负量症状阶段，即躁狂症的反面，也就是抑郁症阶段，双相疾病将导致一种几近不堪忍受的心灵疾病，仅仅用失望、麻木、冷漠和绝望描述是不充分的，而这种疾病以自杀告终的并不鲜见,也就是说至少15%的病人,而在被列入的医治病人中至少有四分之一的人试图自杀。还要高出许多的是死亡率,如果这种障碍未得到治疗的话。它超出所有心脏病的死亡率,超出许多癌症的死亡率。

23

出院后第二天,凌晨四点,我从床上爬起,马上完全清醒过来,就在茫茫黑夜中开始了发疯似的漫游,脑海里装腔作势地引用诺瓦利斯的《夜颂》的诗句,穿越城市前往施特格利茨方向,八点来到了玛格达和她妹妹的早餐桌前,但桌子已经不得不重新收拾干净,因为和我不同的是,那些人还一直在大学正常地读书。然后,我踏着沉重的脚步一直走到城市的尽头,然后问自己——现在至少身体上疲惫不堪了,究竟有什么东西被传播到了这世上。这自然感觉也是不错的,将我积聚了多年的剩余能量挥霍似的还给他们。如果太多的空虚出现,那么新的刺激、新的挑衅必须马上过来,要么是真实的,面对面的,要么是在网上,因为我的文章在那里反正真的是成千倍地,哦什么:被复制和传播了百万倍,正如我想象的那样。总理对此做出反应,凯特·摩丝[①]、马克西姆·毕勒[②]同样也是,而且每

[①] 凯特·摩丝(Kate Ann Moss,1974—),英国模特、演员。
[②] 马克西姆·毕勒(Maxim Biller,1960—),德国作家。

个人都以自己的高度个性化的方式。我在大学数据处理中心写了一些东西贴到网上，然后在接下来的几分钟里观察学院走廊上和达勒姆的马路上人们的反应。就连这种平静我也觉得生疑。"达勒姆必须燃烧！"我哈哈大笑地如此想道或者说道，去了兰克威茨，又回来了。

媒体机构是唯一歇斯底里的响应机。要对视频编制好程序和做好安排，只有这样他们才能直截了当地对我的看法，不错，对我的行动、我的道路和语言做出反应，鼓励、警告、谩骂、赞美我，不过还可以一直对我评头品足。我被关押在一个由信号组成的斗室里，它们在庆祝自己的狂欢节，同时和作为王子、傻瓜以及舞后的我一起。即便在我自己的房间里，我也无法知道谁目睹了所有的一切，谁由于我的身体姿势或者我发表在网上的言论而构想出最新新闻和视频片段，然后我着魔似的反复盯着电视看。一切都是实况播送。我恐惧而麻木地坐在那里，直至怒火重新把我击倒。

有时它重新将我拉回到那些讨论课上，我不得不竭尽全力控制住自己，才能完全挺住那一个半小时。其实我无法再平心静气地坐下镇定自若地倾听。有时我要求发言，将过快的属于毫无关联的回答充斥到空间，看到了早期浪漫派作家和后虚拟朋克之间的崭新关系，开些幼稚的玩笑，顺便拿"柯策布"[①]和

[①] 柯策布（August von Kotzebue，1761—1819），德国剧作家、小说家，一生著有 211 部剧本，是当时德国最有成就的剧作家。

同名系列广播剧里的"呆呆精灵"比较,这让我的女邻座哈哈大笑,却显然让教授惊慌失措。那些强迫症的玩笑属于精神分裂症和躁狂症患者的典型风格,占用了我的语言中心。

此外,为了不至于让自己完全绝望,我也在努力收拾这种混乱变成某些笑话的残局。我寻找前室友拉斯工作的画廊。那里说是要举办一个新的展览,我是偶然了解到,和童书相关的什么东西,或许是为我这个永远的孩子准备的。画廊女主人热情地欢迎我,真的带我到下面的图画书那里。我说这里什么都能画出来,这是艺术家的意志吧?——对呀,她说,那里都是画笔。——可是迄今为止那里还没有人进去画过画呢!我说道。她点点头走了。她最好别这么做,因为现在我猛然抓起画笔开始画起来。我首先花了几秒钟时间,用彩笔很乖地填满了那些模型,勾画出了各种色调和层次。但是然后我就乱涂乱写起来,并没有关心那些规定的线条,就在我其实还一直想执行任务的时候,我却用画笔破坏了这个任务,并为此用大写字母设定了一个"毁灭",然后我觉得这太可笑了,我在"毁灭"的后面设定了另外一个"毁灭",它似乎给我提供了一个更好的信息:在这种毁灭的行动中,人们也还必须毁灭这种毁灭。不知什么时候,我站了起来,彬彬有礼地告别,离开了画廊。一小时后,我最到位地评论了这一行动,而且在其中一个被我保留的互联网论坛里使用幼稚可笑的添油加醋的修辞方式,因为我不得不重新捕捉和解释这种我到处感受到的、在媒体上已经被兴奋地讨论过的谣言,拉斯来我家里匆匆做客,说有人传给他听了这

一九九九年

一行动的新闻,睁着空洞的眼睛将它称之为"印象深刻"。

我给各种各样的人打电话——当时绝大多数的号码还很容易在电话簿上找到,留下了加密信息,把几个对话重新解码到我的偏执狂的参考网络,然后把新的暗示装进后脑勺后就到城里去了,仿佛一个游戏人物,一级级地跳过,将不管什么东西一一捡起来,急匆匆地回家,重新打起电话。我给乌尔夫·波夏特[①]、尤塔·科特[②]以及迪特马尔·达特[③]写邮件,给莫里茨·封·乌斯拉[④]打电话。达特没有回我邮件,这使我对音乐与流行文化杂志《施皮克斯》(Spex)怀恨在心,并且继续编织我给他记下的任何一个短袜隐喻;波夏特回答得亦庄亦谐,并且发觉他饶有兴趣地看完了我寄给他的东西,但那东西是文学而不是新闻写作;相反,尤塔·科特像按电钮那样谈到她在纽约的日子,而且不带伪装,这使我感到奇怪。她向一个陌生的疯子吐露真情,尽管他为此很高兴,但在他发疯时他是没法拿她下手的。我不知所措地回了信。有一次我期待和莫里茨·冯·乌斯拉通话,他终于简明扼要地说道,他一定是没明白我给他的电话留的信息。我又一次恍然大悟,简短地问我自己,为何他听起来如此健康而洪亮,而我恰恰不是。可然后,这种认识在瞬息之间颠倒了过来:因为他简直患上了又酷又完全盲目而迟钝的大惊小怪的毛病,而我,我是真正的、盛开的、地道的生命。

[①][②][③][④] 都为德国当下的著名媒体人。

24

我们站在魔鬼山上。我曾经来过这里,不过,什么都无法和现在的时刻,不,和这种"动量"相比。黄昏时分,臭氧稠密,这是一种想要充满和砸开内心的气氛。在暮色四合中,朦胧的轮廓变得柔软,身体透气,幽灵出没。有一瞬间我感觉到仿佛可以飞翔。我在想,如果疯了,我会去尝试,我会伸开和放下双臂。薇拉和亨利克离我很近。我能感觉到她们,她们能感觉到我。我们是人,亨利克指着勒·柯布西耶①故居,在解释什么。我侧耳倾听,明白了。一切似乎非常简单。

我不知道,是否顿悟者的隐喻对我的感觉产生了影响,是否我的感觉更多的是箴言而不是感觉——或者说是否我真的如此经历了所有的一切。我是说真的经历了这件事。我的头发像树枝状突起。头上有压力,但轻微而友善,皮肤是敏感的,但很正常。一切视接待而定。在这个由勒·柯布西耶故居、魔鬼山和奥林匹克体育场组成的三角形里,那些事物承载着历史:从装饰图案中解放出来的共同生活这种力求务实的包豪斯幻景遇见了法西斯主义的大型建筑,法西斯主义的废墟上有一座倾塌了的盟军监听站,现在可以爬到上面去,在"双相障碍世界"的残余上自由攀登——我们站在里面,微风吹拂,真正来自天堂的微风。我们给自己信号,受着祝福,又很安全。历史的紧

---

① 勒·柯布西耶(Le Corbusier,1887—1965),20世纪法国最著名的建筑大师、城市规划家和作家。

一九九九年

张关系继续把我扔向远方，远离了我默默忍受着的其他人。我独自一人步履蹒跚地向山上走去，到了那个休闲场所，滑倒在地，然后仰卧着望着那上面的星辰，我曾经如此深爱过，现在却已经忘记了它们。它们静默而持续地闪闪发光。冷战已经一去不复返了，那里成了休闲场所。我在想，是年轻人自己搭建了这个地方，而且是通过他们的无所事事，一个了不起的拒绝，在百孔千疮的帆布胶底运动鞋里集体懈怠：成长的代价。这是上世纪六七十年代那一代人的终身事业。我站起来，继续走。夜色善意地吞噬了我。

25

一天后（或者两天，或者一周后）我坐在夏里特医院我的大夫的候诊室里。偶尔我去看门诊。一名女疯子闲坐在我对面，约莫四十岁，身体浮肿，聚精会神。她翻来覆去地盯着我的膝间，然后充满信赖地在她的椅子上来回晃动。我显得镇定自若，试图把我的宁静分给她一些。

就在进入大夫办公室时，我才想起，我的父亲，我的生物学上的父亲，我的生父，就是这么叫的，而我觉得这个想法、这个概念就仿佛是在电视里播放的无数个下午脱口秀里一样——我的父亲可能听闻我过得不好（为何"不好"？我精力充沛着呢），正在驾车前往柏林的路上，却在半途抛锚了。我听说是这样。我设想了一个无言的戏剧性场景：在高速公路的紧急停靠车道上，他一定是终于下车了，在森林方向上做了一个很难下定义的手势，然后脑袋无力地垂挂在汽车顶盖上。其他汽车则无动于衷地呼啸而过。这想必就是电影，没有文字，却极具戏剧性。半途完蛋：一个生活景象。与此同时，我相信这是骗人的。为何一辆卡车司机不该沿着铁路线开往柏林呢？或许他真的只是到一家赌场去，却在那里坠落，像从前一样。我不认识他。

我的大夫梅尔文博士始终是个最冷静的家伙，你无法说出他长什么样子。他一直戴着眼镜，头发没有光泽。他冷静地打听我究竟有着怎样的想法和怎样的感觉，不动声色和拘泥死板地问我问题，却不发表任何评论。有时，他和我那些忧心忡忡的朋友通个电话，这我知道。但在这里却对此一声不吭。我对他是认真的，同时又不认真，如同那个女疯子那样，当我穿过候诊室走到室外时，她已经消失不见了。所有的一切都只是无足轻重的东西而已。

26

躁狂阶段，时间在奔跑。一天一天飞驰而过，不，人更多的是随着日子一起飞驰。那些印象数也数不清，刺激很晃眼，睡眠时间很短暂。人们生活在可以吸引所有的人和所有的一切的信念里，直至最后一根神经纤维都充满着活力、才华、全能、幸福，然后重新充满着恐慌、愤怒和罪责。

我密切注视着我的敌人斯普林格和戴姆勒-奔驰。他们在市中区扩大了业务范围，散发资本主义晚期的礼物，并且纯粹出于绝望，恰恰因此散发高性能的礼物，制造出笨重的不明飞行物和大型纪念碑，将它们无所顾忌地安插到市中心。我到百货商店的体育用品部，寻找棒球拍，却首先被那些技术装备精良的漂亮棒球鞋和棒球裤分散了注意力。棒极了！可现在我没有时间关心这种玩意儿，以及后面地上那种能体会到棒球场的线条。再往后变得更加美国化了，棒球可能不会很远了。而事实上，好多好多的棒球，它们就挂在一只封闭的玻璃柜里。由于早就受到良心的轻微谴责，我让一名店员打开柜子看看，此人并没有心存怀疑，显得和颜悦色。我拿起一只棒球拍，这是一根实心、沉重、坚硬的木头，我弯曲着胳膊像个专业人士一样掂了掂它的分量，咧嘴冷笑了一下，正如那名店员也咧嘴冷笑了一下一样，他并没有离开我的左右。我动作缓慢地暗示了几下场地上的运动，用棒球拍描述了那些击球的典型弧线，脖颈前倾，棒球拍从身体一侧击中了棒球。我摆出一副专家的神情重复了好几次，步伐轻盈地蹦跳，仿佛我对这一体育运动项目熟稔已久。与此同时，我觉得自己就像是一名绝地骑士：棒球拍的运动实际上和光剑的击打相似。这是耐克公司进入宇宙的商标。我在无意识之中看到自己砸掉了普勒克西玻璃窗，在经过五次发挥到位的猛击之后，碎片飞溅到不久就有裂缝的同一个地方，无数的碎片向空中爆裂，就连这种碎裂声也成了突然吼叫起来的"流行尖端"乐队的警报声。然后就没有了支撑，没有了归途。整个分店的人必须相信，我会很快将展出的奔驰大轿车砸成未来主义的废铁艺术，一份反对资本主义和反对艺术的声明：花钱如流水，各种型号的汽车变成了垃圾。然后我就想穿着系带子的靴子继续到斯普林格大厦，在万般寂静之中，戴着苏西从伦敦寄给我的那顶冲锋帽，以便在那里——不错，斯普林格大厦怎么了，我如何撼动它呢？我必须吸引他们别墅里的那些老左派吗，他们会和我同行，以便还能完成他们失去了的生活曲线吗？给挑拨者致命一击！

可我想不起来具体的东西了，站在我旁边的店员显得不耐烦起来。另外：一只棒球拍抗击一幢大厦，和螺丝刀对装甲车发动起义相类似，对吗？此外，我无法使那些愚蠢的幻想突然不再完全和我陈旧而剩余的自画像一致。这难道真的是我吗？一个傻乎乎的"迷你恐怖分子"吗？道德顾忌和这种念头混合在一起：即便在敌人选举时也受彻头彻尾的陈词滥调的骗。不是所有的战役早就被打败了吗？究竟还留下哪些战斗？我手里那只棒球拍重新变成了没有生命的物体，它就是物体。不带激光。更确切地说，我匆匆站在前面，突变为愚蠢的便虱。真是可笑。

"嗯，非常好。"我把那只棒球拍塞到那名营业员手里，表示感谢后离开了。然后我转过身来，却还是买了一只篮球。

27

我时而还和朋友们一起外出、酗酒，用我的网络爱人的名字和陌生姑娘搭讪，把所有的一切都搞混淆了。任何空间都变成了具有深刻意义的洞穴,挤满了无法想象的人物。我特别偏爱玛格达,短时间、很长时间或者更长时间,她也和我交往,任凭自己口若悬河个没完没了,无论说的东西有多么过分和愚蠢。她过来看我的时候,我正放入《怪猫菲里兹》碟片,这是一部喜剧动画片,我其实根本就不喜欢看,但现在似乎成了一个不可抗拒的诱惑工具,加上所有这些性爱和吸大麻的东西。我本人就是卡通猫。

我非常喜欢玛格达,可很快又忘记了这件事,几天后在一个私人派对上和另外一个姑娘瞎扯淡,她的名字我都记不得了。她也拜访过我(她的电话紧跟在另外一个姑娘也就是我的网络爱人的电话后面,我觉得这是协商和预谋好了的,偏执狂的实况转播,而这两人彼此完全不相识),但并不是像玛格达那样完全恰到好处地对付得了我的独白。她大概觉得我阴森可怕,正如我如此毫无目的性地谈论的那样,她又想马上离开,说是现在急着要去人民舞台参加施林根西夫之夜,我们曾经很随意地计划过这个夜晚。在去人民舞台的路上,她向我证明我"和真相保持另外一种关系",不言而喻的是,我对它做出了完全错误的解释:不是作为她认为的怪诞不经的倒卖关系,而是作为唯一正确、优秀以及确实是真实的关系,作为解开所有谜团的唯一钥匙。然后慢慢变为逐一拼读出真理的各种不同的理论,同意理论、关联理论、图像理论,"晨星就是昏星",以便之后提出自己的一个不成熟的假设,它为我崭新的事实隐喻技巧提供了最初的推论。我觉得这位姑娘貌若天仙。

在人民舞台，我们从敞开着的边门走进观众大厅，我声称认识施林根西夫，就像我也会认识福柯一样，我想他还活着吧。我真可以和他们俩一直交流下去。我是根据文本的一致性说事，足够怪诞不经，但它看起来像是声称真正的友谊。难道我们大家不是真兄弟，在我们反抗无望和系统里的错误时，每个人在为自己，而且不是也在为其他人吗？演出秀已经开始，我越来越烦躁不安，已在积聚语词，前推后撞，那些冲动像小电击那样突然在我心中闪现——可我还没能用叫喊的方式打断她，她在又一次打量我之后说道："我们还是走吧。"

于是，她又把我带走了。

去轻轨车站的路上阴雨绵绵，克莱门斯·席克[①]和我们不期而遇，他和我以前的室友拉斯是好朋友。好像我和他更亲近似的，我高兴地对他叫了一声"克莱门斯"。他站住不动，于是那情形立即僵化了。他惊讶地注视我，我只好默不作声而不是继续说话。他和那个姑娘现在不得不闲聊几句，其实他们谁也不想聊，他们的目光暴露了真相，因此我至今依然知道他俩完全意识到我的健康状况。我记得我当时错误估计的目光。或许拉斯跟他讲起过这事吗？但或许这也是太过明显了。

"那你们现在干什么？"他问道，很和蔼可亲，却又不知所措。

"我们回家去。"姑娘回答，脸上带着可疑的严肃神情。

然后三个人都点点头，彼此互祝晚安后各走各的路。

[①] 克莱门斯·席克（Clemens Schick, 1972— ），德国演员。

假如让我回想起那个场景，雨中在哈克施市场上的那幅画面，未来演员席克站在我们面前，在姑娘说话的时候我从一侧注视她，那么我终于又完全意识到了有人在疾病突发之下拥有的那种感觉。那种离奇古怪的心不在焉的感觉。精神病的距离，那种冲击，那种无法看透的、突然出现完全错乱的情况的新鲜事。我所处的现实的邻室，那间我不能走出来的后房———一切都是暂时在那里，可以回想起这种其实并不引起轰动的相遇。可那幅画面并不是像寻常记忆中的一个印象存留在记忆里，而是像一个场景，从受压抑的内部出发，我透过溅上了雨滴的挡风玻璃观察到。我站在那两个人旁边，说点什么，什么也不说，都无所谓。我也可以叫喊，距离想必是同样的距离。他们相顾无言。目前仍在继续发挥作用的东西：一时冲动的不合时宜的问候，在同一瞬间对此产生的恐惧，然后，在接下来的瞬间是对那种刺激置之不理。这种黑格尔的运动三段式，一再出现：突破，惊恐，无视。然后是羞怯的沉默，同时是突破伪造的意志；然后又是正确解释两个人目光的无能，可我知道他们还是知道一些东西。一部分的神经意识到这种不一致，静静地颤抖着，但很遗憾的是，意识本身忽视了它们。一种紧张，一个如一部"黑色电影"里的场景，英俊而深沉的人们，以及那种完全不对劲的直觉。克莱门斯清晰而锐利的蓝色眼睛，他对此想不起来了；那个无名姑娘的美丽，她永远无法看出来；而我从他们的话语中听出那种罕见的不诚实，我细听整个情况而得知的不诚实,却没有能够给这种倒卖和谎言的细节本身命名,没有预料到这种不诚实究竟来自哪里。

  细节自然就是我。可我不知道这一点。头上有压力,电影里的雨点落下,光线模糊不清。这种过多,这种缺席,先是他的眼睛,然后才是我的眼睛。这种和我交往时充满的小心翼翼,它像漂白薄纱布那样将一切缠绕起来,一种行为举止,它在碰到类似情况时让我后来精神失常更厉害。被置换。那种退却,那种突进:这种分辨光线和捉摸不透的气息的尝试,这些雨中的光环。这些正如我在我的语言怪诞录中马上想到的"假光环"。那雨点,那眼睛。那徒劳。

  然后就是平淡无奇地走下去。我把姑娘带到火车站,自己马上摇摇晃晃地走回家,听到那里震耳欲聋的音乐,看了旧书籍和新文章中的几个段落,睡着了,三小时后又惊醒过来,好出去继续折腾。

  多年以后,那位姑娘在一次舞会上想要找我攀谈,问我是否还一直了解施林根西夫,或者现在,或者究竟如何,假如我之前没有搞错或者现在没有搞错,她的脸上就会掠过一丝嘲弄。在此期间我已经痊愈,然而,在那一刻,我已忘记或者抑制这件事,现在却又碰上了,回忆立马回来了,而我会缄默不言。她微微一笑,又跑去跳舞了,我意识到,我幻想中的任何一个夜晚、任何一个小时统统是无法被忘怀的,并且在某个地方已留下它们的印迹,永远。

一九九九年

28

于是，这事持续了两三个月。那些摆脱不了的思想很活跃。所谓的千禧年临近，又额外使我蠢蠢欲动。突然之间，我明白我周围那种迄今视为可笑的千禧年的歇斯底里，甚至也让自己感染上了，因为很明显，我真的就是其中的一员，即便根本不是这一可怕的恶作剧的始作俑者。一切似乎早就在路上了，我似乎早就在路上了。我陷入沉思之中，从何时开始那些人认识我、打量我，试图看出世界精神的事故具体发生在何时。我给自己购买了当时颇为流行的一九八七年、一九八三年、一九八二年、一九七九年以及一九七七年的《编年史》，加上各种不同的菲舍尔版世界年鉴，然后研究政治事件和文化事件，回忆流行歌曲中的歌词，对它们重新解释和歌唱。他们一直谈到我！建议、重新解释、命令和辱骂铺天盖地地向我袭来。我迷失在由歌词和新闻组成的一团乱线里，它始终不断地悄悄告诉我最为自相矛盾的信息。

一九八二年和一九八三年很快成了我摆脱不了的思想的组成部分。直至那时我一直是孩子，那个时候可能从孩子那里发现了一种人类无意识的实验。我从完全崭新的角度看待一九八二年的政府更迭。世界精神的探照灯果真击中了来自波恩巴特戈德斯贝格区类似少数民族聚集区里一个微不足道的西里西亚人后裔，不过此人是在相当错乱的境况下长大的，而且这种保守的反作用似乎在基民盟方向上是完全不同于奇迹的东西。那些预言家和首席评论家显然担心，这个孩子，这个用星球大战做比喻而且恰恰也是拥有了真正"权力"的杂种，可以让这个刚刚才深入研究自己过错的德国承担起一个还不太说得出口的新过错。此外，我的热爱酗酒和喜欢暴力的继父叫赫尔穆特，在科尔出场时正如和施密特出场时一样，那些"赫尔穆特，赫尔穆特"的叫喊声，在这种已经幻想般的回顾时，在我看来不再只是政治的喧嚣，而是在受伤害的精神方向上扭曲的鼓励，是歇斯底里发作的群体合唱，令我产生反作用，让我气愤。我跟踪人口发展，研究收入情况和节假日没有规律的节奏。我经常带上《编年史》穿越该地区，在书海里漫游，用我自己的生卒年数据和它们进行比较，然后总是得出新的结果，它们似乎阐明得越来越精确。我母亲究竟何时被送进了变态心理专科医院？我在戈德斯贝格的临时入学究竟还要在何时开始？何时从亚琛逃离？警察何时过来？沾满血的网球拍的日子是在何时？我开始从历史事件中看出自己的生卒年数据，而不是相反。而且一切都没错，总是没错，因为我也喜欢重新忘记一切，以便之后重新接受这种解释过程。一旦我们的茅屋烧起来，整个世界将变成一片火海。一旦整个世界变成一片火海，我们的小茅屋将消失得无影无踪。

29

"潜水"，在由声音组成的框框里，我设想自己生命最初的样子，那是在我的记忆开始之前，有一股洪流冲入即将消解的小市民困扰之中。那记忆一头踏进接下来的陷阱里，它后来成了真正的陷阱，有着啪的一声的机械装置和哈喇味的乳酪，有着双层地板、陷坑、鼻出血痕迹以及"哈里波"橡皮糖的野鬼。而电视里的赫尔穆特·科尔迅速发胖了。

单一因果关系很愚蠢，原则性的反因果关系却也同样如此。当然童年时代也有原因，即便我感到很痛苦，要去严格区分地切除它们，而不是让它们马上僵化成后来片面的解释。

突发的疾病重新俘获了一个躲避者。童年的惶恐不安又回来了。十九岁时，为了最终建立自己的生活，我按照自己的原则和指示上了大学。离开，只是离开那个狭窄的地方，进入理智和文学的广阔世界，进入网上学习。

有次我们看七十年代的超八毫米电影，我和父母亲当时是在西班牙看的，我们在度假，我当时应该还不到三岁，因为后来他们离异了，母亲拉住我的手在外面转悠，不让我独自走路，尽管我显然希望自己一个人行走，母亲一再对我太过关怀备至和狂妄自大，其实是在滥用她的权力，犹如在玩弄某一件玩具，为此还自鸣得意地和摄像机卖弄风情——这种方式方法让我感到害怕。我的表兄弟们也想到了这一点，在圣诞看电影时，他们嚷道，大家可不要打搅我呀，"哎，"他们嚷道，仿佛他们还可以干预似的："可不要打搅托马斯呀，我的老天！"我不明白这一点，注视着我那些沉默不言的阿姨，心里很不痛快。其时就是如此。

随着第一次离婚的噼啪声（在毫无节制的赌博、赌债、皮条客威胁、被打掉牙齿之后），放荡不羁的日子开始了，这使之后的十多年都无法让任何一种生活节奏成为可能。逃亡运动摆上议事日程。母亲十七岁时从波兰移居至陌生的语言又不通的德国，她的无望传染给了时而被歇斯底里地宠爱、时而遭到冷落的独生子身上，那个独生子就是我。为此她也在寻找一点点安定性，没头没脑地投入和酒鬼计算机科学工作者的第二次婚姻之中，他的这种暴力癖好早在婚礼前就呈现出发作的迹象。但渴望很盲目。流血的场面马上变得越来越频繁，离婚周期越来越迅速；我不得不越发频繁地以一种不健康的方式首先保护我的母亲，然后安慰她，最后从感情上和她结成伙伴关系，直至那头怪物还是重新被允许进入家庭细胞，以便在那里不久之后重新残酷地暴跳如雷。因此对幸福瞬间的信任基本上被摧毁了：那只野兽一再突然从被假定为"父亲"的诌媚者那里冲出来，母亲一再证明自己是受虐待的孩子，而这个孩子本人已经难以谈论所有的一切，总是继续退回自身。她不断地安慰自己，有一次却躺在地上被踩躏长达好几分钟之久。而这一切是在反社会区里那个用煤取暖的近四十平方米空间里。

"我的童年具有'血肿'这词的颜色。"在我躁狂阵发之前几个月，我借我的《星期六之夜》的一个角色说出了口。那是一个一事无成的音乐主持，名叫彭克，他神不知鬼不觉地在地下室酒吧在各种音乐种类之间来回剪辑。我大致知道自己说的是什么意思，在联觉的效应位移中，可我也看到那个首次回首

一九九九年

者的激情，对他而言自己的童年和青年时代突然变得客观化了。这个"单词的颜色"：因为这个词常常指向大夫出具的疾病证明和鉴定意见，"血肿"的情况一直存在，可能是为了在临时的命令中和鉴于一次终于即将完成的离异，能够向这头和我母亲结成姻亲关系的猛兽证明它的过错。我起先不知道"血肿"是什么意思，但可以从相互关系中推断出，这种相互关系反正使全新视角看待发生的事情成为可能，一种第三方的客观目光，我完全不熟悉的大夫的目光，它却将我们在这里过的生活视为一种灾难性的生活，既冷静又明确，还充满着术语。除了漫画书，这是最先持续的阅读体验。

所有积极的东西都将在事后被毒杀。比如《海蒂》，《海蒂》和警察。在亚琛，五六年前，一天晚上，继父坐在我的房间里，和我一起看《海蒂》，和大家一样我也喜欢看这部连续剧。几周前，他们买了录像机，所有的影视剧你都可以反复地看（包括《海蒂》），我简直难以相信这一点。我觉得它就像真正的奇迹：幸福现在可以无限地被复制。由于平时在这段时间里——而且令我感到高兴和轻松的是——更确切地说是我被冷落了（我的生父竭力凭空使用一次诉讼，好从"那些关系"中救出我来，然后当预定目的没有达到时，他又重新消失不见，而我的母亲手拿那封信痛哭流涕地问道："你不是要待在我这里吗？"），因此继父在那个夜晚向我表示的那种关照让我感到既突然又奇怪。我的母亲究竟在哪儿？没有回答。我们坐在漆黑一片的地方，一言不发地看着一集又一集，唯有电视机在装饰成日本味的

《海蒂》色中花花绿绿地发光。他拥抱我，抚摸我。这种亲近新鲜却假意，然而我在享受这样的亲近。我不明白，他常常就是如此，就这样又一次喝得酩酊大醉，或许还吃多了药丸，自己可能需要安慰，我还没有听说之前在一家地下酒吧举办的一次派对上有过另一种骚动，他怒火中烧，威胁过我的母亲和邻居，或许也揍过他们。那天晚上的观影会持续了很久，我闻到了他那微甜的带酒气的呼吸，我尚无法识别这样的味道。然后门铃响了，警察站在门口。大喊大叫。身穿制服的他们想带走他，邻居们站在他们后面，争执出现了，言词和动粗，我母亲在中间哭泣。这种背景音乐。我现在又单独看《海蒂》了，它现在看起来却迥然不同。

所以一切一直在反复。回首往事，任何关照失去了自身价值。在这段时间里，我们俩也从亚琛逃回波恩，先是在我外公家住了下来，后来住在那个年久失修的居室里，我们本来接下来要在那里生活很多年——荒唐可笑的是，我继父不久又搬进去住了，让我大吃一惊（"家里有惊喜，"母亲从我外公外婆家回来的路上说，又是圣诞节了，"我不知道你是否高兴"）。于是逃避失去了它的价值和目的。似乎想要逃避任何一样东西，都简直毫无意义。它反正作为无法避免的事回来了，这家伙不可避免地又坐在家里，却不明就里，他很想马上重新突变成驴，可以醉醺醺地躺在沙发上，将烟蒂丢到地上，一根接一根地，好让我那哭着一根接一根捡起烟蒂的母亲受到屈辱——人们应该为此感到高兴才是。后来在接下来的几年里，也不是他，而

一九九九年

是我，每天不得不从地下室里拿上去两桶煤球，忍受那下面极大的恐惧——从不停播放的垃圾电视里的煤堆下面自自然然地露出陌生的碎尸，我每天早晨必须从报箱里偷拿的《快报》上报道的整个地下室全是谋杀者，而出自某个角落的楼梯栏杆的弧形末端，理所当然地就是一个横在拐角处窥视的老魔鬼的脑袋部分，他苍白的额头上耷拉着被汗水湿透的头发。一年后，直到看过斯蒂芬·金的《降E大调》才使我摆脱它。如果这是恐怖小说，它就获得解放了。

"我们当时病了。"母亲后来说。她可能指的是两个人服用了大量安眠药：宁神定。这也是我童年时代一个无法理解的单词。

30

是《半人》音乐①！继续播放吧。我待在裹挟着我的波浪的峰顶上。被复制的千篇一律的好几百份传单，其中就有我在夏洛腾堡分发的包括威廉·布莱克②在内的诗歌和音乐杂志《施皮克斯》的访谈录，我将一份很奇怪由迪特里希·迪德里希森③本人所作的访谈复印件塞到正风风火火从我身边走过的他的手上，迪德里希森先是很感兴趣，然后一溜烟地走开了，因为他发觉这是个疯子；我继续到各区晃荡，参加各种派对，和陌生人攀

---

① 德国"倒塌的新建筑物"乐队的专辑。
② 威廉·布莱克（William Blake，1757—1827），英国著名诗人和版画家。
③ 迪特里希·迪德里希森（Diedrich Diederichsen，1957— ），德国音乐人。

谈，因为我自以为从网络上认识他们，并且即便在他们否定相识时还坚持说，他们恰恰是因为这种否定相识的方式才是这个人或那个人——那里发生的其实就是稀里糊涂的张冠李戴的喜剧，只是那个笑话更多地遭到围剿了。

滚蛋吧！我用"艾迪"牌记号笔写下文字的那些纸装饰了住宅的过道，从而第一次引发警方出动，因为这些偏执狂的问候大概等同于他们感觉到了威胁。在一次和不知哪些文学家见面时，我向所有方向抛出未过滤过的笑话，然后一起到了巴黎酒吧，我在那里引得一个文化记者放声大笑，后来在出租车上和一位女版画家一起嚎啕痛哭。她偷偷塞给我这次行程中应得的份额，震惊地注视我之后才下车。一个坐在我旁边的大学数据处理中心交流生，我曾匆匆浏览过她的电子邮件地址，我很快给她发了一封邮件，这封信本来是特意给其他人准备的，可她觉得这个行为滑稽得难以置信，而且我在外面抽烟时感觉到她的兴趣不仅仅是交换电话号码。不过我恰恰没有任何拿得出手的东西。相反，我漂移到了几近神圣的领域，开始形而上学地冲浪，在这个紧绷而残酷的夏季之谜中寻找下一个迹象。我逃离达勒姆，强行上了轻轨，踏着沉重的脚步走过车厢，说着杂乱无章的废话，然后继续分发我的传单，传单上是复印的《施皮克斯》访谈录、格言录以及诺瓦利斯的哲学论断。后来有一个家伙在一次漫游时打量我，他在一次酒会时将我称为"滑稽的怪人"，他对他的女友如是说："瞧，拉哈，这就是我跟你说起过的那个滑稽的怪人。"我觉得这个很棒或者很坦率或者别

一九九九年

的什么,我叫来安德里亚斯,说他务必认识那个称我为滑稽的怪人的人。两人相视无言,安德里亚斯然后转向我问道:"为什么?"我一言不发,他耸耸肩重复了那个问题:"为什么?"他说得对。我不知道为什么。如此顺便问一下原因,可能很快把一个人拉回到现实的土地上。那个小组重新解散了。

海豚从我的嘴里跳出来,平淡的不成熟的想法重新愤怒地睡觉。我和玛格达参加了流行文化五重奏"皇家忧伤"的一个朗诵会,不过我身上带着阿多诺[①]的《最低限度的道德》和我的《星期六之夜》的书稿,也就是说特意做好了准备。我一边和玛格达坐在一张咖啡馆桌子旁,一边抽烟,将烟灰弹到阿多诺的书上,找了一个怪诞的理由,说我在这里马上会被烧焦。我常常将舞台前面那些流行文学家的陈述转换成那些必须隐藏在表面大话后面的信息。玛格达一筹莫展,沉默无语。人们茫然若失地朝我们这边张望。朗诵会之后我突访那个同舟共济的作家小组,高声重复着亚历山大·冯·舍恩伯格的姓,因为对我而言他就是一个以如此惊人的方式说话的名字,我试探克里斯蒂安·克拉赫特,当我说出我的名字时,他拥抱我,好在马上惊恐地重新后退,然后说道:"可你是一个混蛋。"我喜欢这一点,这是符合克拉赫特风格的,我高声嚷道愿意向他提供我的稿子,可是他不想要。但我喜欢这一点,于是我粗暴地哈哈大笑,将

[①] 阿多诺(Theodor Wiesengrund Adorno,1903—1969),德国哲学家、社会学家、音乐理论家,法兰克福学派第一代的主要代表人物,社会批判理论的理论奠基者。

稿子扔到一张咖啡馆桌子上，扭头走了。

那些朋友们始终在，总是试图捉住我，抑制我，召回我。而当一个知己站在我旁边，它真的会带来一些什么。我的推论由于他们的需求而被加了弹簧，或者由于必须重复而失去了一部分的百无禁忌；他们变得更无聊了，不必使劲狂奔出来，至少不会在接下来的五分钟之内。此外，我被他们屏蔽了剩余的世界。我可以暂时摆脱我的包袱，而它不会马上酿成社会不幸。短时间没问题。

有一次我和卢卡斯坐在一个儿童游乐场上，我们的身后有一个派对，我曾在那个派对上破口大骂。卢卡斯将一瓶啤酒塞到我手里，引导我离开派对现场来到那个漆黑的游乐场，我们就坐在那里的两架秋千上喝酒，和电影《楚门的世界》里一模一样。他聪明而和善的眼睛被那副眼镜缩小了，那里的月光犹如被照亮的瞳孔的衬底。在下面加装钢弹簧的木马做立正状，在细听动静，沙子在鞋下嚓嚓作响。我突然开始口若悬河，并呼天抢地地叫喊：我总是受骗，一切全乱套得无以复加，我根本就不知道人应该如何活着。但更多的是绝望而不是从我嘴里说出的愤怒，而哽咽马上混入我的长篇独白之中。"如果一切从一开始就是荒唐的欺骗，如果一个人始终只是被欺骗、被背叛和被出卖，那他如何还应该活着？"我嚎啕大哭。卢卡斯不知该说什么——要想反驳偏执狂为时已晚，当他默默地将手搭在我后背上以示安慰时，尽管他试图微笑，可他的眼里还是噙满了泪水。

一九九九年

31

　　夜复一夜、日复一日、周复一周的时间就这样过去了。我去偷，去奔，去喊。外部形象可怕而古怪：一个能兴奋却也很内向的角色突然发作成愚不可及，滥用疯疯癫癫的假设，怪事迭起，往里面切断，再也不能触手可及，以至于无法从外部意识到离开。外面是精神狂欢节，历史的偏执狂和语义学的妄想则在里面肆虐，它们因为无法毁灭而变结实了。我确实是人类的试验品，那个被期待了很久的弥赛亚，可他也被证明是一个完全正常的人，并由此消灭所有的宗教，也包括消灭所有的目的论。我们通过我的正常化踏入一个崭新的被理智主导的天堂，天堂使神话和启蒙和解，每日为天堂的机会和阐释而战，运用四面八方真正的武器和死者。其实是一个干巴巴的结尾：尼采并没能写死上帝，可我在我的无知中干脆把上帝杀了。

32

　　由于这种世界观在落到我身上的所有三次大躁狂症中或多或少保持一致地重新焕发生机，这里有必要对它简述一下。在我的小小说《恐龙在埃及》里，我从内心的角度描述过它，不过小说里带着加工的经过艺术虚构的躁狂症患者的急躁忙碌，包括他的举例嗜好和所有其他的不可理解。但这里涉及的是理解。

　　我猜想有一种隐蔽的世界史，一种自史前时代开始的秘密传说，一种真相，它是如此包罗万象和无法形容，竟无法向我透露，我不得不找上它，独自完成这种意识突变。恰恰在什么时候出事，谁也不可能知道。但是，根据我的解释，和犹太人期待弥赛亚一模一样，数百年来，对救世主的期待形成了，而没有限定为一种宗教或者某一个特定的文化圈。轻声低语地，而且以隐喻的方式被继续传播，一个人就要来了，而且大约在千禧年的时候。这种秘密转世论，我是如此设想这一点的，它自数百年以来贯穿着所有的文章、歌曲和图画。这是一种含义丰富的言说方式，恰如我不久前才在互联网上领教的那种方式。那恰恰就是言说的方式，因为它或多或少贯穿了所有的看法，从街头小卖部毫无恶意地购买香烟直至购买歌德的《浮士德》第二部，而且正因为如此，我现在也可以从我出生很久以前的那些时代的文章、电影、图画里发现对那种模糊而混乱的情结的提示。总是不断地希望出现救世主，但是这种轻声低语，这种"一个人就要来了"，这种母亲们或许早已在她们的孩子耳边唱起的声音，它比迄今为止的预言传向全世界要旷日持久得多。歇斯底里缓慢地生根，人们在一个疯狂的快动作里才可以认识到这种歇斯底里真正的尺度。这一过程如此缓慢，那些人根本不知道，是哪种歇斯底里在所有事物的核心里睡大觉。

　　围绕到达的赛跑开始了，希特勒自然是和斯大林相类似的人，希望给这种到达建立一个新世界，给这个新世界准备好了到达，以便在"千年帝国"的框架内排除所有可能发生的情况，与此同时在心里取消对救世主的任何期待。最后，同样地，希特勒想到了他就是我——在我的疯狂中我就是他。他因此将世界的焦点瞄准名叫德国的那个被知识分子掌控的狂热的村庄，这既是他的成功，也是他的失败。因为他并不是消灭对救世主的期待，而只是继续激起这种期待。而且这种提前的疯狂有着另外一个结果：还在我远没有出生之前，人类所犯的最大罪行早以我的名义犯下了。

正如人们设想的那样，这样一个阴险的救世主的角色不是轻松的角色。突然之间，一切围绕一个人自己转动，而为了不是用刀剑迅速结束所有的一切和牺牲自己的生命（我如此预感到，是什么将同时带来一个不可置信的黑暗世界，终结战和世界末日，罪恶和罪恶之地），人们完全献身于流行音乐。流行音乐庆祝这一时刻，让偏执狂看起来更少受制于痛苦的牵累。我盯着MTV看，剖析了闪烁着放射性光芒面孔的开场白，还充满同情地接受最枯燥无味的歌曲。尽管如此，我的味觉没有彻底消失：我还一直疯狂地受不了特定的作品，比如一首名叫《蓝色》的流行歌曲，里面谈到一个男人，他是个蓝色人，生活在一个蓝色世界里的蓝色房间里，唱着"我是蓝色的嗒吧滴嗒吧嗒"，对我的状况过于简单化了，这要归因于愚蠢的嘲弄和明显的捞钱。而在其他歌曲里，比如莫比[①]的《为何我的心感觉如此糟糕》，我发现了那种忧伤的激情，更确切地说它符合我走投无路的情况，感动得我流泪了。我拿出所有的旧CD，将它们塞进

[①] 莫比（Moby, 1965— ），原名理查德·梅尔维尔·霍尔，出生于美国纽约，音乐制作人、创作家、DJ，也曾是个朋克乐手，甚至还是一家素食餐馆的老板。

唱机里，重新细听了一遍。一切自有其延迟的意义。CD 和书籍盖住了地板。电影和视频短片在电视里放映。一切播放得乱七八糟。我的房间破败不堪。

33

可是，进入千禧年会发生什么事呢？不错，单单从日期上看，这真的纯粹就是一个时间交替而已，它缓慢而又坚定地用耶稣类比法激励着我。"二〇〇〇，派对结束"，"哎哟，没有时间了"，王子如此领会这一点，而这种提前被出局的感觉确实在侵袭我。难道是任何一个理解世界事故并且在其疯狂之中领会它的人，必须如此得意忘形，而只有我是最后一个轮到吗？维尔纳·施瓦布因此酗酒而死吗？萨拉·凯恩因此在精神病院自杀了吗？莱纳德·戈茨，本来可是一个前程似锦的大夫，却因此切额自杀，一劳永逸了，而且可以像检查副刊那样永远不会再生气了吗？托马斯·品钦难道真的是以《V.》一书意指我的到来吗？尤其是，品钦，他用他的消失、用他引起幻觉的却又是如此明智的反乌托邦将事情处理得无懈可击。而且他很有可能在《葡萄园》里按响了乐观主义的乐音，就像两年前，图宾根大学的一个讲师眨眼示意向我证实的那样——很清楚，因为这个早就站在地平线那里很久（有多久？）的巨大怪物，简直仅仅被证实是微不足道的诗人学徒，而并非如感到害怕的那样，是昏头昏脑的独裁者或者狂妄自大的宗教创始人。就是说，人类不可能有那么坏。

"我们是诱鸟,宝贝!"①有人到处对我大声嚷道。一九八二年究竟为何有过那么多的灾难?我可是经得起所有的精神创伤,眼睫毛都没动一下!我一时心血来潮去了柏林文学研究会,在那里的一次朗诵会后,我和布雷特·伊斯顿·埃利斯②交谈,试图从他那里打听到点什么,然后承认——这对我是多么困难——独自承担"美国精神病人"的负担。资本主义是有灵魂的,我打电话对文学研究会的会长说道,他赞同我的说法。

当我身无分文的时候,我闯入那些商店和文化用品店,最终——我没有对此有一丁点儿的隐瞒——偷走了所有那些我一直以来早应该得到的CD和书籍,因为它们是故意为我准备好的,因为它们直截了当地指着我,而且自从我一九九六年去过奥斯丁以来,它们曾经还被我沾染和影响过。它们全都偷去了我的东西,不过是按照效忠宣誓的精神。当然不仅是不久前我的文章在互联网上被百万倍地复制和翻译,还有那些实验性的用英语写成的也因此真正具有潜力的让每一个世界公民理解的微型小说,它们是我在美国巴基斯坦裔作家佐勒菲卡尔·戈斯的创意写作课范围内创作的(并且它们已经以令人毛骨悚然的方式认识到我现在的"被抛状态"——这种先知身份!)——它们已经被复制和分发,经迅捷的数据高速公路回到德国,然后

---

① 2004年诺贝尔文学奖得主埃尔弗里德·耶利内克的小说处女作。
② 布雷特·伊斯顿·埃利斯(Bret Easton Ellis, 1964—   ),出生于美国的编剧、制片人。

再从德国继续分散至全世界,以便成为一个大家都可以援引的秘密法则。我本人从他们那张并非偶尔如此起名的《4:99》专辑中最仔细地倾听"了不起的四人"流行组合,每一行都是影射,每一韵都是致意。特伦特·雷诺①摆脱了厌世的孤立,凭借《脆弱》专辑就已知道,我遭遇到了令人不快的事情,因为他为我体验过了所有的一切。我无法停止让他的音乐发出轰鸣地传入我的耳朵里,配以啤酒助兴,沉醉而迷失于将我包围在崭新的宇宙里。千禧年越是临近,我本人越是歇斯底里起来。

由于仓促的行动主义,我到波恩去,或许是为了在那儿找到答案。和可笑的施普雷河不同,莱茵河是一条真实的河流,它使我暂时平静下来。当我本想对母亲耍花招说,流行歌手帕特里克·林德特纳②在和他的养子一次脱口秀节目里,实际上是在说我时,母亲一半的神经崩溃了。我觉得电视里的人都变了:他们的眼睛几乎像吸毒或喝醉似的闪闪发光,不,他们真的全都处在某种吸毒中,或者他们暗自高兴,默默而轻轻地,为他们的预言现在最终变成了现实,一个新的天堂近在眼前。从他们热恋的眼里可以看得到这种神情。

完全就是爱,爱和性。我可以到处找到爱,只是恨作为掩护和平衡力量被派到爱的行列中,以便我不会在纯粹的爱面前窒息而死。我本人发生了一次倒转:我摧毁了我迄今为止爱过的东西。最亲近的东西成了最遥远的东西,而最遥远的东

---

① 特伦特·雷诺(Trent Reznor,1965—),美国演员、音乐人。
② 帕特里克·林德特纳(Patrick Lindner,1960—),德国歌手。

西成了最亲近的东西。就在亲密的朋友和伙伴看上去突然像卑鄙无耻的叛徒时，我着手实施的疏远投影出现了，它在折磨着我——喜欢以书籍、歌曲、电影、文章的形式。所有之前活着和爱着的一切都是错的，那个摆脱不了的思想如是说，而唯有在从远处惊奇地注视我而我又惊奇地回视它的陌生中可以猜想一种无辜的形象。

那么性呢？我一直更多地感觉自己像是一个偶像。当所有的人都认识我、对着我苦思冥想，还一直对我苦思冥想时，那么我恐怕也就必须在陌生的恋爱关系和性冒险中扮演一个角色。我把施虐与受虐的做法突然和我联系起来；爱情中最变态的游戏方式在严重曲解（我处在其中心位置）的范围内只是各种形式的尝试，以和这种不正常的同性恋、这种千百种身体的响应融洽相处。而只要有谁从色情的东西里悲叹地听出他的名字，他当然确信可以拥有世上所有的女人，只要他愿意的话。可我不可以这样；这时候我是类似的圣者。后来，它看起来不一样了。

而艾滋病是杜撰出来的，完全可以肯定，根本没有这种疾病。它是一种保护世界不受某种效应损害的媒体艺术。可是不受哪种效应？另外将导致什么？那些所谓的艾滋病死者现在在千禧年之交最终重新露面了吗？

圣诞前夕，卢卡斯首先把我电脑上的调制解调器拆掉了，让我无法在网络上瞎扯淡了，除此以外还说服我重新到精神病院去。没过多久，我重新溜了——这一模式将反复多年。钟表越来越快地发出滴答声，除夕即将来临。我坐在网吧里，往网络里写新东西,在各种各样的论坛上,好去检查那些效应和反应的间隔和强度该如何区别。我几乎无法再阅读那些正常的信息,而如果可以,它们立即引发错误解释和挑战行为。一切只不过是胡说八道,一种狂妄自大的表演艺术,一个完全虚化的而且仅仅充斥着我、也就是充斥着虚无的媒体闹剧。因为那些人真的了解我什么呢?我试图对这一切置之不理,正如我之前的数十年同样也对它置之不理一样。可是我无法做到这一点。

34

除夕夜,我们一起庆祝。我们围坐在一起,我说得很少,绝大多数的话也没听懂。脑子里的压力无法估量。有人想到给住在下面一层的本·贝克[①]按铃叫他出来,我们就这么做了。他老是待在门框里,五大三粗的,酷酷地而又疲惫地,嘴里在咕哝着什么。更多的情况我就不知道了。只是我在去参加在"世上最安静的俱乐部"举办的派对的路上丢失在不知哪个地方了,这个情况我还知道,阿洛夏从俱乐部那里挂了我的电话,我和他只有一面之缘。那些烟霭联合起来成为柏林市中区一堵唯一的闻起来有煳味的雾墙,我就在市中区漫无目的地瞎跑,眼前一片黑白色。当获悉叶利钦辞职时,我就想:现在,就在我所在的地方,他辞职了,因为他知道,美国最终赢了。他该狂饮

[①] 本·贝克(Ben Becker, 1964—),出生于德国不来梅,演员。

伏特加了吧。我也会这么去做。

35

在我的案例中有一个几乎悲剧性的疾病红利，因此似乎突然之间可以解释清楚下面那么多的情况：人们的顽固不化，两方面的顾虑，模糊不清，侮辱。我和其他人的关系之前被卡住得如此厉害，我基本的身心状况如此孤独，以至于有了那些新的有疾患的框架数据，终于可以明白究竟问题出在哪儿了。谁或许还能够和我有着正常的关系！而童年时代所有的残酷无情，那些仓皇的搬家，那种沉默——现在明白了，为何一切发展得如此错综复杂和惨不忍睹：因为这个世界的事故！这种解释然后在非精神病时期当然又略去了，而一切一如从前是如此的迷惘和孤独，不，还要更迷惘，还要更孤独。此刻，在这个完全不幸的情结之外，还有一种具体的精神疾病。

36

一月底，随之而来的是精神崩溃。我其时搬到了普伦茨劳贝格（我是如何搬家的，或许罗本和维恩特耶斯汽车出租公司知道吧），住在虽小却舒适的一居室公寓里，我在那里变得越来越平静。那种习惯的思想重新开始，而且和它一起的还有这种认识，即最近几个月所有我的假设都是错误的，不仅是错误的,不:完全错乱了。这种认识相继而来。我才注意到,我对世界的某些诋毁简直不可能是对的,整个狂妄自大的反历史,我在自己周围编造的历史在不太忙碌的情况下无法经受一次考验。它只消两三天时间,偏执狂就像冰冷而潮湿的泡沫消散了。我变得越来越清醒。神经元过热中止了,然后突变成它的反面。脑袋里原先过多的信使很少露面然后僵化了。大脑往下走,灵魂暗淡无光,突然被包罗万象的悲伤瓦解了。究竟发生了什么事?

人们难道是第一次被迫面对这样一种情况吗?——可是什么叫"被迫面对"?他真的不是孤立地站在一个人面前,而是彻彻底底逮住了整个人——人们难道也是第一次遭受这样一种情况吗?人们不知所措,根本无法对付它。这种情况完全陌生,这是一件残酷的新鲜事,而病人仍然没有对他亲历的事情做出任何分类。这是什么?这是抑郁症吗?为何如此强烈,为何如此可怕和痛苦?他越是清醒,病人看到的世界就越是黑暗,而重新获得的意识又随回忆一起给他灌输一种难以言状的羞耻,这种羞耻时时刻刻使他越来越沉沦下去。

37

一个人几乎不可能想象自己过一种比躁郁症的生活更被羞耻占据的生活。原因就在于,这样一个人过着三种互相排除、厮杀和感到羞耻的生活:抑郁症患者的生活,躁狂症患者的生活,以及在此期间的痊愈者的生活。后者无法理解的是他的前任们的所为、所弃以及所想。这个在此期间的痊愈者（在此期间,因为这种障碍是一种终身疾病,涉及者只能期待这种疾病尽可能少地爆发）穿着褴褛地在这一地区漫游,只能对他面临的这场战役感到惊异。他无法改变它,尽管在那里大发脾气的躁狂症患者和在那里久病不愈的抑郁症患者是他这个自我的两个版本,他现在对他们完全陌生,他只是通过记忆但几乎无法通过认同将他们和他现在的自我（可他究竟是谁？）联系在一起。不,他无法摆脱这只手。他就是这个人。他是所有的行为、灾难和笑话,他是过度和误判,是强迫症和零利率,是命令离开和自杀企图,是尴尬、愤怒和虚脱。他是无赖,然后是尸体。而此刻,双相障碍患者干脆是被异化的人。

躁狂症患者因此必然是最纯粹的喜欢吵闹的人,而羞耻尤其要归因于他疯疯癫癫的行为。好一个混蛋！好一个疯子。他在城里飞奔,寻找下一个弱智,还要一个充斥呼喊声的尴尬登场,还要一面破裂的外镜,持续不断地处在纷乱的语言中,这所指的就是他,持续不断地被和我发生关系和不和我发生关系的事物谈起和诋毁。由于满载着神经元之火和每一个世界的错误解释,他参与到了性爱玩具、电影情节和历史战役之中。躁狂症患者,尤其是带有精神分裂症的痕迹,在和这种妄想系统的斗争中窒息而亡,这种系统开始于缺乏情感,这是一个错误的参考,它让两个虚假的结论、三个错误的猜测以及一个可以在五分钟以内把整个世界颠倒过来的原动力瞄准自己。然后他离开了，在我的病例中是好几个月，然后在由时间和妄想组成的杂乱无章中瓦解了。到最后，名声和生活统统灰飞烟灭。

然而，抑郁症患者则不同。他处在碎片堆里，不敢移动身体一步。他也根本不敢再移动身体。在所有功能被关闭之后，每一天就是一种虚无，苟且偷生的日子简化到仅仅和自杀抗争，而自杀也不是那么廉价，因为即便对于死亡，抑郁症患者也太麻木了。每一个过程都是一个巨大的威力行为，每一个陌生的目光都是一种屈辱。回想妄想症，就会折磨到我。而且这里也没有了现实主义。妄想只有转向其反面。黑色是如此黑色，正如它绝不可能是这样的黑色。可这也已经消逝，为此需要和躁狂症一样双倍的时间。

这个在此期间的痊愈者现在处在所有被撞翻的椅子中间。他一点儿也不敢相信自己，徜徉在山脊上，只希望看在老天的分上那些药物还能起到作用。痊愈者心中有一个人，我写过这件事，他不可能信赖这个人，而且不仅仅是一个人，不，是很多人，这一大批人来自不可靠的人和永远的逃兵。如果他完全坦诚地看自己的表情，不加任何抑制和伪装地，看那面未清洁过的脏不拉几的镜子，那么正如他自己设想的那样，他的人生是虚度了、失败了，再也找不到了。而另外一种人生还远没有出现。

一旦得了躁郁症，你的生活不再具有连续性。回过头来看，之前被视为或多或少没有例外的故事而叙述的东西，分裂成了毫无关联的表面和碎片。疾病击毁了你的过去，而且还以更强大的尺度威胁你的未来。随着每一次躁狂插曲，正如你熟悉的那样，你的生活将继续遭受阻碍。你和你自以为熟识的人不再具有坚实的基础。你不再可能相信自己。

而且你不再知道你是谁。你感觉你的行为很陌生，尽管你可能会想到它们。平时或许匆匆想到的主意（以便马上重新被摒弃），将在躁狂症的短路时变成行动。每个人恐怕都会跌入深渊，他偶尔允许在那里抬头望上一眼；可躁狂症是在深渊里经历一次完整的旅行，而你多年来对自己了解的东西，将在最短的时间内失效。然后你不会在零度时开始，不，你跌入冰点最下面，没有任何东西以信赖的方式和你联系在一起。

谁究竟还有动力从中制造出新生事物来？

38

我坐在那里，成了一个物体。我不再属于人类，而是属于毫无生命的物体、东西、对象：没有灵魂，死亡。我周围的人——尽管我知道得更清楚——同样仅仅是毫无生命的物体。他们的语言，如果还有语言的话，几乎无法和我联系上。我知道，这不是这样的，可我无法对它有另外的感觉。我是由木头、钢铁、塑料做成的，我的血管是电缆。除了悲伤我感觉不到其他东西。我所处的宇宙是微小的，冷漠得纹丝不动。通风设备像在大卫·林奇①的电影里嗡嗡作响，一种毫无感觉的空洞的背

---

① 大卫·林奇（David Lynch，1946— ），美国导演、编剧、制作人。

景轰鸣声。我上厕所,打开通风,但不能证明任何东西。我一直听着通风,它像是被迫的嘲弄反射,这种反射是没有物体的。以前我听不到它的声音。以前它在另外一面。现在我在它那里。

我二十四岁,可时间无可挽救了,而且我在它里面。时间要么不在,它是一个令人惊恐的真空,那里什么也没有发生,要么它是一种易碎材料,围住我然后再慢慢地麻醉我。居所敌对而静寂。我不想住在里面。我是怎么过来的?居所是一个敌对的安全之所,我作为无骨寄生虫几乎无法离开它,因为之后我必须到使我目眩的太阳下去,来到人们中间,他们——如果他视他们为活物的话——生活在另外一个遥不可及的世界,在玻璃后面,看来是在其他维度里,有着完全陌生的方式和结构。我从远方认识它的本来面目,它何以成为这样的面目。如今它是一件不可能的事物。

我羞得无地自容。我若是容忍这一点,那我将完全沉沦于这种羞耻。而我必须容忍这一点,因为我无法反对。我每时每刻消失在这种耻辱之中。那些瞬间蔓延开来,病态而奇怪的想法、错误的念头、错误的系统。特别是一再出现的充满着不正常现象和滑稽可笑的时刻、情况和行动。我就是这一切吗?复发,闭眼,羞耻的波涛。我根本无法对此持不赞成态度,无法将自己的行为称为"古怪"或者"荒谬",我无法对它做出客观评价或者使它回避我,我是如此虚弱不堪。我必须马上赶走它才能起床,然后朝已然空空如也的冰箱望去。冰箱里面有一盏灯光,在厕所里通风装置了无生气的运转中变得亲近了。这一

一九九九年 111

切真的、真的死了。

我坐在那里。我是虚无。某个东西坐在那里,然后又不见了。

39

春天来了,"大哥秀"的第一个接力早就开始。我还能清晰地记得——这只是几周前的事,正如我将电视杂志上那些尖锐刺耳的"大哥秀"预告视为人身侮辱,视为恩德摩尔电视台对我讥讽地插科打诨。此刻"大哥秀"正在播出,简直是媒体到处展示忧郁的范例,最单薄的情节,也是最单薄的窥阴癖。然而,这种大杂烩不温不火,我可以时不时地看看它,马上忘记我是何人,我怎么了。小说和电影我因为病得太凶已经没法看了。然后只要可以,我就睡下,我讨厌早晨照到我脸上的太阳,因为我既做不到装上窗帘,也做不到把床从窗口移出。永远睡觉,很抱歉,只是别做梦。没有一分一秒还有任何意义,甚至在幻想中也没有。

我去了波恩,在那里待了几天。康拉德和马尔特觉得"大哥秀"超棒,很有嘲讽感,于是想到科隆去,以便一起庆祝茨拉特科退出"大哥秀"。我干脆跟着去了,因为我不知道自己该做些什么。整个旅途中我什么话都说不出来。我钦佩康拉德和马尔特的正常状态,他们的笑话、挖苦,我确实熟悉这种有点不诚实的看法:人们嘲讽地做了一些毫无水准的事,而从它的深层次看简直超棒。但我觉得它不再容易接近。我被动地跟过去,站在人群之中的暗处,我们奔向某一个地方,什么也看不见,又回来了。其他人有一个好时代,我什么都没有。我的喉咙不再哽住,那是一种梗阻。

母亲为我做饭,即便几度抑郁症发作,却依然拥有爱心和耐心。可是无济于事。

我偷走了母亲各种各样的心理药物,出于不理智的原因她并没有服用它们。它们集中在一个小瓶子里,里面药物很多,尤其是氯羟去甲安定。我没有告诉她,干脆想道,这就够了。

40

我坐在回柏林的列车上,我知道,当母亲从外面向我挥手告别时,很可惜我是再也不会见到她了。我们俩都在哭,只是互不承认这一点。我们的脸在痛苦中变形。眼泪流下来,又偷偷地擦去。为什么还要藏藏掖掖呢,我在想,为什么只是如此不引人注目呢?当列车启动,就像在电影里那样——可那不是电影,那一向是最伤心的现实,沉默的呼喊出现在我们之间。我别无他法,只能想象自己死了。这真的是最后的告别,我没有做出这一决定,某种其他东西为我做出了决定:这种生活不再具有生活价值。我不知道她是否知道这一点,但我估计她知道,她对它加以排斥。我很遗憾,我更多地为她哭泣而不是为我,我觉得这一点既错误又狂妄。可为何还要剖析痛苦呢,它本来就无处不在。

一九九九年

回到柏林，我觉得寓所里重新宁静而单调。时间是一种折磨。我不知道自己如何和任何东西相处，包括歌曲、书籍和电影。我和人们之间一向很棘手的关系完全被截断了。朋友们还说，当我想要请求原谅的时候，我不必请求原谅。他们表示理解，并且很高兴那个幽灵已经一去不复返了。对我来说，他才真正出发。他们对付得了这件事，我明白他们的意思。

日子缓慢而令人难熬地过去。抑郁症不是我想象的毫无感觉，而是一种连续不断的屈辱，一种强烈而持久的痛苦，一种毫无缘由和悲伤。我闭上眼睛，然后想：这不可以是真的。我睁开眼睛，一切没有任何两样。我闭上眼睛，我睁开眼睛。然后我躺下睡觉，可是睡不着。然后我还是去睡，醒来时在呻吟。

我把药丸搁到厨房柜子里的盘子旁边。厨柜看起来秩序井然，像是有谁住在这里，是一个爱干净的女大学生吗？为什么寓所里那么整洁崭新，却又那么狭小？旧的厨房桌子就摆在那里。我从来不坐在那里。我坐在那里做试验。什么也没有。我坐在电脑前。什么也没有。我躺着，我站着，我出去。那些评论中的想法恰恰满足于这一点：我躺着，我站着，我出去。就连那些究竟想去哪儿的问题，也不再提出来了。这个问题干脆不再存在。

还有一天。还有一天。没有好转。

还有一天。我撑不下去了。

还有一周。还有一天。

一切过去了。

41

当卢卡斯打开门,看到我毫无知觉地躺在沙发上,我还记得他那张可怕的脸。是他叫醒我的吗?我能想起他那副眼镜后面那双张大的眼睛,那里面流露出恐惧。他试图找到我,当他不能如愿时,他就想到了最为可怕的事。我服用了药丸,面包状的大船和蓝色的小帽子。我服下了所有的药丸,大约百分之一百五十,然后躺下休息。卢卡斯按铃,敲门,然后连续捶门。然后他就到了我的居所。难道他有钥匙吗?也许吧。他这段时间对我负起了责任,可能为我担保。有一个人一直在为我担保,这么投入,而友谊大多过不了关,而是被这种需要精力的行动消耗掉了。

我们出发了。我脑海里清清楚楚地觉得自己是在去医院的路上,脑子很少如此清清楚楚。可几周后,卢卡斯指着封闭病区一个完全不服用镇静剂、流着口水、颤颤巍巍的傻子,说:"你差不多就像这个样子。是的,这就够了,就是那幅画面。"

现在我不再自愿到医院去。不过意志反正也已经没有了。

42

就像数月前一样,他们把我安置在一个同样漆黑的石器时代早期的建筑里,只是那些看法现在彻底改变了。在我飞快的行驶中,一个伪幽默的狂欢节般的中转站变成了一座阴郁的装上栅栏窗户的平房监狱,在那里时间似乎和那些居住者一样被俘虏了。可我并不反对这座监狱,因为,正如已讲过的那样,我成了一个毫无意志的人。我请人和我一起做要做的事、被要求做的事,填好了比如后天使用的黄色饭菜票,有时感到惊奇的是,我似乎在两天后还能活着,我同样感到惊奇的是,打过叉的东西在两天后真的摆在了桌子上。未来因此是可以打叉的。

回忆是乳白色的直至不存在。我熟识的旧病友都已经不在了,没有奥拉夫·格迈勒,没有总经理先生,所有的人都以新面孔代替。酒鬼们和抑郁症患者在一起玩斯卡特牌,虽然不懂这种牌戏,但我还是坐在那里。人们每天早上到咖啡捐赠者那里就像到一只饲料槽那里,我就在他们中间。几个月前我还批评过一个有自杀意向的服兵役者,说自杀可是一件卑鄙可耻的事,可现在我却和他一模一样,沉默寡言,再也微笑不起来,埋葬在我心里,冷酷无情到有过之而无不及。我记得玛格达在我身旁哭时我是如何安慰她的,我如何笨拙地拥抱她。我原本是因为她才哭,悄无声息的,因为又有一些东西出现在我们之间,她这边愈来愈多的兴趣,我这边躁狂的爆发,然后她理所当然地觉得这太过分了,当我醒来时,她就处在一种新的关系中。此刻她在我旁边哭,而我在她无助之下拥抱她,她可是因为我的无助才哭。或许我在这一刻感觉自己又像个人样了。

此外,早就期待中的冷酷无情现在来了。除了夜间时刻之外,我的内心愣住了,我几乎想说:终于。而在夜间时刻,我坐在走廊里的一张椅子上,拼命地暗自哭泣,害得一位护士走到我跟前，试图让我提起精神。不幸已经在我心里太过漫长，那是一种状态，已经变得坚硬，不再引起强烈的痛苦。抗抑郁药和各种预防药为此发挥了作用。悲伤在那里，但被冻结在震惊里，然后被深度冷冻麻醉。日子取决于外部影响，它们的结构，治疗时间，就餐和就寝时间。人们至少稍稍引发我思考，即便我无法严肃对待任何事情，不能手工制作，不能画画。可是，我画了我在青年时代画过的那些脸，布满皱纹的失望的漫画嘴脸，那些个性鲜明的有裂缝的脑袋，它们在同行画家中引起了轰动，像以往一样，也正如在外面一样。我以前可以将它们视为某一种世界观中的阿拉伯风格，它们后来应该组合成一部在年轻人的狂妄自大之下公布的作品，现在只是些病态而可笑的图画，它们看起来仿佛我要讽刺地模仿我陈旧的能力。我室友的情况也相类似，他画了一幅幼稚而可疑的脑袋水彩画，这个脑袋应该有些毛骨悚然的东西，但即便这一点也弄糟了。

"你究竟想要表达什么？"

"我就是那个人。"

"为何你是那个人？"

"嗯，一头怪物。我是一头怪物。"

我从没有获知他做过什么。因此，他的样子在我看来就是这样，戴着一副防弹玻璃眼镜，长着一只喜欢喝酒的长鼻子——遗传自每天看望他的老母亲，还有一只伤心地喃喃自语的刚毛犬；更确切地说是什么也没有。他只是自己成了一头怪

一九九九年

物，或许，仅仅对他而言，这要比犯下的一桩罪行更糟。

异常是正常，疲惫的目光因为全部的疯狂而感到越来越疲惫。我叫人和我一起做任何事。我是一个如此没有意志的人，我甚至不反对把我介绍给医科大学生。也就是说，在我内心深处肯定有反对的某些东西，可我不能把这种不满带到身边和带走，不能使它具有现实意义，更别提把它说出来了。我干脆跟着去了。如果我已经毫无用处的话，我在好好地想，为何就不能用作科学接班人的匿名病例呢。于是我就被带到了一间装有护墙板的教室，作为"在躁郁病象内加分裂情感性要素的一种重性抑郁症的典型病例"被展示。我朝大学生的一张张脸望去，他们本人似乎也不知所措。数月前我还和你们一起庆祝过和讨论过，我想，而现在我却站在了另外一边——这是如何发生的！我也觉得在他们的眼神里看到一种礼貌，一种谨慎。该死的，我才二十四岁，而且他们那些人或许平均比我年轻两岁。可我还要大那么多，还要更艰难，同时越来越无影无踪，在和这个世界相反的九泉，存在转眼之间毁灭了。

那位女讲师，同时也是封闭病房里的女大夫，说了几句承认我的话。她在我出场前后所说的话，我倒是可以大致想象一番：简明的既往病史，生平，精神病诊断，以及——请您注意那张一动不动的脸——自由散漫的体态，耷拉着的肩膀，显而易见的漠不关心。数周前，这个人还像一个神秘使者那样在走廊里来回飞奔，她一定说起过，我本人亲历过这一幕。可现在，你瞧——好极了。

我稍稍感到羞愧，然后可以再离开，按字面意义被带到前面，却也没有哪怕只是展示某一种姿势。那个没问题，那个很可怕：这个无所谓。到大楼里去，回到果子酱、药物和香烟那里。

一天天由乳白色玻璃组成，一周周仿佛迷宫。人们无精打采地和其他人一起这儿走走那儿逛逛，撕下无聊的治疗时间，等着吃饭，用抽烟消磨时光。这属于全部痛苦的一部分，这是新的。自己完全不熟悉，这是新的，神不知鬼不觉地溜之大吉，被免除所有的功能，看到被解除了所有可以想象的官职，如此毫无意志地被着陆在某处。谁都不是一家之主，或者不曾是。面对自己存在的无知是普遍的。我被疯狂击中，我的生活震住了，被这种毁灭的力量所破坏。我还不知道自己还远没有抵达最后一级台阶，无法预料未来十年里疾病多么灾难性地肆虐、怒吼和劫掠，也包括纯粹从物质上。但第一个损失已经发生，"第一次伤害最深"[①]。最大的震惊在于：失去了自我。从理论上是一种创造，但从实践上却是一种完全值得信赖的中央功能，这样的我没有了，被毁灭了，被归零了。因为我不再是个人，我也看不到时间，也看不到我前面的未来，也看不到从这场战役里重新爬出来的机会。

[①] 20世纪70年代英国民谣摇滚歌手凯特·斯蒂文斯（Cat Stevens, 1948— ）的一首原创作品，原文为英文。

一九九九年

43

  大家不能把使我活下来的东西称为耐心,还不如说是一种野蛮的坚持,一个忍耐的阶段,唯有黑乎乎的天在霓虹灯下:呼吸功能在继续简单地发挥作用。对死亡痛苦的恐惧允许缓期执行。第一千支香烟可帮忙摆脱未来五分钟的深渊。而将来某一天,那种目光重新开始激动起来,接纳某种东西,和内心的虚无分裂出来。一个病友任何的离经叛道都是值得欢迎的消遣,古怪可笑的东西将重新被视为古怪可笑。这种威胁是可以感觉到的。谁也不会感到自己是安全的,因为谁知道突然和病友交心的是什么,是哪个躁狂的魔鬼,是哪种反常的情绪。大家不知道事情的来龙去脉,很多东西都是谎言。受保护的空间就是一个火药桶。另一方面,这也大多无所谓。人们以某种方式死在那些建筑物里,死在走廊里,和外面的生活、氧气隔绝了,隐藏在嚓嚓作响的瓶子或木材后面,真的毫无生命,不再呼吸,死了。可是几周过后,心脏怯生生地重新跳动起来。

  可能一个人的身体状况还是那么糟糕——一个人在精神病院,将来有一天在研究如何重新出去。他将第一步瞄准他真正与大夫和护士一起分享的这一目标,外出就表明了这第一步。我允许拿来自己的香烟——这是沿着自决的方向取得的巨大进步。夏里特校园犹如我进入了一场刺眼的灯光秀,对我周围发生的那么丰富多彩的生活和那么丰富的意义感到震惊。每个人都知道自己属于哪儿,他必须做些什么,他到哪儿去。我本人就处在没有任何这类计划的震惊中,对这一步要去哪儿一无所知。无论如何,在第四、第五次外出时我去了校园里的那家小书店,买了一本自己真正喜欢的罗伯特·格哈德的书,后来我伤心地看了这本书。尽管我还一直理解这种幽默,但我无法分享。哪怕仅仅会心一笑也无法做到。这种无能使我更加忧伤。(后来母亲在波恩给我买了一本克里斯蒂安·克拉赫特的书,《黄色铅笔》,报告文学。我可以为自己寻找一些,然后带着伤感的目光选择了这本容易理解的书。还在从书店回家的路上,她问我是否会喜欢这本书,我作了肯定的回答。我又是那个谁都不知道他的兴趣所在的小男孩,可他被人友好地从外部和上部观察得到。这本书后来没有告诉我任何事,根本没有任何事,我认为这完全不是我的问题。)

最初几次外出,漫不经心地摸索着行走,然后,几周之后,在家里过上一夜。我可以放松呼吸好几个小时。怀有敌意的居所突然成了逃离封闭病房恐怖的掩护场所。这是精神病院的变态效应:人们在那里处在如此紧张的氛围和抨击之下,也被无聊折磨着,以至于像僵尸那样跌跌撞撞闯入其间的那些非人场所重新变得更加可以忍受了。因为那里面有几号人要比外面更可怕。我开始重新在网络上看书,然后看了旧书的前几行字。有些句子非常遥远地勾起了我内心的波澜,我也享受着书桌台灯温暖的灯光,这样的灯光使我的房间沐浴在柔和的远离医院的曙色之中。我也重新和朋友们一起外出,到酒吧或者上影院,

一九九九年

比如看《傀儡人生》，我和一名实习女医生对这部电影做过简短交流，至少可以告诉她，我喜欢这部电影。这已经够可以的了。我的健康状况好转了，自己还没有意识到这一点。医生们认识到病人在这方面取得的进展。

可是，就在我观看《傀儡人生》电影时，消防人员撬开了我家的窗户。我忘记了和玛格达的约会，她因此陷入了恐慌之中。或许我已经死在家里了？一名消防员的一句话值得流传，他发现家里空无一人，然后仔细听完玛格达的自我辩解时，大概只是表示拒绝，说道："我们这里毕竟不是在制作连环画。"这句话根本就没有那么有趣，可当我听到这句话时，那么长时间以来我还是第一次禁不住地发出傻笑。尽管如此，好几周过去，我才有体力扫除地上剩下的玻璃碴儿。

44

"我看过你母亲的文件。这可是相当有希望的。"

我母亲的文件。她给医院传真了大量代表学术水平的各类大学证书，来自图宾根和奥斯丁的大肆吹捧。这一定会保持一种连续性：我母亲在危急时期的传真，完全异乎寻常，加上了她本人的强调和评论。不过来自远方的答辩看来在这位将头发严格编成辫子的美女大夫那里起到了作用。

"我们已经让你康复了。"她干巴巴地说。

我什么都不说，想道：不。

"是的,是的,我们已经让你康复了。"她没等到我回答便回答说。

后来我到一个心理学家那里,他将借助于一台石器时代的电脑测试我在逻辑思考上的反应时间和能力。完成了一开始的任务之后,他微微一笑道:"这里或许只能确定,人们超出平均水平多少。"

这样的事情还一直迎合我那永不熄灭的虚荣心,可我此刻也在想:不。这不是事关什么超出平均水平。或多或少的陈词滥调:这事关赤裸裸地活下来。

45

可能一个人的身体状况还是那么糟糕:他在研究如何出去。而且这甚或恰好当一个人还在决定自尽的时候。因此我开始向大夫们撒谎,或者更确切地说是自以为在向他们撒谎。他们看到我没有看到的,可是我要借机表现出的好心情,证明和断言他们积极的诊断:我的健康状况真的好多了。我不用撒谎却撒谎了。

这所有的一切为何发生,这问题一直萦绕在我心里,每一天依然是一种负担,我只是想着离开这里,离开,以便能够终于退回到合适的时刻,正如我希望的那样,不由外部环境决定,不是匆匆忙忙地被挤压在两个约定之间,不是在电车行驶过程中的出口,不是在门和铰链和所有椅子的中间。不过这样的想法几乎已经很帮忙了。谁不再准备以自尽了之,他就处在治疗过程中。但与此同时,对绝大多数人而言,这也是一段最危险的时间:第一个意志力突然出现,那个自我在摸索之中重新被找到了,灵与肉慢慢地得到加强,却真的没有摆脱抑郁。许多人使用这个重新强大的窗户,以便最终实施确定了很久的决定。以前他们太虚弱和麻木,完全无法做什么事。现在,为了最终彻底消失,他们聚集起所有萌生的活力。

46

当他允许我离开的几天时间里,那时间处在封闭病房和日间监护医院之间,那位机灵的戴着"雷朋"眼镜的大夫没收了我的一份"君子协定"。那份协定简明扼要地写着:我不会寻短见。他为此给我临时提供了定量药物。坐轻轨逃避一切：敌意的太阳透过被乱涂过的窗户在挖苦我。外面是柏林的乐园。家里万籁俱寂。阅读,然后又是阅读。沸腾的悲还一直在。日子过去了,没有留下痕迹。日间监护医院里。一开始和痊愈者的几次对话。电车来去监护医院,沉默,迟钝,无望。没有意志,只是坚持义务,也始终出于某些原因。那种有朝一日把它们写下来的想法。第一次参加洪堡大学政治哲学讨论课,几乎没有理解能力,还一直充满抑郁,没有和任何一个人或者想法进行接触,远离我真正的语言哲学和意识哲学的学习主题——可是人到了,以某种方式。太阳重现,这个幸灾乐祸的王八蛋。人们像昆虫一样在弗里德里希大街,在前往蜂箱、蚁堆、蛆窝的路途中。我本人在它们中间是没有方向的虚无。重要性,乘火车。毫无意义的互联网。我面对互联网无从下手。我只是在电脑上玩单人棋游戏,有数日之久。然后想到做个书商。一个小时处在亢奋状态,以及母亲很高兴听到我有了起色后的快乐。和学习基金会的学业顾问会面,他提到像我这样的人没有使用的"软技巧",以及承诺继续提供支持。那种惊奇,还有在官僚机构中的理解和帮助。然后又是脸上的冷酷表情。数个月。"倒塌的新建筑物"乐队的歌曲:《一切》。酷玩乐队的歌曲:《不会失去所有》。我的 CD 播放机的"重复"键功能。第一次心情轻松的秋季。摆脱。

47

摆脱。高度抑郁症阶段渐渐消退,日子又变得越来越有轮廓,感觉和想法也一样。厕所通风装置的噪声不那么严重了。我真的慢慢健康了,而夜生活做出了决定性的贡献。

我从监护医院出院了。起先根本不知道自己该去哪儿。去读书吗?荒唐透顶。那怎么办?我度日如年,沿着魏斯居住区转了几圈,它现在是我的家乡,我去了凯泽斯超市,像是受遥控似的购买了一些东西,又回到了我的居所。我相识的一个女人寄给我的那部剧本让我感到很高兴。那么说,一个人是可以做成那些事的吗?朋友们随时待命,关心我,干脆现在把我当

一九九九年

作没有性格的废物带走。我慢慢重新去听音乐会了，敢到俱乐部去了。克努特是我的伙伴，我是他的仆人，而我越来越坚决地占有我出过事的那个空间。到了白天，我又去读大学了，真是这样。我想，如果我不能马上完成学业，那可真是笑话了。这事接着就发生了。

就在那个时候，阿洛夏也走进了我的生活。我和他匆匆相识在我们合租公寓的一次派对上（由于室友的毫无节制，他们当时一开始在我和卢卡斯之间挑拨离间）。他就站在墙边，用他那种鸟儿一样的审视眼神朝我点点头，是克努特带他过来的，他们相识于科隆。后来我们对布鲁姆菲尔德乐队有了共同的爱好，其他人已经无法脱身，阿洛夏抛出一句"我就是这个德性"，我很清楚人从哪里来。

我记得听过一次音乐会，当时被抑郁症搞得还稍稍有点头晕目眩，在外面喝了两杯啤酒后，我在夜色中对阿洛夏和他女友比安卡说："我受够了！我要买一把吉他，我要拿来一把该死的电吉他，把我的暗礁敲进音乐中！这里必须发生点儿事！我要一把吉他！"

"我倒是还从未从你这里听到过这样的声音。再说吧！"阿洛夏调皮地打圆场。于是我哈哈大笑。我又一次哈哈大笑，而且我知道我在哈哈大笑。这对我很有好处。

夜晚减轻了病痛，到了白天，习以为常的工作重新开始。到了某个时候，我放弃了药物，寄希望于啤酒、书籍和音乐的疗效。我感觉自己又回来了。我慢慢重新有了状态。抑郁症的最后影子在精神恍惚中悄然消失。比安卡将阿洛夏、克努特和我称为"这三个用滑膛枪装备的步兵",一支夜间步兵部队。我们立即给自己取暖,在舞蹈中庆祝这个时刻,就是在一起很愉快。在经历第一次精神忧郁之后,一种兄弟情谊越来越深地将我和阿洛夏联系在一起,我们在无拘无束的时刻之后总是一再去打猎以抗争这种精神忧郁,在某种稍纵即逝的幸福之后,无论是在艺术上,在影院里,在谈话时,还是在音乐上。

然后我有了一个女友,她吸大麻太多,沉湎于阴谋理论。我不久就完全讨厌这一点了,这是喜欢玩闹的精神病的变种,这种病隐藏在我身上,可我仍然只能略提一下,我太年轻,对自己了解太少,只看到未来和现在。

"9·11"来了,我很高兴在双塔被击中的那一刻自己并不是偏执狂;不用去想我想过什么和做过什么。那段时间,我在"福萨"工作,一家舆情研究所,那次袭击的夜晚也是。电话另外一头接受问询的民众愤怒乃至恐慌起来。我常常被人辱骂的情况比平时更少,而只要有情况,我就立即赶到治疗大夫那里,他只是用倾听的方式排解他人的恐惧。一个中年妇女问我是否见过本·拉登的照片,然后通过听筒对我轻声耳语道:"这个人是基督的敌人,年轻人,这个人真的是基督的敌人。是时候了。"

是时候了:我已经康复了。爆炸的后遗症虽然仍然在发生影响,但我重新过着一种生活,每天骑着单车在普伦茨劳大道上上下下,看书,工作,找活,庆祝,恋爱,吵架。和我的美国新女友搬到一起住了，承担责任，继续创作我的小说。

虽然出了点事，但我并不把它视为是一件可能会重复发生的大事。毕竟我是一个完全正常的人，现在可以布置共同的居所，继续自己的学业，盼望着一个或许很美丽的人生。只是我很少和我的女友或其他人谈起精神疾病的话题，可要是提起，那么一定会实话实说。我也认为，由于这次变故，自己克服了某种狂妄自大，对那些失败者和骗子有了更多的理解，开始对他们产生真正的兴趣，对个别和古怪的事，对缄口不言和绝无可能的东西。

当我完成大学学业，在最后一次口试之后，我拿着一听啤酒坐在比较文学系附近的草坪上，那听啤酒就像是一句引语一样躺在我的手里。上面的地址有着漂亮而危险的名字："在黑色谷底"。阳光灿烂，那是中午。我自以为在我心里感觉到，那个在阿多诺那里刚好还是从理论上讨论的"和解"概念，尽管在验证中被解释和阐明得尽可能夸夸其谈，现在却在我心里找到了它真正的相应词。我和一切和解，我既是主体又是客体，温柔地离开边界，和啤酒一起坐在那里，四下张望，幸福满满。年轻的大学生从我身旁走过，我从心里向他们致意。树木是朋友，草地是一片天堂，天空庄严而慷慨。我学到了很多东西，一切都很顺意。新的生活的时机已经成熟。我将那听啤酒一饮而尽，走出那块草地，我知道自己再也不会重新坐到那里去了，于是微笑着乘上地铁。那段病患的插曲强行在我内心打开的裂缝，现在又被闭合了。

我并没有生病。中止药物只是需要前后一致。那些药物使我无聊和发胖,它们压抑我,使我愚蠢。我看到真正得到解脱的唯一因素,就是消逝的时间。它终于又来到了我的身边。它只是一时的失足,一个年轻而激动的灵魂,可怕的飘飘然。现在我可以长大成人了。

一九九九年

二〇〇六年

1

我站在北海，在叙尔特岛上。傍晚，光线正在消失，其实已经消失，不成形的雾气，物质而潮湿，朦朦胧胧地。我想到了保罗·塞尚，想到他是如何将大海画成类似一道竖起的围墙，于是我马上看到大海作为真正竖起的围墙映入我的眼帘。我意识到这不是真正的感觉，而是一种过度矫揉造作的感觉意愿，我参与建起了这道围墙。一种宁静以它为出发点，它接纳我，但不是使我平静。我想到乌尔里希·维尔德格鲁伯①，想到他在这片海边自尽，就想马上躲避大海，因为它把我召到跟前，开始在我耳边低语。可我还是站住了。继续盯着竖起的灰色望。我忍受住了一切。

我刚才把我可以作为叙尔特温泉奖学金得主住上两个月的房间毁掉了。我不知道为何要把它毁掉。一种阶梯式的感觉瀑布穿越我坠落，一种对我觉得难以忍受的命运的反抗。我背向

---

① 乌尔里希·维尔德格鲁伯（Ulrich Wildgruber，1937—1999），德国演员。

整个世界,整个历史。没有罪人,只有罪责,它作为抽象概念飘浮在我上方,类似的紧急实体,不能追溯至单个的人。我滥用了食物,撕破了某些东西。我重新认为我的整个生活是唯一而巨大的错觉。这一点我早就知道,但我现在知道,最近几年所有想象中的健康无异于极其阴险的自我欺骗,它让许多人付出了生命的代价。

可我真的就是这样的人。

我是世界精神的牺牲者。我是被逐出滚滚红尘的人。一切就如我在一九九九年已经表现出来的那样。只是我如何能放过最后几年时间,又不用怒吼这种不公平,不用将我享有特权的位置和我不可思议的能力置于人类的服务之中。我若没有排斥一九九九年的认识,那就不会有"9·11"了!这得设想一下。这得设想一下!我目不转睛地盯着大海看。这是一道竖起的围墙,我完全可能和它发生碰撞。我觉得这个被毁掉的房间无所谓。在不可救药的不公平面前,一切都是合法的。这真是闻所未闻,出乎意料。

2

我步履蹒跚地走过沙地回到叙尔特温泉,内心愤怒而迷惘。我得做点饭菜。我已经做过一些饭菜。我做过什么饭菜了?一道无与伦比的菜肴。我必须把饭菜做得精致。我在楼上房间里用力打开冰箱。琳琅满目的物品被乱七八糟地塞在里面。我从韦斯特兰奔到朗屯，因为等不到公共汽车，因为没有耐心，什么也没有。我在那家超市的无理要求之下给自己的购物车里塞满了商品。然后我用现金付款，而现金又被当面交给了我。我把这些琳琅满目的东西塞进冰箱。这些事情因此有权平常而官僚。我打开炉门，看到放着我的饭菜的锅子在里面。看起来就像是冷冻的儿童生日，七彩而奔放，这是由各种各样的东西组成的大杂烩，有甜有酸，有肉类有植物，它是无与伦比的。我又一次拧开炉子，好给饭菜最后加热。

"这饭还能吃吗？"同行努斯鲍梅德看到那只锅，以注重实效而又冷嘲热讽的方式问道，那是昨天或者几小时前。我做了肯定的回答，可马上就迷惑不解了。或许我也是恰好想给自己投毒？我打量那只锅，在这套奢侈的公寓里来回踱步，阅读报纸，浏览网页，走到努斯鲍梅德那里，好和他一起瞧瞧"文化时间"，然后再一起说说批评家的坏话。然后我就回去了。饭菜好了，难道不是吗？是的。它是无与伦比的。它一定变凉了。

我端着锅走下楼梯，好让它浸润于宝贵而凉爽的海风中，这将强加给饭菜最后一个几乎听不见的食盐音符。我在外面等待。一切黑魆魆的，就连对面的那家奇怪的饭店也是，我每天都在那里喝艾维娜酒。然后我突然一时冲动地愤怒起来。这里太安静了，这种静寂可是彻头彻尾的欺骗！这个饭菜也有问题，真是幼稚可笑，我本想仿效努斯鲍梅德的做法，他觉得自己是一个了不起的同行，他倒是很想做点饭菜，后来在他的巴伐利亚式的宁静之下给我们露了一手。我想邀请他，款待他一

二〇〇六年

点特别的饭菜，我承认即便在烹饪上也要战胜他，超越他。我内心愤怒的冲动穿越所有神经一直向下，我马上看到了自己的幼稚可笑。然后我抬起右脚，冷不防踢到了锅。棕色花哨的浆状物溅向四面八方。一定有痕迹了。我的脚上沾上了肉浆，我跨出几步走过庭院，表明是我搞错了。天黑了，明天他们就可以看到这一幕。我心里在飞奔，我是悲剧和漫画集于一身，三桅船和罪孽，在佛里斯兰的海洋和天空之下。我让锅子留着，上楼去了，给自己斟上威士忌以平复自己的心情。对立的东西出现了，我还要更加煽情，更具刺激性，我不知道怎么办。墙上的那幅油画无疑在指着我。我从一开始就知道这一点，从看到第一眼时，这是如此显而易见。可是，在那边大陆整个疯狂的对面，我首先视为永远在此居住的恭敬的姿势、视为无声的提议的东西，现在变成了辛辣的讽刺。此外，我不喜欢文化干部角度这种羞涩的奉承。我把橙子和橘子扔向那幅油画。它们漂亮地爆炸，可是无济于事。我将其他水果扔向天花板，扔出窗外，还是没有任何事发生。我想演奏钢琴。然而这里是与世隔绝的。我感到惊讶。我究竟在这里干什么？

次日，我一夜无眠就在清晨出发，逃之夭夭了。这种艺术家的隐秘场所不适合我，不是现在。我也明白我采取了错误的态度。我在电话里告知我的女编辑，他们应该利用另一半的奖学金重新布置这个房间。我说很抱歉，我得回到柏林去。这里的人再也看不到我了。

3

"真正的梅勒",十年之后有人一定会讪笑道:在他妻子获得叙尔特岛奖学金期间,他看到了墙上的斑点,一再想:"真正的梅勒"。我后来跟着一起连续大笑,这确实也是谈论这些事的一个更好的尝试。或许是幽默,即便是糟糕的幽默,却是最好的解决方案。

4

新年时出事了。在前往叙尔特岛之前,我到埃尔兰根去了。其时我在写作戏剧,我在那儿逗留,要和演员和导演一起开发一部剧本。剧本开发当时很时髦,谁都不知道为什么。它们应该马上就被表演和记录的波涛替代了。

戏剧一直是我喜欢的东西,青少年时有一阵子希望自己成为导演,策划过校园戏剧演出,创作过小剧本,但后来先是希望学一些具体的东西,也就是说社会科学,这当然就有其讽刺意味了。不过我觉得当时马上将我视为富有创造性的艺术家,然后在其中一家相关学校里学习戏剧导演名下的工艺美术,这就荒唐可笑了。尤其是我其实一直只是想自己创作而已。

我和正当年轻有为的马丁·黑克曼斯[①]合作开发过一个剧

[①] 马丁·黑克曼斯(Martin Heckmanns, 1971—),德国作家和剧作家。

本，出乎所有人预料的是，这部剧作二〇〇四年还在柏林的德意志剧院献演。之后，埃尔兰根给我发来邀请，去那里尝试开发类似的东西。我还一直作为工业广告撰稿者为一家矿物油企业工作，并以一篇论述威廉·T.福尔曼的离谱论文结束了大学学业，苦心修改《病人》的头几个版本和其他文章，半聚焦而又稳定地过着平平淡淡的日子。我的面前有着那么多的未来。没有想到疾病的事，就是说，不，当然想到了，但是将它视为某些与世隔绝的东西，从文字上看有待加工的东西。它还始终是一种未被理解的保持缄默的爆炸，多年来一直余音不绝。至于它只是两次更为强烈得多的发作的前奏，这是我没有想到的。我认为多年前的这一变故是个例，我也认为自己没有受到危害。大夫们在这里提及"缓解"，这是一个症状消退直至完全消失的阶段，以便在经历一次骗人的延期之后马上更猛烈地突然出击。而且，不愿将自己视为慢性病人、将疾病视为自己人生中不可或缺的一个组成部分，这种随之出现的内心拒绝则在经历前几次躁郁症的插曲之后，越来越扩展，也太容易理解了。谁会愿意牵着弯脚的人一起走路呢？只是受过一次打击而已，没有别的。很糟糕，但总算过去了。不会再发生了。

5

排练的六周时间我得待在埃尔兰根，起先一切看起来也都不怎么行。演员们每天即兴创作，提供对角色的看法和碎片式的情节，我马上做出回应，夜里再进行改编。我不顾某些人的反对，强行设计了一个自杀医院作为场景，"向阳屋"，一个将国家的毁灭人类装置和乌托邦式的愿望实现机器集于一身的机构。获得特权在那里度过最后数周或者数月的每一个"当事人"，在这个伪装成医院或者康复中心的自杀工厂里看上去有点另类：一个美丽农场，整形外科胜地，这是其一，一个包罗万象的战略游戏，这是其二，第三个则是最后一个庞大的约会入口。然而所有角色清楚的是：国家预测了那些依靠自身力量无法支付的人还将在未来累积起来的费用，并且得出结论，提供一个选项不仅更人道也更经济，能够让人在最大限度地满足自己的愿望时自愿离世。此外，装病大多是选择的方式。一种伟大的虚构机器在于它的设计，一种病态却又风趣的充满享乐主义和虚无主义的科幻反乌托邦，它却让欲望扮演着最大的作用，而且正如我喜欢和需要的那样，所有角色都很沮丧和错乱。我立即埋头于工作之中。

白天在排练，晚上在剧院宿舍，之前和几位同事在对面的酒馆里喝上几杯啤酒。我还用威士忌鼓励有创见的几个夜猫子，好在第二天早上自己虽然疲惫却很愉快地带上新台词出现在排练现场。疯了，当然。剧本台词两周后停滞不前，我彻底认输了。

那个剧院确实是——尤其在乡下，是一个独一无二的酗酒者协会。在绝望的食堂和装有护墙板的酒馆里，大家将啤酒和小杯白酒一饮而尽，这种无法摆脱而又仿佛休戚相关的感觉。

此外，心理动力在工作，它和机能障碍家庭的心理动力相类似，然而会迅速加以通盘考虑。人们彼此生活得太过紧密，仔细考虑最紧张的角色，让冲突蔓延和爆发，策划联盟和阴谋。让虚构和现实渐渐模糊，最终凤凰涅槃。一个如我一般沉默寡言、对家庭感到陌生的局外人只能被碾压在群轮之下。

除夕之夜，我在柏林度过了排练间歇，正如一位朋友所说，我成了"另一个人"。而事实上，我的感觉已经收缩和变窄了，从某种意义上成了二维的了。我和人说话就像和兴奋的外表在说话，不再完全传到他们那里。潜伏的日日夜夜走在他的前面，走到了那些岁月之间，默不作声和聚精会神，结束于一次派对，我不再想起它，但我还知道的是，我觉得它就像是静止状态时的舞台造型，那里面的想法正如众所周知的水银那样聚拢起来，只是非常缓慢，在慢动作中。我的剧本和我的脑子一样被堵住了。

6

而那部剧作占领了现实生活。我开始在我周围的人中重新认识我的角色，而不是相反，像它还可以理解的那样。我创作的那些艺术复制品，在我所作的对话中引起共鸣，我觉得其他人的句子仿佛新出炉的名人名言，我也慢慢开始将剧本的基本情况视为天才的演出提纲，它栩栩如生地描绘了那种毁灭我们一切的高度资本主义下的生活，甚至还预言了接下来的未来。

我带着这样一顶思想的帽子回到了剧院。

可是，埃尔兰根出什么事了？这个可笑的城市，似乎仅仅由一条步行街和西门子公司组成，除了那首歌《值得知道的埃尔兰根的事》中有趣的套话之外，我不知道其他，也不想知道其他，也就是说它归根结底什么也没有——当我一月三日到达那里时，它变了。它变得越来越沉静，以更难以忍受的方式变得更舒适了，同时这里恰恰还出事了——对，什么？这里究竟出什么事了？我从剧院宿舍出发，去考察这座城市。奇特的布景：就像在一座被关闭的核电站里那样紧张。我迷路了，走遍了一个毫无创造性的新住宅小区，然后突然出现在我迷失方向的同一个地方。从终点又回到了起点。一家餐馆到了中午还没开门，尽管大门敞开着。餐馆老板以清扫的手势请我出去，我只是想要一份烤肉而已，正如我突然想到的那样，我本应该得到更多。我吃了一根放上了干番茄的法式长棍面包，那是我一开始在这里吃过的东西，然后在这条荒谬的被几个演员贬损够狠的步行街的尽头重新找回了自己，我就是"投宿"在这里的一个客栈里，平时从不会这么去做。通常而言，我都是直接上客栈去，现在我"投宿"，不禁对语义学的位移微微一笑。我喝了一杯啤酒，然后朝那个台词弯下腰去，那个第三幕的编剧还想马上再了解一下，既严肃又轻松，这事我转眼之间就搞定了。我喜欢这个结果，这种激烈的碎片式讨论，再一次以对话的形式使那些争执在居住者之中变得激烈起来。我绞尽脑汁地思考那些角色的名字，考虑在原本的取名时没有意识到的词源，但它们却全都以一种麻烦的、几乎精确到不知羞耻的方式和拥有这类姓名的人相称。这不是巧合，也不是直觉，这是另外一种东西：语言和事物之间的一个密约。

邻桌的一个高中毕业生对他同桌的同学说了什么有趣的事，我把它看成是针对我的，我问他是否在对我冷嘲热讽。他兴高采烈地注视着我，说没有，不是这个意思，我觉得这个结论显然是一个"错误"。我稍稍考虑了一下这个"错误"，然后考虑了我对错误怀有的普遍恐惧，从中我知道，这种持续不断地避免错误的企图或许是最大的错误。我打算等下次有机会时犯下一个错误。那个漂亮的女招待，无疑被一个不知从哪儿"投宿"而来的人视为"热情奔放的人"，透过烛光愤怒地注视我，特别聚精会神，介于兴趣和检查之间，而那个过分明显的凝视者——他的目光在寻找什么却没有寻见——在不停地来回闪烁。然后我镇定自若地站起来，离开了客栈，又到了剧院酒馆，那里找不到一个演员，我觉得这像是约定好了似的。

来看望我的克努特，马上发觉我"又有些东西不对劲了"。我坚持那些东西和征兆已经太久；那种目光先是漫无目的地四处颤动，然后停留在琐碎小事上；那些阐释重新迷路了。一个家伙在一家酒吧里好斗地缠住我不放，说我就是那个始终带着讨厌的手提包在城里走来走去的人，不错，就是那只讨厌的手提包。他差点儿因为我盛气凌人的反应而动起手来。一般而言原本可谓是一个不恰当的小攻击，现在我觉得它就像是一个神经过敏的寻常案例，我把这种神经过敏引得到处都是，却迄今为止一直没有觉察到它。因为现在一眼看到这种神经过敏，我到处都能遇见它。一名女大学生在马路上和我搭讪，说我不就是剧院的那位作家吗，说她正好有一个问题，而我没有直接和她说话，只是点点头，往回走逃到上面的那个窄巷里，自己都不知道为什么。她在我后面嚷了一句，我转过身来，回头走时朝她点点头，尽管我完全不明白她在说什么。我急匆匆地回到我的剧院宿舍，它渐渐变成了周年纪念日里的一个新档案。它们又是我搜集并且以疯狂的速度仔细研读的报纸和编年史，此外我还毫无选择性地购买了大量的《南德意志报》唱片收藏版，一份当时每周出版的 CD 汇编，收集了自一九五五年至二〇〇四年流行音乐的年度精品。我后来细听过那些歌曲，又一次沉浸在一九七七年至一九八三年的那几年时间里，我不仅觉得这段时间从音乐上看最有趣，后朋克，新浪潮，所有的一切，而且在这段时间内我也在我身上的某个地方找到了那种不可言说的背叛。我检查歌词和曲调的说明。这一次偏执狂的世界观马上到了手边，我只是必须使这么多年前分裂的然而可以使用的碎片成为整体，我已经像进入一个空置的居所那样可以重新进入被追踪的妄想之中，重新作为世界精神的牺牲者，作为未来的复仇者站在那里。然而，这种不可言说的东西也是无法形容的东西，因此，这个秘密也像困扰其他人那样困扰着我，而不能将它公之于众。我熟悉那些战略，可内心的紧张几乎无法忍受。

　　它马上变得异乎寻常了。"它"在这里尤其是指：我。我冲进排练现场，被海地地震灾难晃动得厉害，我手里拿着啤酒瓶，像抗议那样坐在舞台上。我不再喜欢那里排练的戏，尽管我完全不知道最新的状况。戏剧导演专家后来的警告，即同时使用电和水时当然必须小心，我以隐喻的方式接受下来了，因为我不再相信我们大家在学校里学过的法律。隐喻地接受具体的东西和具体地接受隐喻，维持原有的好感重新开始工作。"电"和"水"属于我不再相信其词义的字。这些概念和原来有些不同，但我还不敢肯定是什么。"对对，电，"我嚷道，"电和水，一切都没问题！"那位专家以诧异的、几乎充满仇恨的目光看着我，晚上对我悄声说道，若他碰到这种时刻肯定已经猛揍我一顿了。我哈哈大笑，并没有严肃对待他的自白，第二天又忘记了是什么事情首先使他然后使我如此激动。

首演越来越临近。团队显得心急火燎，正如在遇到这样的演出时都会发生同样的情况。神经系统闪闪发光，特别是因为演员们在即兴演出时将很多个性化的东西一同带到了角色里。在乡下的演出节目有着某种生存的东西，现在作者也还是失去了自制力。夜里，我漫步穿越城区，来到一个大学生派对上，在那里杂乱无章地劝说一个小组，那小组的人先是坦率地和我讨论，到了某个时候却是心情烦躁地想要甩掉我，我上了夜班车，然后上了区域火车，在车上睡着了，早晨被查票员叫醒，我迷惑不解地问他我在哪儿，在弗里德里希大街，柏林吗？外面只能看到稀稀落落的风景。在我后面的两个学生放声大笑起来，觉得我这个浪子"棒极了"。我下了车，不知身在何处。我把一本正在看的彼特里希特①的书送给站台上的一个学生。正如火警电话行话所说的,当精神混乱的人被抓住时,我已经"束手无策"了。但我在中途还能鼓起劲来,甚至还能重新回到埃尔兰根。

7

"后创伤戏剧"宣言概念出自普拉特"人民舞台"的一位朋友,精确地描述了这种接替"后戏剧艺术戏剧"的戏剧。这种戏剧试图更精确地处理二十世纪的创伤,为此将建议性和纲领性地勾画新的计划。尼采的那句"发生的事也还应该遇见"将在讨论之列。因为人可以梦想,可以摇滚。剧本、台词和音乐都已经有了,它们将提前为"后创伤戏剧"的异同做好准备。"后创伤戏剧"采用的手段承担着倒转和完全的启蒙作用:它试图给出答案,而不是驱逐答案。人们也可以通过那些引文彼此交流。反恐惧的文章将打乱这种排除,也就是要哀悼和讥讽这种排除。由于被确定为反宗教的作品,比如我们说到"发汗屋"方面,《向阳屋》剧作试图继续开启那种"后创伤戏剧",然后顺便合并它。"罪责"原则通常遭到严格反对,人们将分析阴谋理论,对系统理论做出诗意的阐述。不只是一个女人应该一直一起坐在桌旁。

热烈欢迎,你们这些傻瓜!

---

① 彼特里希特(PeterLicht),德国音乐人和作家。

本文献给萨拉·凯恩、阿洛夏和"小妖精"乐队。

(后创伤戏剧宣言,二〇〇六年一月二十一日)

8

朋友们过来参加戏剧首演。我的身边已经形成了一个可观的戏剧性场面,我却完全没有察觉到。我和前女友凯茜最近几周几乎又重新相会了,只要我把背转向她,她就哭了。阿洛夏同样也来了,看到我房间里标注各种年份地展出各种各样的图书和唱片时,禁不住爆发出短促而不安的大笑。之后他再不离我左右。其他朋友站在舞台布景边上,目瞪口呆,心生胆怯。对于决定在首演之后送我到封闭病房一事,他们已经商谈并确定好了。当然他们没有在我面前透露这一秘密。

我几乎不再理会这次首演,在演出期间慢慢喝醉了,穿上了我那件鲜红色大衣,过了一天我又立马把它扔掉了,出于对"展示的所有一切"的愤怒,我鞠了个躬,然后走到举行首演派对的大厅。我还克制着不喝威士忌,取出了第一张碟片。因为我已经保证让自己摊上一项任务,在我看来鉴于这种流行音乐发挥出的崭新的重要作用,这一任务要比目前被冷落的那出戏有着更多的存在感。这部剧作——两周后将被推出——仅仅是开始了一种认识过程,它大体证实了我在一九九九年的眼力,并因此满足了其唯一的功能:我的意识重新向实际上已经四分五裂的世界关闭了。这部剧作曾经只是一把通往认识之路的梯子，我现在可以撞翻它了。我差点儿真想抵制这一次的演出。在庆祝活动上，我尽力开大音乐的音量，以至于音箱都快要烧坏了。

第二天准备返程。那种环境带来的神经过敏感染到了我，也使这种神经过敏激增。我由凯茜和阿洛夏陪同走过步行街，带着一张受气的面孔直接前往车站方向，以一名足球运动员的果敢碰撞了一两个路人，他们从肩上扔出了购物袋，表情呆滞。我把绝大部分的东西留在了剧院宿舍里，后来它们被塞进垃圾袋里等着我，却再也没有取回来。在火车上我喝了第一杯小麦啤酒，在进餐车厢里抽烟，厉声责骂服务员。那种漫无目的的攻击在我内心跳动。

我们抵达柏林时，他们采取行动了。他们要把我重新送到医院去。我跑进一个酒吧喝啤酒时，阿洛夏转达了这一决定。我不愿意。什么都可以答应，就是不能上医院。我恰恰才开始看透这个世界，直接看到了对自由的突破。他必须让我走。

孤独开始了，那个孤独的人却没有明白这一点，因为他真的有许多事情要做，他要不停地走到人们中间、陌生人中间，走上舞台，关心滑稽可笑的情况。友好的对立是那个时刻的行为方式，它在其中一种方式里沸腾，可是那副外表差不多还是被发觉了。有时只有意味深长的沉默和会心会意的眼神，连自己都没有意识到这种过分殷勤。

两个朋友过来了，硬把我拖进夏里特医院，一位善于沟通交流的大夫简短地问了我一些情况。我还一直不想入院。大夫向我的朋友解释说，我对精神病院的体验看来是带着创伤的，大家必须有耐心才行。可谁会对一个受到惊吓的躁狂症患者有耐心呢？我从他们的眼里看到了担惊受怕，终于顺从了，入了院，以便几天后根据大夫的建议重新出院，直至在多次发作之后我被劝说重新住院为止，然后我又中断了治疗。整整一年就是这样度过的。

9

这一年硕果累累。叮，叮，叮，叮，叮。突然之间，我在三个领域获得提名：莱比锡图书奖是翻译领域，英格博格·巴赫曼奖是散文领域，以及在柏林的剧本领域。此外，享有盛誉的出版社对我的小说感兴趣，其中就有苏尔坎普出版社。然后我也真的就可以在那里登台亮相了，这首先实现了青少年时代的梦想。也就是说，这上半年，我收获了不寻常的赞同，这种赞同只是证实了我的妄想。我显然踏上了正确的道路。

但事实上却是踏上了最错误的道路。回过头来看，那些惊人的场面更甚于中等程度的灾难。在莱比锡，我因为翻译威廉·T.福尔曼的《格洛丽亚的妓女》而获提名，却在那里引发了一次小小的争吵，因为我忘记带上邀请函出席颁奖礼，于是很大声地和那些五大三粗的门卫发生争执，那些听众，其中就有来自半文学作坊的人，恰恰就站在我面前。我高声叫嚷，可以理解的是，只要吵得越凶，他们就越不希望这个穿着皮夹克、不知所措的爱发牢骚的人进去。"你们可瞧瞧他这副样子"，他们如是说，直至评委成员理查德·卡姆林斯特意从舞台上走过来，搂住我的肩膀，陪同我慢慢走到里面去，对他的这一行动我至今依然以别扭的方式向他表示感谢。勒夫勒太太，同样也是评委会成员，朝我的方向看去，从惊恐到镇静，至少很固执。我先是坐在原定的座位上，情绪高涨，然后注意到坐在我后面的是出版商乌拉·翁塞特-贝克维茨克和米歇埃尔·克吕格尔，尽管很奇特的是他们和和气气地、满面春风地看着我，我却还是心情非常烦躁，以至于立马逃之夭夭，躲至大厅一侧一张站立的桌子旁，好在那儿大声地、太过大声地继续唠叨下去，直至颁奖典礼终于开始了。和本年度的其他提名一样，我空手而归。我并没有对此受到一丁点儿的打击，到了夜里，我冲进任何一个派对之中，后来把那小吧台的酒都喝空了，然后依然无望地在这个陌生的城市里穿街走巷地瞎逛。

在柏林艺术节剧院举办的戏剧聚会上，我的态度并没有两样。我站在剧院前，手里拿着一瓶"职业猎手"出品的香料利口酒，敌意地打量闲站着的外表光鲜的市民们。在一次最为死板的文化活动中，一个可疑的家伙，拿着一瓶"职业猎手"牌的香料利口酒站在门口，他理所当然地遭人们藐视，我却回报人们以更藐视的目光。

可我已经不再在拯救世界的旅途上。自大狂和妄想的念头仅仅还发生在偶尔服用大剂量药物和病发时。然而我确信，所有的人，毫无例外所有的人都认识我，即便他们未必还能重新认出我来。那是可以感觉到的未探究其根源的偏执狂的余烬，这个精神病人犹如被戴上了镣铐一样将偏执狂随身带来带去，这样的镣铐使他无法进行正常活动，也使他过着地狱般半生半熟的生活。

那家剧院，同样也是我向往的地方，那里的一名导演和一名编剧已经在策划如何以舞台方式朗诵这部剧作的事；那部剧作名叫《光明照耀屋宇》，讲述一个破碎的后院联盟的故事，他们团结一致反对国家干预。一个当时患有精神病的大学生也来了，包括我的一个代理人，正如后来常见的那样，正如其实始终如一的那样。我在二〇〇五年年底创作了这部剧作，亲自将它投入艺术节信箱，在亲切而又寒冷的冬日斜阳下，那是一个美妙的瞬间。现在我要对剧本进行补充修订，可是面对自己文字的破坏欲念重新爆发了，于是我尝试——部分故意地，部分出于幼稚可笑的退化——尽可能多插入伪达达主义的迟钝。女演员尤勒·伯韦，应该背诵那个女主角的台词，她在一次排练时问我某一个找从韵律和语义都使之产生间离效果的词如何表达，于是我给她示范，尽管这个词完全没有产生任何意义。她只是点点头，想了想，重复我说过的话，似乎已经明白了。在剧院里，他们已经习惯了某些东西，曾经我这么想，现在我也这么想，这是一个事实，为了舞台朗诵而进行的另外一次排练仍将继续强调这个事实，在那次排练时，演员和导演突然地、没有明显理由地、完全肆无忌惮地高声怒骂起来，尤勒·伯韦在一次发飙时裸露双乳，其他人继续精神失常，直至我这个真正的疯子请求他们安静。或许从临床上有待命名的我的精神烦躁确实是令他们感到惶恐不安的原因，我不知道这一点。导演紧接着和我说，"手脚动个不停"的那些地方可得删除，我只是咧嘴冷笑着，然后点点头。不错，我是将整个剧作稍稍曲解成伤风败俗的一面。他们应该做他们愿意做的事，我早就走远，到了别处。正如人们所说，当人们不知道说什么的时候，朗诵会从手艺上看就是质地很坚硬了，而我完全无所谓。另一个人获奖了，马丁·乌特克[①]失望地转向酒吧柜台，将一杯酒一饮而尽。我消失在闲站着的当地民间小团体之中，东游西逛，喝酒胡扯。本次的文艺汇演也因此结束了，我作为半疯怪人的名声得以继续巩固。

类似情况也发生在慕尼黑，在小剧院的一次秋季青年戏剧家之夜，我在那里错以为见到了埃尔弗里德·耶利内克，然后不名一文地在市中心游荡，到了次日早晨，在一次文化早餐时，不仅通过麦克风大声斥责我们这一代人缺失的父亲们（这又一次给一名女编剧留下了深刻印象，正如她在一轮讨论之后所说的那样——躁狂症愤怒的矛盾心理就是这种样子，有时它也能击中要害），而且此外还真的对着一名来自火化电台的女文化记者的录音机，口齿不清地呢喃那些毫无意义的东西。我完全没有预料到自己醉得有多厉害，几周后那位女记者在一次电话通

[①] 马丁·乌特克（Martin Wuttke, 1962— ），德国演员。

话时证实了这一点。我一无所获，还处在迷迷糊糊之中，就又出发了，我的身旁是迪尔克·劳科①，我给他提供啤酒。

我几乎想不起克拉根福了。几个月来，我一直处在由精神变态和酗酒引起的半神志昏迷状态，只有费尽心思才不会出乱子。朋友们坐在家里的电视机前，在观看实况转播时屏住呼吸，担心我在朗诵期间可能会割破自己的额头，这想必是一句非常幼稚可笑的话，却完全符合我的精神状态，而且没有任何策划的时刻。或许我也可以直接站起来，怒吼一声，或者扯下自己身上的衣服？

我讨厌克拉根福，我现在还知道；众所周知，那里尤其是一场由批评家、代理商和出版家组成的自我庆祝盛会，而作者们仿佛廉价的婊子到处闲站着，等待出售自己的肉体。我还记得在柜台旁一把推开一名批评家，但不是为了结识其他人，而只是为了把他眼前这种拥挤不堪的场景画成漫画。然后我走到我认识的那群坐着的人那里。女编辑夏洛特·伯洛姆巴赫"把约瑟夫·温克勒②带来了"，我很受感动，毕竟他是我青少年时代的文学英雄之一。我马上问他——列举他的哪些书出于何种原因是最好的书。他只是点点头。许多人点头，当时。他们有权点头。简单地点点头，不说一句话。如今，当我遇见疯子的时候，我大多不干别的，只是点头。我也不知道这一点。

---

① 迪尔克·劳科（Dirk Laucke，1982— ），德国剧作家。
② 约瑟夫·温克勒（Josef Winkler，1953— ），奥地利作家。

我骑着租来的自行车冲进郊外,远离了玛丽亚·洛莱托餐馆(文学社团白天在此举办活动)和整个肮脏的地方,也没有去湖边游泳,我厚颜无耻地对待那名女组织者,还附带辱骂了一下克莱门斯·迈耶①,并且拒绝参加不管哪儿的活动。我在这次竞赛中几无收获。不管发生怎样的情况,我的新编辑始终站在我一边。那一刻的歌曲是奈尔斯·巴克利的《疯狂》,从喇叭里传向四方。

轮到我朗读时,我头晕目眩了。摄像机瞄准我,我感觉自己就像在环形滑车上,马上要到陡峭斜坡的最高点了。平衡失去了,我眼前的一切向下倾斜,我已经向下发出咔哒咔哒声。然而我还是坚持完成了朗读而没有发生任何变故。我只是盯着自己的稿子不放。虽然朗读快了太多,回想那场景我相当不讨人喜欢地被封锁起来了,留着从某个方面看很怪异的短发发型,但至少是短发发型。我也完全可以大发脾气。

10

我还是插入了一个小刺激,从这个细节上可以看出曲解的逻辑和远离现实的幻想中的某些东西,而精神病的鬼怪在这个逻辑和幻想范围内采取行动。一年前,我看完了尤丽·策②的长

---

① 克莱门斯·迈耶(Clemens Meyer,1977—),德国小说家。
② 尤丽·策(Juli Zeh,1974—),德国当红女作家。

篇小说《游戏本能》，感到非常吃惊，我很喜欢这部小说，故事发生在波恩，主角都是聪明的青年，他们颠覆性地乃至恐怖性地反对权威，小说非常好，另外它又是用一种高强节奏的发出隐喻哗啦声的语言写就，我至今依然偏爱这样的语言。那是一次极为震撼的阅读体验，它自然随躁狂症之年的偏执狂一起开始改变。正如在绝大多数的虚构中，不，正如在媒体上遇见我或者遇见我本人的一切，我开始把这些结构、大事和角色跟自己联系起来。在《游戏本能》中，我从主角阿莱弗身上看到了我自己一个失真的画像：一个理性化的我行我素者，来自鲁莽的无处，做出似乎没有任何东西可以损害他的样子，超然于一切道德之外，以堕落的方式变得辉煌。尽管从自动投射上，很多东西不对劲，但我还是像容忍所有的一切那样容忍这幅画像，因为从各个角度看我的肖像被画得走样而怪异，持续不断地，有着巨大的失真，我都来不及为此做些什么。不过这个阿莱弗拨动了我的心弦，不，不仅是心弦，而且是余音袅袅，以便烦劳一个有点油腻的隐喻。在具体特性还不对头的时候，我却看到自己的心态以直观而天才的方式被俘获了，并且将阿莱弗接纳为朋友方面古怪却又表明是正确的投射。我感觉自己被认出来了。然而，这种臆想中的被人认出逐渐变成温和而友好的狂热。在我或大或小的关系妄想中，我认为尤丽·策和我彼此相属，是一对秘密的地下总理夫妇，由隐喻相连，世上的政治家们已经开始害怕我俩，哦对了，可不是现在才开始，而是从童年时代起，当我们——还不知道彼此的情况下——马上悄无声息地长大并以某种方式引人注目的时候，被抛进既是田园般却又纷乱的波恩，世界史在它面前屏息，那个临时首都在经历了难以数计的大屠杀罪案之后（它可只是古老的莱茵河畔一座静谧的村庄），却和即将拆除的专用线一起进入真正的世界中心。

我当时就是这么想的。而且我完全可以陈述更多长达好几页的细节。我的脑子里有那么多的胡言乱语。有时我认为，那些屋顶上的麻雀真的在鸣叫我们的名字，克罗伊茨贝格的孩子们也用他们扮演的角色指称我们。我可是听得清清楚楚，每天透过窗口。

一个躁狂症患者几乎任何一个无法摆脱的念头都有其家族史，一种虽然疯狂、无法解释却也是可以描述的来历。绝大多数的躁狂症患者幼稚可笑得可怕，对他们进行彻底分析不会有任何结果。

作为对阿莱弗画像的回礼（我越来越深地陷入其间，我就是这么想的），我现在准备稍稍打破一下我将在克拉根福朗读的那个文本的虚构层面。我在某一个地方通过一个具有深刻意义却又是轻松自如的如同用肘推一下的"尤丽"毫不犹豫地替换了女主角比安卡的名字。那是一个夜晚场景，一个梦幻场景，神经而聪明的比安卡做了一个噩梦，我的同样女性的第一人称叙述者试图将她从噩梦中唤醒，比安卡，比安卡，醒来吧。我恰恰在这个地方将这个陌生名字带入文本中，也真的大声地朗读这个名字，而且违背了自己内心的反抗。如果我没有记错，那么我是以特别受到阻碍而又疯狂的方式表演，用装腔作势的头部震动表达出我对从虚构到现实的突破中表现出的可怕的果断,我将它视为我整个克拉根福经历的真正成就。若是有谁听到这个消息,他无疑觉得这很可疑。这不是可以理解的。但那么多人并没有听闻此事。视频还在网上。我没法检查这一点。在小说集终审时,我坚持务必将这个遗漏的名字印入书中,数月后小说集出版。这个通向现实的窗口无论如何应该敞开。

我觉得有些东西很尴尬,只能暂时将它们编码到我自己的文档里。

11

回柏林的路上,一个评论家在转机时想要拉住我的手一起走,因为我又迷路了。我被评委会那种臭名昭著的评奖程序坑了,具体情况怎样,我也不知道。布尔克哈特·施皮奈①还补充说明,他为我感到自豪,只是我不清楚,那是因为什么。或许是暴露了名字?哦,编辑托斯滕·阿伦特也站在那后面,此前我通过邮件向他寄发了我的全部作品,如今看来,那是些完全杂乱而冗长的废话。我希望他已经全都删除了。

数周后,我给尤丽·策写了一封彬彬有礼却又怪诞不经的邮件,她回复得坦率,同时又保持距离。我被禁止表达我真正的认识。那是在不存在的游戏里的游戏规则:所有太接近真相的一切,必须敬而远之。

---

① 布尔克哈特·施皮奈(Burkhard Spinnen,1956—),当下德国文坛重要作家。

12

邮件。对普通的躁狂症患者而言，没有比这更具诱惑力和更为灾难性的交流形式了。紧跟那些突然的冲动，将一种混乱的观察或者一种迅速转码的感情爆发打发至这个世界上，这简直是太简单了。善意的东西，不错，真正引人发笑的东西在另外一边受欢迎就像是一种威胁。这种语言本来就有了一个巨大的裂缝，这一点增加了理解上的不一致性。这种语言是不稳定的领域，不再可以完全支配。"电"和"水"并不是它们以前所叫的名字。固定词组只能按其字面意义去对待。通道惊人地敞开着。因此，通道周围充斥着图片和谜语，秘密必须重新用双倍的隐喻表达。因为每一个人都可能看到我寄出的所有一切，它们可以被复制和分发千倍，而我今天写进邮件里的东西，明天将会躺在内政部长的桌上。我打开电视，那里，沃尔夫冈·朔伊布勒①，我打量他，他似乎在翻阅《星期六之夜》的旧版本，真的，而且狞笑着。我在那里必须马上重新用密码书写不一样的东西，或者不，一切重新愚弄成另外一个模样，特别果断地斥责并把它们变成垃圾，无所谓，往哪个方向，因为这是我的第一个公民义务，属于我的反叛者道德，要马上做这件事。那个位于地址栏的收件人，并非真正的收件人，当我写"Bresche"（缺口）的时候，大家都知道，我非直接地针对

---

① 沃尔夫冈·朔伊布勒（Wolfgang Schäuble，1942— ），德国基督教民主联盟党的重要人物，现为德国财政部长。

二〇〇六年

"Breach",那是我一九九七年在美国得克萨斯州奥斯丁写下的激动不安的文章。即便我并没有意识到这一点——他们始终都知道这一点。所有文章都处在一种地牢式的驱逐关系中,它使我说不出话来。我不得不用字母庆祝一个绝望的狂欢节,并且完全隐蔽在地下,可我本人依然很强硬,即便外面的一切在改变。有时我必须用言词扯断那条帷幕。有时我必须写群发邮件,收集那些无望的形象,"under the wing",在我的庇护下,推动项目,点燃思想。

邮件好可怕。因特网入口一个推力,你为自己的余生搞坏了和某些人的关系。一个喝着啤酒的躁狂的下午,你给自己更新,永远成为狂热的爱好者。

13

当年的朋友放弃并回避我了。早在多年前我就失去了卢卡斯。那简直是太疲惫和令人心烦了,也太使人震惊了,而他们必须让自己的生活向前推进。我的躁狂症表现出包括混合情况的几个阶段,但除此之外依然保持可怕的始终如一和反抗能力。而且包括混合情况的那些阶段与恢复健康完全不同,不适用于病人,不适用于他所处的环境。急性躁狂症和急性抑郁症之间的紧张关系将导致对自己和他人的攻击。

一再失去朋友、关系和亲近的人,而且是在一个远超常见的拒绝和生命异化的范围里,其实是难以忍受的。正因为如此,他们或许在这里被持续地唤起,"朋友们",大多作为空位,作为被遗弃的椅子、脱离孤独的小错觉。

14

我的钱花光了。我没能再从事作为石油企业产品撰稿人的自由职业,我在埃尔兰根就甩手不干了,日复一日就不再有这项精湛的技能。我从一开始就没能和我的信念协商好这一工作,可现在已经不可能将在十二月所作的那些笔记带到某一个有意义的形式之中。我从前的女上司后来说,那是在我和她见面的告别宴上,说我手上出血了。

我开始卖掉我的藏书。托马斯·曼必须是首选。我还从未喜欢上他,发觉他的风格不诚实,散发着香水味,我完全无法和这种受到大肆赞美的嘲弄打交道。这里有耍花招的人,那里有耍花招的人,一切都在这种用古希腊语委婉表达的恋童癖的升华中——把这些东西拿走。拿走这些随我从青年时代开始一起走南闯北的廉价的歌德、席勒、马克·吐温全集。拿走马克斯·弗里施[1]这个年老的身份结巴和色魔,拿走乌韦·约翰逊[2]这个酒鬼,拿走伯尔[3]和迪伦马特[4]这两个神甫。我几乎每天带

---

[1] 马克斯·弗里施(Max Frisch,1911—1991),瑞士剧作家和小说家。
[2] 乌韦·约翰逊(Uwe Johnson,1934—1984),德国作家、出版人和学者。
[3] 伯尔(Heinrich Boell,1890—1947),德国音乐家和指挥家。
[4] 迪伦马特(Friedrich Duerrenmatt,1921—1990),瑞士剧作家。

着我那只沉甸甸的唱片包到分散各处的旧书店去，走出来时身上几乎不会多于十欧元，但一定够买香烟、食品和啤酒了。这是一份工作，这是一项运动。从权宜之计中产生出新的顽固思想。我想摆脱那些书，这种臆想中使我烦恼的包袱。思想史只应该继续存在于我的精神里，它反正成了幽灵故事，成为跟踪我的鬼怪。那些书都被治愈的期望混合了，它在我心里达到高潮——那些日子里我还一直相信这一点，却没有真正持续不断地意识到这一点。我不得不清理、收拾，彻底清理。慢慢地，那些书架上有了空隙。我清理掉了分析哲学、解构主义的所有书籍，包括福柯。我觉得我的整个大学哲学学习就像是一出搞笑剧。我开始卖掉那些之前我认为非常重要的书籍：大卫·福斯特·华莱士[①]、布莱特·伊斯顿·埃利斯、阿多诺、贝克特、福尔曼、维特根斯坦、品钦、格拉斯、戈茨、尤丽·策、巴赫曼、伯恩哈德[②]。凯茜在电话里请我至少留下纳博科夫的作品。她知道我究竟有多么喜欢他的书。

可我后来还是把它们卖掉了。

一位旧书商有一天说，我在这里干的事，每天要过来，真是扯淡。他说如果我真想卖掉书，我们可以约定一个日子，他上我家里来一趟。我马上同意了。几天后，他站在我柏林的房间里，使我的图书馆遭受灭顶之灾：《弗洛伊德全集》，《本恩全

[①] 大卫·福斯特·华莱士（David Foster Wallace，1962—2008），美国作家。
[②] 伯恩哈德（Thomas Bernhard，1931—1989），奥地利作家和诗人。

集》、乔伊斯、普鲁斯特和卡夫卡的全集,全部,所有的全集。汉德克、施特劳斯、耶利内克滚蛋吧。米歇尔·维勒贝克滚蛋吧。施勒格尔、谢林、施莱尔马赫滚蛋吧。他认为这不是糟糕的意愿,我也很高兴,尽管我的心里已经产生了不好的感觉。然而,我知道的是,只要我马上有钱了,我一定又可以买下最漂亮的图书馆。当旧书商将数百本书,给他带来最盈利的书用车运走之后,那里确实还放着很多的书,总是还有足够多的书在那里。那里的书甚至还有太多太多!我重新扛起那只唱片包。

15

我又搬家了。每一次躁狂症都至少搬一次家。至少。这一次是从普伦茨劳贝格往下搬到克罗伊茨贝格,直接靠近科特布斯门。我预订了一辆包括三名家具打包工在内的塞子式卡车,对我那些东西而言大得太多了。"这里真是可怕。"一名打包工喊道,我不知道他指的是克洛伊茨贝格、这个屋子、我的几只箱子,还是我本人。阿洛夏笑起来直发抖。

最初几周我就带着这些箱子出门在外,听着声音大得无法形容的音乐,以示向我的邻居介绍我自己,作为一个了不起的行家在大街上出没。夏天很热,所谓的夏日童话驱使我继续陷入疯狂状态。到处都是五彩缤纷的景象,照得人很刺眼,世界杯足球赛闪耀光芒,各种各样的旗帜和国旗、电视机和球迷庆祝活动。我变得很有攻击性,在城市里来回穿梭,有时鼓励德国，有时鼓励某个人，在大街上一起踢球，把球踢到汽车上。

在克罗伊茨贝格的某一家咖啡馆里，我开始坐着不想走，或者更确切地说是：开始嘲弄自己。服务员很快被我搞得神经紧张，可我没有注意到这一点或者让他们的紧张渐渐消失。他们倒是内心深处悄悄地感到高兴，我知道，在我在场时他们一定不会出什么事的。我整个夏天都在这家咖啡馆里度过，其他老顾客的意外辱骂对我起不了作用，我专注于小说集的创作，喝醉了酒，几乎不再吃东西。睡觉，回家去，我能做的就这么多，而这又很少。带走几个女人。阅读《编年史》。卖掉《编年史》，把它们扔出去。我什么都不想知道，可又什么都知道。

16

"带走几个女人"。因为它似乎如此简单，然后基本上也是如此。躁狂症患者只要拥有单纯的自信，就足以使自己成功。他虽然出了状况，但这种自信包含了傲慢的姿态和效果。我可以讲述这种离题万里的无稽之谈，它被重新解释成了笑话，而且这种空话连篇的适应环境，这种说出真相的禁令，这种默默紧贴到"正常"的对话，都在尽着自己的责任，让我不是作为完全的疯子，而是作为疯狂的艺术家，他神魂颠倒的倾向太可以原谅了。作为古典躁狂症患者，我喜欢放荡的性生活，我觉得自己在床上就像是魔鬼和畜生。终于，他们射死了他们的撒旦、他们的色情明星，他表演起来就像一个吹毛求疵的疯子。

他确实是一个疯子。"这是练习吗,或者那是什么?"和我有过一次短暂绯闻的女人问。这一行为由于暂时服用药物有时稍稍有点遭受折磨,我没有把它归咎于药物,而是归咎于压在我肩膀上的压力。最后,我不得不抛开无数的讨论和历史。而且躺在我下面的始终是同样籍籍无名的肉体。

那名女艺术家和她的装置艺术,无拘无束,其实是无动于衷;仅仅用两个句子就可以把她从奥尔弗家具商那里带走,她看到我的书时一定哈哈大笑一声;那个玫瑰酒吧里的无望美人,在那个时刻对我而言简直就是女演员凯莉-安妮·莫斯①,因为《黑客帝国系列》而描述了现实世界中的一种特殊团圆;那个相识的女人,一个朋友的前女友,因为她我觉得自己道德有罪;那个女记者,她希望自己发疯;那个女画家;那个很坏的女律师;《沉醉的船》中那个没有个性的女人;乳房下面有疤痕的失业女人,然后是这一个女人和另一个女人,以及这个,还有这个。

野蛮,孤独,通过性爱尝试解决一些问题几近暴力。早上又独自走在路上,早上走出家门前往这个混乱城市的熙熙攘攘之中。

17

在法兰克福,我在苏尔坎普出版社做客,这段时间我已将

---

① 凯莉-安妮·莫斯(Carrie-Anne Moss,1967—),加拿大女演员。

它视为我的出版社,而且不是以很健康的方式,而是以真正所属的方式。实现青年时代的梦想,这是顺便作了一个脚注而已。因为如果世界史以其综合结构学向我跑来,那么越发是这种有裂缝的德意志联邦共和国的智慧堡垒。因为现在,属于一个整体的东西都会紧密结合,而到最后,我们将会闪闪发光地相聚在新的光芒中。我并没有兴高采烈,而是接纳了这一拯救出版社的任务。或者说,为了以查克·诺里斯事实①的做派说出这一点:我不在苏尔坎普出版社那里,苏尔坎普出版社现在在我这里。

和女出版人举行了一次极为动情的对话,在戏剧部进行了一次令人惊慌失措的拜访,以及参观了一座朴实无华、却充满历史的六十年代建筑之后,我又在招待所里找到了自己。当我打开冰箱时,有人——我觉得此人就是翁塞特②秘书贝克太太——说道:这一切都是给我准备的。冰箱里——很可能是前面的客人忘记拿走了——放着几瓶啤酒和一瓶白酒,我马上在心里把它命名为"乌韦·约翰逊白酒"。贝克夫人告辞了。我现在来了,不知所措地坐在那里,将白酒一饮而尽。这里非常地联邦德国化,真的,人们感觉自己仿佛生活在六十年代、七十年代,而且冷战的负担,这种可能引发的世界末日从形式上还

---

① 查克·诺里斯(Chuck Norris, 1940—),美国电影演员,空手道世界冠军,动作片演员。2005 年因在肥皂剧中夸张的演出成为风靡一时的网络现象,网络上出现无数版本的"诺里斯事实",于是他成了全球恶搞的代表。
② 苏尔坎普出版社社长。

可以闻到味道,一种地毯上散发出的老男人的气味,是自己忍俊不禁的克彭①,是赋予瞬间以灵魂的惊跳起来的汉德克。在喝了足够多的乌韦·约翰逊白酒之后我走了,穿过丑陋的法兰克福城市的夜色。在一家饭店前,一名厨师问我是否可以借给他二十欧元,我二话不说就给了他。和所有的人一样,他真的认识我,他一定会还我钱的。我走到歌剧院,然后又回来了。我很少看到一座更没有生机的城市。后来,在招待所,我抽着烟睡着了,在结实的亚麻布上留下了被火烧着的大洞眼,直到第二天早上才看到。从此以后,在精神病时期,即便在二〇一〇年,我也很清楚,英格博格·巴赫曼绝不是像白纸黑字写着的那样死去的。一支香烟不可能把床烧毁,七十年代坚硬的床上用品绝不可能被燃着。巴赫曼还活着,或者在九十年代某个时候悄悄地亡故。我将它命名为"巴赫曼谎言",而事实上,相对应的我的一篇短文,其实是一篇仓促写就的讥讽策兰的文章,以后将被刊登在《时代报》上。

18

绝大部分死者仍然活着,这是我的妄想系统内一种特别顽固的想象。死亡简直太悲伤了。我看到我的眼前有一个僵尸画廊,有着一种无法摆脱的怀疑:许多死亡只是被死者自己蒙

---

① 克彭(Wolfgang Koeppen,1906—1996),德国著名作家。

蔽了，因为正如我注意到的那样，那种熟识就像灭绝机器起作用。那些敌视简直太多了，在外面的大街上，在城市里。法西斯主义无所不在地在空中徘徊。也因此在某个地方，或许在阿尔卑斯山，一定会有一个依托苏尔坎普出版社的职能部门，那些鬼灵战士可以在宣布去世后隐退至那里，呼吸到山里的空气。那里坐着巴赫曼、伯恩哈德和贝克特。他们在那里等待着我将在沉睡中醒来的时刻。维尔纳·施瓦布也还在那里喝个没完，萨拉·凯恩从他们身旁走过去早锻炼了。不过伯恩哈德可能觉得这个当然也太舒服了，这也是为什么他似乎不得不匆匆从田园生活逃走的原因。难道他仅仅是后来者的先驱吗？无论如何，人们难以相信这一点，这段时间里我有一次看到他坐在乌珀塔尔的麦当劳车站店里，闷闷不乐地对着一只巨无霸汉堡包狼吞虎咽，目光怀疑地转向一侧，就跟《灭绝》袖珍本的红色封面一模一样。他觉得味道不好。我让他心平气和地继续吃下去。

我从沉睡中醒来的那一时刻，现在实际上已经来临。我意识到自己的角色，发出相应的信号，发送至网络，通过信件，在大街上。我期待死者的到来作为反应，期待他们复活，从度假地归来。福柯真的终于也回来了，作为最先的其中一个，不言而喻，而且是作为普伦茨劳贝格的普拉特饭店老板。那个作者死了，那个人准备消失，就像在海岸边一张脸埋在沙土里？

可他站在那里。而且也还偏偏自称是"托马斯"。

一切都没问题。

19

喂！今天是个庆祝的日子。我给相关的人打了电话，他们都会过来：阿洛夏、帕特里克、克努特、康拉德，甚至还有戴格妮。那将是一个魅力四射的无法超越的夜晚，我们要到"东部舞厅"剧院去。我在剧院开张前就给他们捎去了音乐和台词。他们似乎是有事业心的朝气蓬勃的人。这是最为恐怖的。

我们已经站在剧院酒吧里。刚刚我独自一人欣赏了隔壁剧院的《玛丽亚·布劳恩的婚姻》首演，但现在几乎想不起来任何东西了。或许可以想到一个女性扮演的希特勒角色，她一开始在舞台前沿咯咯乱笑。但除此之外，一切从我身旁悄然而过。我想从主办方的冰箱里偷走一瓶啤酒，结果被逮住了。那就"不上品"了，酒吧老板如是说。我明白。可是喂！我可是给他们留下了我的剧本连同音乐，在自己录制的CD上，他们也从中引用了相当多的内容，是吗？难道不是吗？那么你们是波莱希①吗，还是谁？前不久他的情况也同样如此。他至少可以告诉一声，他在哪儿使用这个东西。当他收到附上剧本的邮件时，他并没有首先通知一声，然后是大量引用那里的想法和句子。我们喜欢这个！正如我听到的，当我离开演出时，那位技术专家对他嘘了一声"混蛋"是有道理的。可波莱希就是这样，这个捣蛋鬼。人们不会对他生气。好莱坞干这事反正已经多年，

① 波莱希（René Pollesch，1962— ），德国剧作家和导演。

因此我不会因为在我们柏林乡下这里玩的这种"母牛贸易"游戏而发怒的。

音乐响起,立即鼓舞我进入抽象世界。我干掉了一瓶啤酒,又要了第二瓶,分给了所有的人,然后开始跳舞。派对还根本没有真正开始,可我已经没有耐心了,而我所处的地方,就是派对。这是我的天性,这是派对的天性。朋友们更确切地说是僵硬地、一言不发地站在那里。这些人!今天我们将获得拯救!而且只有几个小时。那就来吧!

戴格妮看起来又妩媚动人了。我不再非常清楚,我们当时为何分手,可现在的感觉似乎我们恰恰又在一起了。不必出声,眼神和小小的触摸就够了,脸对脸就够了。我疯狂地和她跳舞,让她急速转圈。这里的灯光有着小市民的地下室派对上的颜色和浓度,可我还是觉得恰到好处,布置得恰到好处。好人。更多的人来了,也是好人。只有好人。我稍稍和安妮·蒂施梅尔瞎扯了一通,她胆怯地笑笑。毫不奇怪。

不知什么时候,我吻了戴格妮,摸上去的感觉很正点,可我不得不重新把她推开,因为这一瞬间应该发出另外的声响。我们可以以后接吻。我们已经获悉此事了。比如,那边即将举行另外一个婚礼吗?现在,就在醒来之后?我环视四周。陌生人在我周围跳舞,将我置于一种真实的亢奋状态之中。我跟着跳舞,她也跟着跳舞。陌生人可以彼此在一起有多么亲近。那是一种什么样的音乐。

音乐诱骗我们柔和地进入轻微出界的集体,我想,并且感觉到了每一次的强烈节奏。这种节奏进入脑子,那些高潮进入灵魂,还有低音,这种低音进入大腿。

一个稍不注意,戴格妮就被一群爱骂街的年轻人迷惑住了,不,是被他们说闲话了。我宽宏大量地对此不予理会。他们可不应该太过放肆!我的心情是至高无上的,他们不应该让我神经受不了。可他们这么做了。我已经感觉不到这种强烈的节奏,而心情仿佛一个在父母监视下的贫血孩子用积木叠起的塔楼砰然倒下。哎,哎!戴格妮根本没有注意到(她在回答他们的提问),这些爱骂街的人(他们是游客)是在挑逗她。但我还是稍稍故意激怒这些牢骚客,向他们抛出挑衅性的手势和言语。他们先是跟着做,然后哈哈大笑。然后他们的脸色变得阴沉起来。我尾随在他们后面。我逮住一个了吗?我制止了自己真正的坚强。

突然,我躺在地上叫喊起来。我还从未如此叫喊过。三人中有一个使出浑身的力气用他的拳头击中了我的左眼。他们先是变得更严肃,密谋地交谈,然后就莫名其妙地用拳头回答了我的和解提议。我依然微笑着,然后躺在地上。音乐主持关掉了音乐,唯有我的叫喊声在空中飘荡。朋友们站在我周围,恐吓这些牢骚客。康拉德说,如果这些牢骚客想要群殴的话,他们尽可以这么干起来。阿洛夏跪下来安慰我。那只眼睛马上肿大起来。

我们躲进一家酒吧,我在那里继续说话,闭上眼睛。"就像是个瞎子",康拉德如是说。我看上去肯定真像是一个疲倦的预言者。那只眼睛没有睁开,继续肿大着。我索性闭上了两只眼睛,因为这样痛苦少些,然后继续说个不停。

后来我和戴格妮睡觉,眼睛闭着,沾着血。为什么发生以及如何发生,为何她要参与其中,而且是我首先参与其中,只有天知道了。

早晨在电车上,乘客们悄悄地而又惊恐地盯着我看,那只眼睛看起来一定很可怕,一个姑娘总算还祝愿我早日康复,这马上要使我出名了。可我找不到自己的路,在普伦茨劳贝格穿雪而行,自己都快要在雪中消失了。不知哪儿倒是有一家专科医院,难道没有吗?这家医院究竟在哪儿?我不是一直都知道的吗,为何现在却不知道了?我筋疲力尽地坐在恩斯特-泰勒曼公园里,不知道接下来该怎么办。身体疲倦而寒冷。我的眼睛必须得到治疗才行,可我没法去始终在某处的那家医院。我用手机给阿洛夏打了电话,阿洛夏由此开启了雪片似的通话模式:康拉德给克努特打电话,阿洛夏给帕特里克打电话,帕特里克从塞普尔那里借来了一辆公共汽车。我屈服了,不可能独自做成任何事。一小时后,他们带走我,请我上了汽车。我只想到眼科医院。可他们当然有另外的计划。

他们驾车带我去布赫医院,我的眼睛在那里给医治了一下。

"对,这是那里面的疼痛,眼睛里面的疼痛,我们必须让它消失。"在诊断室,忧心忡忡的女大夫斜靠在我上方,从近处注视我的眼睛时低声说。我完全不明白她为何要如此可疑地说话。让疼痛消失?这是隐喻,还是笨拙得不会说话?

然后就去了魏森湖的精神病院。看样子朋友们已经策划了所有的一切，医院为我预留了床位。一个阴谋，又来了一次。我先是反对，后来还是不得不承认失败，感到很失望，感到受了打击。正如凯文·维纳曼①所言，人们一直想要把我"驱逐出境"。"他们又把你驱逐出境了吗？"有一次他在科特布斯门的高架铁道拱门下面如此问道。然后他惊吓地表示很抱歉，或许是因为我的脸部表情，看上去无疑像是我自焚了一样。

那名治疗大夫头发细密，脸上带着阴郁的问题，我非常不喜欢他。他在逆光中龇牙咧嘴，似乎什么都不明白。他没有流露出一丁点儿的同情心。他那副"菲尔曼"牌眼镜上的反光只是部分隐藏了骗人的眼睛。后来我才获悉，他向我的朋友们建议，下次我发作时立马告知警方。

相反，我的年轻室友克里斯蒂安精力充沛，干劲十足，一刻不停地瞎说一气聪明的废话，我马上认识到这一点，他，一个热心的躁狂症患者，待在家里自称在城市的各个俱乐部里。然而我还是相信他的话。为何怀疑呢？没有任何东西是凭空捏造出来的。

朋友们离我而去，也许他们自己都感到筋疲力尽了吧。从早上开始的拯救行动，现在几乎已经持续了一整天。我吃了晚饭，知道：不，这里不是我要待的地方。

病友们闹鬼一样从我身旁走过。我对他们不再有任何感觉，

---

① 凯文·维纳曼（Kevin Vennemann，1977— ），德国作家。

没有任何记忆。这一次，他们的命运对我来说无所谓。这里真是无聊透顶了。

两天后，我出院了，回到了那个凌乱的居所。

20

疯子如何不受自己伤害（以及他人不受他们伤害）的问题不容易回答。在这里，法学基础就是《精神疾病法》这一部全国性的法律。剥夺精神上有疾患的人的自由权，给他安排临时住处，让他强制性用药，何时才算是合适？在此，关键性标志就是"自我伤害或他人伤害"。谁危及自己或者他人（或者他人的权利或者财产），并经大夫的鉴定被确诊为精神疾病的，可由地方法院决定而"采取安置措施"，也就是从事实上被锁定起来。据称，这里也涉及公共秩序的警告。公共秩序重新成为不成文法律的全部，它使群体性同居生活成为可能。我们已经进入常识中的模糊领域。究竟是谁对那些"不成文法律"作出定义？我必须能够认识到自己的行为可能产生哪些法律后果，如果我扰乱了秩序，究竟会发生什么事——至少这种所谓的明确性原则希望如此。而"不成文"可以是很多东西。这所有的一切其实都是被触摸到的边界。

我想要什么，我不是可以买吗？某些人仅仅出于税务原因才负债。而这种经济体制不是同样躁狂和无理吗，如果它积累过多的债务，将未来视为打赌的话？人们只是不知道为什么吗？

那些逗留究竟妨碍我什么了，是否阻止了恶劣的事情发生？也许有过这种情况，但我无法知道这一点。随后的损失其实很大，以至于将来有一天，那些一开始损伤性的逗留感觉就像是微不足道的东西。不，他们彻头彻尾地一事无成。或者不是：其他人可以暂时深呼吸一口。但痊愈还得依托其他因素才会出现。

而且这究竟叫什么：疯了，精神有病吗？我认为谋杀已经很疯狂，所以我一定会立即对每一个谋杀者签发疯子鉴定。而且也因此很麻烦的是要为他的罪责开脱。

当二〇一五年德国之翼的一架飞机由于飞行员故意引发坠机至法国阿尔卑斯山，造成机上一百四十九名乘客和机组人员死于非命时，我仔细跟踪公众讨论，每天梳理信息和评论好多次，分析预先的判决和理由。而我多么不诚实地希望，这个罪犯只是被确定为抑郁症，而不是被确定为我基本上始终认为的那种疾病：对我而言这个凶手当时很明显就是两相障碍患者。

我本人让自己受到了威胁，更确切地说是并没有让其他人遭受危险。我只是让其他人的神经大大地受不了，而有些人则感到害怕起来。我赞同所有的一切；可我注意到法律地位的模糊不清。有过专横武断的时刻。而这全部的费用治愈不了躁狂症，它只是抑制并且推延了这种病症而已。帮助和干涉之间的界限没有明显标志，这使所有的事情变得如此复杂和棘手。

这种方式方法，即人们如何变成官僚主义化的目标，只是很少和尊严有关，那是另一回事。健康体系和社会体系的私有化和资本化使这些边缘组织成为可以剥削的商品。因为突然之间，平时你都不会正眼去瞅一下的人都可以到处推撞你，这些心胸狭窄的当权者不想继续履职，他们全凭个人兴趣让你感觉到他们渺小而腐化的权力，而且总体而言他们也还得重视销售额。因为它不允许是零和博弈，盈利是义务。

可你不愿逆来顺受，他们就像是旧文件夹里的环形箍，慢慢地却是无情地喀哒一声关上了。这种保护性的官僚主义化使得在整个复合体中掺入那么多的专横和非人道的东西，以至于摆脱那些压力的每一个人不得不感到惊奇，他是如何设法做到这一点的。

可应该如何用另外一种方法解决它呢？

21

伤口愈合得愈来愈慢，伤疤生长得愈来愈快。接二连三地在医院治疗，采取措施，氟哌啶醇剂量，自行离院。间隔时间越来越近。只是哪些时间？我不知道自己病了，具有讽刺意味的是继续修订处女作小说集《肿瘤》中关于一九九九年疾病的某些文本，只是这里或那里的一个词，为可能达到的精确性感到兴奋。为此我还剔除了三篇小说，它们许多地方看不出任何意义，只是还逐一拼读出这种最可怕的东西。因为当时我也被马丁·基彭贝格尔①迷住了，他恰恰同样是一个不死族，我曾在《莫里娜酒吧》那篇小说里对他进行了描述。我给自己买了一本画册，一本展览目录，两篇有关他的科学论文，意念飘忽地四处看看，往里面写字和乱涂，我笑得要命，在他的喧闹和影响下看到我歇斯底里和酒精的存在获得最为精确的认识。他现在究竟在哪儿？那里！他在那里！又离开了。哦，他们都赶过来帮我，他们可是都到了，这些美好而不朽的灵魂。

我也开始重新画画，仿佛爆发了似的。青少年时我画过描过类似一些东西，大多是人的脸蛋，有时也有城市片段，先是对着手工制作的，然后是失真的东西。现在我想要挥霍地充分发挥我作为综合艺术家的天赋，哪儿能画就在那里画，为此在一个四处乱放着的《日报》上构思出凯特·布希新专辑《空翻》中的一种混音音乐（真好，又从她的堡垒中传来她的消息，我很高兴，向她回致问候），我把《日报》搁在圣雷莫·乌普弗拉默尔那里，晚上后来在小剧场音乐主持音碟里又认出了一种混音音乐。一切是如何相互连接起来的！谢天谢地他们没有把我扔出去，从"玛丽亚"夜总会那里，正如不久前在布鲁姆菲尔德或者米娅那里。在布鲁姆菲尔德那里，一名安全人员从后面把我举高，然后干脆把我抬走了，我叫嚷着，我叫嚷得很凶，约亨·迪斯特迈尔②中断了他的音乐会。在米娅那里时，这次又

---

① 马丁·基彭贝格尔（Martin Kippenberger，1953—1997），德国艺术家。
② 约亨·迪斯特迈尔（Jochen Distelmeyer，1967—　），德国歌手。

二〇〇六年

是在汉堡，门卫威胁说要打断我的双臂。这样可就没法干活了，妈呀。和斯文·雷格纳①的《雷曼先生》里那个精神病人完全类似，在我的命名为"工作室"的克罗伊茨贝格的房间里，我制作了一座由衣服、烙铁、颜料、床垫弹簧、衣架和报纸组成的雕塑，它在将来有一天被证实为老鼠一样的怪物。一只老鼠？它现在应该是什么？嚓，剪短烙铁的电线，老鼠的尾巴没了。对面的一个土耳其女邻居怀疑地往下瞅，然后关掉了用铝箔封住的窗户——正如在我看来，永远地关闭了。

不久，我没有特别缘由地愤怒起来，于是将这座雕塑砸成碎片。然后我把贝多芬的命运主题复制刻到床头墙边的粗纤维裱糊纸上面。这个无济于事。然后我开始将图书和唱片扔出窗外。因为我又对它们生起气来，这些精神和创造性的成果。这种闻所未闻的吸血鬼主义！那些东西在后院里发出噼里啪啦声，制造出很大的噪声；我把抓在手上的东西停留了大约五分钟，然后怒气冲冲地扔到水泥地上和灌木丛中，直至我终于发觉，就连这个也绝对无济于事。没有一个邻居提过意见。我关上窗户。几小时后，或许一天后，我重新一一捡起扔掉的物品，将一些我仍然喜欢的图书塞进我的旅行背包，余下的扔进垃圾桶。

然后，作为令人发笑的角色，我颤巍巍地又挨家挨户地溜了一圈。

---

① 斯文·雷格纳（Sven Regner，1961— ），德国作家。

22

恩岑斯贝格尔乘坐火车到汉堡去，装扮成女人在隔壁车厢里。这算是机灵吗？恩岑斯贝格尔式机灵，又是一种变化吗？这种"滑头"！他使我很兴奋。早上总理府前还能看到亚历山大·克鲁格[①]，头晕，微笑。一种在他的电视节目中缺乏的宁静从他身上散发出来。

可现在汉堡，当我明白了事实真相的时候，它一直将我吸引到那里去。我沿着外阿尔斯特河飞奔。我的皮夹克被天鹅认定为诱饵。在我向市中心方向走时，天鹅跟在我后面。鸟儿美丽而优雅，荷尔德林一眼瞅见它们就陷入幻想之中也就不足为奇了。突然之间，我讨厌起皮夹克来，随后将它塞进垃圾桶里。天鹅应该翘辫子了吧。可没有了温暖的皮夹克，我感到很冷，我发疯似地奔跑，在一个充斥着苍白而瘦削的海洛因身影的小酒馆里找了个位子。她们是妓女吗？我上了一个异装癖者的当，他和一个来自那家城市医院的病人相像得可疑。为何是这种相聚？他以口淫的方式使我得到性满足。难道我只是在自己想象这个吗？我打量受虐与施虐的游戏，将一名男子视为大街上拴在链条上的一条狗，他被铆接的脖套来回拖曳着，皮肤粉白而有斑纹。恶心，混乱，从这里滚开。宁愿又是香珍区，逛遍各类酒吧和小酒馆。和人进行奇特的对话。让人神经受不了？苦

[①] 亚历山大·克鲁格（Alexander Kluge，1932— ），德国导演、作家，2003年获德国毕希纳文学奖。

艾酒。我再也喝不了了。在不入流的客店租房，圣乔治，那里几乎睡不着觉。如果死了，我也不能睡觉。稍稍中断一下：来自旧时光的褴褛衣服。这里，在这个地区，我真正地快乐过两次。可现在什么也没有。

上错了火车，在车里睡着了，到了奥尔登堡。我到奥尔登堡能干什么？愤怒至极，用拳头敲击车厢之间的数字显示屏，很遗憾显示屏碎裂了。我像个雕塑站在奥尔登堡车站前。政治家卡尔斯滕森①借助《图片报》寻找一名女人，他急匆匆地走过（难道这个人酷似他吗？），对我怒吼了一句猥亵的话。我差点儿还没有明白过来，两名警察发现了我，向我冲来。我无法动弹。他们以警方擒拿的方式逮住我，把我硬拉到墙角，残忍地按倒我，尽管我完全没有抗拒，甘愿俯首就范。他们慌慌张张地想要给我戴上手铐。我说我跟你们走还不行吗。他们没法直接用该死的手铐压住我的关节，为此还擦伤了我的皮肤。他们恐怕比我还激动。他们终于如愿以偿，把我押解到警署，穿过车站，聚光灯对着我，人们的目光感到惊奇，到警署去。登记履历。

"你为什么竟然干出这等事来，梅勒先生？"

耸耸肩。

"现在各得其所了。"

---

① 卡尔斯滕森（Peter Harry Carstensen，1947—　），其时为石勒苏益格-荷尔斯泰因州基民盟首脑，2005—2012 年担任该州州长。

他们放我走了，可我无所谓，尽管完全没有喝醉，我也可以走进其中一间出名的醒酒室。可我重新站在了车站前，像之前一样神情呆滞。狗屎奥尔登堡！上哪儿去？彻底无可救药了。问一名出租司机哪儿有旅馆。我们跑了三四家旅馆，哪儿都没有空房间，据说。他也不知道怎么回事，我若是去不来梅，他愿意提供特价。他儿子以前也享受过这样的优待。我感激地接受了。

不来梅，随便找个旅馆房间。我试图不留下任何痕迹，我不知道为什么。突然成了间谍，感动而颤抖，俯卧撑和电视机。透过窗帘缝隙打量大街。早餐少量而阔气。我很愚笨却机灵。

我从一家网吧里（加里·奥德曼就在我旁边，完全嗜酒成瘾）向八位剧作家建议共同创作一部剧本，所有的人都参与，涉及所有主题包括各种戏剧形式。我在当天就收到某些人的邮件回复，他们甚至就可能的主题交换了意见。我很激动，对这样的团结一致感到高兴，并期待创作出自一九四五年以来最好的剧本。

在乌珀塔尔重新找到了自己，庆祝《乡下的凯旋》演出成功。拿着一听可乐坐在斜坡上，凝视着那列悬浮列车，和我的女编辑打电话，仿佛她就是《007》中的钱小姐——优雅而神秘。后来是同样的新怪癖：我让旅馆房间保持我来之前的样子。没有痕迹，却是真的没有痕迹。这给我带来乐趣。我带走了旅馆钥匙。反正一切都属于我，马上或者现在或者将来有一天。

我在波恩稍作停留，母亲很怕我。我打碎了带着镜框的格拉斯画像的玻璃，那是我十四岁的时候画的，他在画像上面写下了问候，我撕破了那幅画像，然后从阳台上将碎片扔进了院子里。他应该感到羞愧。

在柏林我差点儿死掉，当时我在对面的地铁站台上瞥见一个点头之交，荒唐的是居然跨出一步向他走去，结果掉进了下面的道床上。不过地铁离得还很远。我又一次差点儿死掉，因为在华沙大桥上没注意到交通，险些被一辆疾驶而来的汽车撞倒。"再走一步，你就完蛋了。"两个年轻人惊恐地哈哈大笑。晚上，我闯入一家画廊，那里正在讨论电脑游戏和艺术的话题，我就此向基彭贝格尔提出了一个毫无意义的问题，扰乱了随后的音乐会。一名女监护人对我怒吼，还甩出一句话，说要"操"我。当我把一只杯子打碎的时候，乐队中止了音乐会。

数日后，我又到了汉堡，沿着年市旁边某一个陡峭的泥土斜坡向上，将手指埋在地里，一直向上攀登。我必须摆脱我心里那种抑制不住的力量。到了上面，我俯瞰城市。难道我长翅膀了吗？我的思绪在跳荡，也真的往下跳了。什么也没有。我究竟寻找什么？冲下斜坡，滑倒了。后来，在柏林，我将体操鞋上的污秽命名为"来自汉堡的泥土"，散发出讥讽的自豪感。"来自汉堡的泥土"，我哈哈大笑道，于是大家跟着哈哈大笑起来。

23

汉堡是一个固定点，也是一种标志物：假若我没有行程上的安排，人却又在汉堡，那你可以想到我处在一种躁狂症阶段。当我不再知道自己下一步该怎么办时，当我在精神病的滑道里疯狂时，汉堡总是吸引着我。我就假定这个城市是我真正的故乡。对汉堡的思念从何而来？汉堡人的爽直，那里的中产者，汉堡学派组合，汉堡港吗？岁月也混合交叉在一起了。有时我也不再知道属于二〇〇六年，属于二〇一〇年的是什么。遇到天鹅时我不得不考虑，现在我又知道状况了：二〇〇六年清晰如昨。或者是？不错。不是吗？肯定。

或许也是汉堡，因为我所谓的一九九九年网络爱人就来自那里。在我的阵发中始终有着回到最初的地方去的渴望：波恩，汉堡，网络，论坛。仿佛是一个纵火犯，他必须悄悄回到作案地的电脑——只是在我这里延迟了多年而已。或者它恰恰是一种无意识地流露出来的思念，对所有疾病发作之前的那个时代的思念。

汉堡火车站，我又来了，广告闪烁不定，在"卡尔施塔特"百货商店购买阿封克斯·特温的唱片，到塔利亚剧院看剧，四处乱走，看到理查德·鲍尔斯[①]在闲逛，跟他说声你好。刚好我顺便给一个不怎么熟识的家庭带去自烤的威士忌风味薯片，把它装进约翰尼·卡什[②]的 CD 盒套里。回到车站，又没赶上火车。因为在这种糊里糊涂的身体状况下出门旅行，逮住其中一

[①] 理查德·鲍尔斯（Richard Powers，1957—　），美国作家。
[②] 约翰尼·卡什（Johnny Cash，1932—2003），美国乡村音乐创作歌手，多次格莱美奖获得者。

列合适的火车回家,不能老是在站台上浪费时间,不能纯粹出于愤怒和缺乏耐心而坠落至不知哪儿,那可绝非轻而易举之事。时间永远太平地消逝,回去就是地狱。最后,你错过了一切,在一个公园长凳上直打哆嗦,在那里熬过了一夜。二〇一〇年,我就是这样在维也纳度过了整整三天时间。

然后终于又回到了柏林。在那里,总是在路上,挣着很少的钱,各种各样的不让租房,还总是没完没了。我总是想着布鲁姆菲尔德的事。我恰恰在这个乐队被拖延了,而约亨·迪斯特迈尔完全没有进行干预,怎么会是这样?当我对着舞台上的库尔·萨瓦希[1]回报以吼叫时,他显得好酷!我设法打听到了布鲁姆菲尔德音乐会主办者的名字和地址,好去解释这件事。他们马上坐到了角落里。我走过去,和一个五大三粗的家伙彼此表演了相当长时间的吼叫,一名女职员感到非常厌烦,从中调解。数日后,当我出现在鼓击乐队那里时,她坐在售票窗口,说:"原来是你。"她匆匆反省了一下,然后宣布道:"我现在请你去看鼓击乐队的演出吧。"那里没有骚扰,只有美丽和吉他。

我很绝望,可还是贪得无厌。圣诞节就要到了,一年转瞬即逝,那本书已经写完,体力终于耗尽了。他们希望在出版社那里采取行动,和其他三位作者一起,"没有任何东西对我们是友好的",或者是如此。那行,那行。

我到波恩去。我非常讨厌波恩,可还得上那儿去。关于我

---

[1] 库尔·萨瓦希(Kool Savas,1975—),德国说唱乐歌手。

出身的那部专著我可能要在数十年之后才会写，如果真要写的话。我来了，这里的一切又是如此之小，如昨日一般。我忽然有了一个念头，要在戈德斯贝格的一个宾馆里租一个房间——可以这么说，还一直是那种间谍的想法，在那里做个"卧底"，而没有人从官方途经知道这件事。它将马上流传开来。在波恩我也重新受到尤丽·策的刺激，我是说到处可以见到她。我们在这里占了主流，波恩嘻哈唱片公司（Aggro Bonn），或者诸如此类的东西。我哈哈大笑，入住了位于科布伦茨大街一家确切地说是算不上豪华的宾馆。

　　早上六点，我镇静地坐在宾馆床上，不再去想睡觉的事。我退了房，在面包店喝了咖啡，吃了一只牛角面包。有趣的是，我变得那么瘦削，在那里窗玻璃的镜像中。这个城市使我变得百依百顺。一切都使交通变得顺畅，又一次，而且变得阿拉伯化了。我有了一个新的念头，想去拜访一下我的母校，到上面的山上去。我在那里获悉的社会化，来自第三方责任的未成年孩子里下等孩子的教育，那些可以说像杉木那样向我敞开的机会——拜访一次现在是很合适的，合情合理，合乎逻辑。我根本不想看到或者遇见任何人，只是想待在那块场地上，对所有的一切寻根究底。这个时间点很对。

24

　　学校挽救了我。恰恰在那里我也开始创作那部中途夭折的成长小说,在本书里一直有这方面的介绍。首先是在小学头两年里,被一个——我假设——老纳粹校长虐待,学习对我而言马上成了开心事。一个反传统文化的世界打开了,我可以在那里暂时将狭窄和野蛮留在家里,并且在脑海里压抑它们。我开始爱上这所学校,那些字母飞到我这里,我兴奋地将它们写在纸上,纸上的线条年复一年地增加,我想早点做个大夫,可以治病救人。可那些字母越来越大,然后在高级中学里还用拉丁语捆扎到历史里,那种古老而崭新的语言完全陌生,它让人触摸到类似传统的东西和相互的关系,我就是来自那些关系。我创作了我的第一首诗,《煤颂》,也就是写给煤球的颂歌,我持续多年地把煤从地下室里抬上去,认识到对某些对我而言是一种耻辱的东西唱出颂歌的那种多义性,可以让过去闪闪发亮,几乎可以把它录下来。它现在是我的诗歌,无法从我的手里夺走,而由语言和虚构组成的传染病,还越来越强烈地向我的心头袭来。与此同时,我每天在学校里得到官方证明,一种身份成长起来:在公民和贵族之中的无产阶级儿童作为全班最优秀的学生——而且一直处在保护之下。青春期装酷手势和叛逆发作然后也始终不得不被某种内容上的、关于学校的光辉掩盖住了。我暂时没有受到伤害,从所有方面看,而且不让任何人接近我。唯有那些话。

而在社会之外一直是空想:先是作为孩子的电视瘾,然后是漫画,大量的漫画,再然后是天文学,整个冬天我就在外面有着星图的居民小区之间度过。然后是类似《TKKG事件》和

《三个问号》的所有小开本的侦探小说,都是卡尔·梅的作品,直至儒勒·凡尔纳,最后通过姑父的那座令人惊奇的图书馆,很早靠岸在《能干的法贝尔》、布莱希特和《铁皮鼓》那里。然后事情就在我的周围发生了。这事已经过去。恰恰这事是我愿意做也是很想做的,那条路的轮廓已经勾画出来了。

人们宁可建议和我一样背景的男孩选择另外一个职业,只要他有机会的话。中产阶级的职业如法学家或大夫,想必很稳定而且也是一大飞跃吧?或者兴许能上电视?可我不想,真的,我没法做到这个。我想做作家。我还没有意识到,恰恰在文学领域,同样存在着明显的阶级差异,而要是我意料到了这一点,在我马上通过培训获得的狂妄自大之下我也就无所谓了。

母亲这段时间上半天班,在一家出版入门指导类的小出版社担任打字员,因此如果要买书,我就优先选择折价书。我买了所有的书,都看了。此外,在相应的节庆时,我希望自己拥有的作品全集越来越多,我大多也都已经有了。我沉浸在书中难以自拔。这无法和外面的生活相提并论。曾经发生在我身上的事,简直是最棒了。生活同时在这些书里扮演着最大的角色,生活被出卖,被战胜,被反映,最丑陋的东西被转换成美丽。恰好如此,我想,如此,而不是别的样子。

加上突然有了这部剧。我参加了在波恩举行的那出剧的演出活动,年轻的沃尔夫拉姆·科赫[①]出演该剧,我还不是太

[①] 沃尔夫拉姆·科赫(Wolfram Koch,1962—),德国演员。

明白,但感觉自己——即便被他人的中产阶级外表和举止吓坏了——站在了正确的地方,离一台激动人心的机器很近,你可以和它结交,也可以被它带上电。那是值得去了解的另外一个世界。那所耶稣会中学不遗余力地支持我,如今我依然越过古老的高山狂热地注视它,我在那里开始策划剧本。由于母亲对我歇斯底里之外的青春期没有什么好反对的,所以我在中学最后两年,借助于校长为我争取到的奖学金,上了学校附设的寄宿生部。恰恰是这所中学后来被卷入一起强奸丑闻中,这是在其他地方要说的事了(而且必须继续说下去)。我本人——如果有的话——只是颇感震惊,因为我是这样一个人:他在爱恨交加的相互关系里长大,这种关系后来又将他压碎在脚底下,它将导致重新评价他的整个青年时代。虽然我没有忘记我的骄傲,但首先我要直截了当地表示感谢,并且利用我所能利用的机会,然后使这种由适应和叛逆构成的不易消化的大杂烩继续变得完美——直至今日。

它从这里开始,我想从这里马上到那里去。

25

我迈着沉甸甸的脚步穿越雷都藤公园上山,思考着耶稣会会士忠于教宗的问题。这同样和我有点关系,这种超过数百年的耶稣会会士的秘密举止,这种阴谋策划的东西。可今天我觉得应该无所谓了。今天我放假。有几个男孩站在那儿的小门口,还有两名男子也在。马上就八点了，这是放假前最后一天上学的日子，似乎是这样。我沿着彼得堡大街的一端往上走，让"彼得堡大街"的名字在我的脑海里发出回响，同样也让"伊丽莎白大街"的名字在我的脑海里发出回响，我记得那些词语在孩子的脑海里如何从令人不安的抽象概念转变和固化成可怜的街名。我几乎已经穿越那道小门了。第三个人突然出现了，叫我停下脚步，我也这么做了。一位戴眼镜的先生从小门里走出来，无疑是一位老师，朝我这边张望。那些人盯着他看，他指着我点点头。然后他就消失了。那些人逮住我，使出浑身力气把我拽到小门那里。现在究竟出什么事了？

"举起手来！"

是在拍电影吗？

我没有反抗，最近知道有这种玩意。我随身带了两只唱片包，包里沉甸甸的，正如我现在才想到的那样，它或许对其他人留下古怪的印象。在唱片包里放着图书、碟片、电脑和一只旅行用品包。在我那件毛皮风雪大衣的口袋里同样放着图书和碟片。所有的口袋均被清空，那位民警没有花力气，他示威性地把一切扔到地上，图书有了刮痕和拙劣的气息，碟片的外壳破裂了。

"那是怎么回事？"

"安静。"

"你应该好好对待我的东西！"

没有反应。第四个警察穿着便衣坐在一辆小汽车里，车门敞开着,他的警裤紧绷在肥胖的大腿上。他傻乎乎地盯着我看,然后等待着。奥芬安格尔先生走了出来,我认识他,他是音乐和哲学教师,一个聪明的家伙。

"你好吗,托马斯?"

他似乎也不相信这一切。

"正如您看到的那样,非常棒,奥芬安格尔先生。"

我还一直站在小门的墙边,双手张开着放在岩石上,那名警察用手指摸弄着我的后裤袋。另一名警察则走到奥芬安格尔那里,对他耳语着什么话。

"哦,现在你要怀疑我吗?现在你想要逮捕我吗?这可真是岂有此理!"奥芬安格尔怒气冲冲地叫嚷起来。他又一次朝我点点头,可被迫往后退,不得不离开了。

不知哪些学生在我后面狞笑着,保持着安全距离,而正如我后来获悉的那样,在他们之中就有我的表弟亨德里克。我们彼此不熟悉。

整个事情持续了一个小时。手铐,上了,又下了。我不明白为什么。终于,剩下的健全的理智连同正义感开始了,我在问自己究竟应该做些什么。

"我们马上到警署去解释这个情况吧。"

然后我重新偏离航向了。我劝说自己,这件事很对,我终于成了史上最阴险的弥赛亚,确是真的心怀危害国家的念头。他们可以马上拘捕我的灵魂。因为我足以聪明到不会真犯一些错误。他们可以心平气和地审查我,这是我不多的训练之一,在我今年经历过整起恐怖事件之后，却并没有预计会有拯救出现。

26

他们先是开车送我回到哈里波贫民窟的家。我应该在网上干过什么事了。又犯老毛病了吗？我应该停止对我母校驾车肇事的威胁。可我没有。我母亲完全不知所措，担保说这样的事我是永远不会干的。那不会是我干的！她哭喊道。不知什么时候，刑警也已站在门口，四下张望，审问打听！他们没有任何动摇，径自将我送交警察局。我进入了内心流亡。我随身带上了约阿希姆·费斯特①的那本《我没有》，为了谨慎起见。

什么，如果他们歪曲事实了呢？我想起福尔曼，想起他狡黠的冷笑，当时他跟我说："互联网真是灾祸。他们改变数据。"事实上：他们完全可以坚守他们希望坚守的一切，控制和改变一切，再反对我。我任凭他们摆布。他们难道不是在最近，也就是说在五月一日踩倒我，直至脑震荡吗？相信他们什么事都可以干得出来。

在警署待的时间没完没了。那名警察脸呈蜥蜴状，深绿色的黑眼圈被雕凿得很深，他挑逗性地把他的公务手枪搁在一边，意味深长地注视我，然后用慢动作将它锁在写字台下面的保险

---

① 约阿希姆·费斯特（Joachim Fest, 1926—2006），德国历史学家、记者。

柜里。这恐怕是威胁的方式。我这时在看《我没有》,同样挑逗性地摆出一副最狂妄自大的面孔。

"梅勒先生,你要让我疯了。"他说,说得非常一本正经。

27

我真的不是那个人。哪怕我再发疯,我也知道自己做过什么,没有做过什么。几周后证实,贝尔吉施兰的某少年在一次聊天时表达了滥杀无辜的威胁。这个男孩和这个学校没有一丁点儿关系。可这起偶然事件指引我,在一个旅馆毫无意义地过了一夜之后,一路提着沉重的手提包,精神病一样地疯狂投向警方的怀抱,而警方在等待着一个潜在的滥杀无辜者。所有的人都想了好几个小时,说现在是时候了。现在我成了刺客。

电话又一次纷至沓来。单单在柏林,广播里传来了出事的消息,几小时后又有消息说可能的凶手已经被逮住。朋友们都在和学校打电话,彼此磋商,尽管不希望相信有这个事却还是牵挂在心,那时候我几乎已经在坐班房了。他们检查我的电脑文件,仔细搜寻我的小钱包,寻找所有的一切。到了警署,就跟到了喜剧频道一样:"是啊是啊,费斯特迈斯特太太,这可不行,这可不行!"或者"我们都很喜欢这个,那个同行!"以及诸如此类的嘲弄。吧唧吧唧地喝着典型的公牛咖啡,说着典型的公牛笑话。有人马上带着讥讽和威胁低声告诉我,有人在"权力中心"这里。那只蜥蜴对我并不友善,他那个留着稀疏鬈发的同事更加有过之而无不及。他的儿子同样上了那所学校。我被假定和这个学校有一个问题。当我无忧无虑地闲聊我的过去时，我可能暗示过这样一个问题，完全没有认清形势的严重性。

等待，观望，"多动腿综合征"。警察进来，提问，又走了："我不是"。几小时过去了。

"那不是他！根本就不是他！"留着鬈发的同事不知什么时候突然从沉闷的地毯过道向下叫嚷道。不过我可是从一开始就跟他们说过这事了。

他们在圣诞节假期里扣留了我的电脑，并把它交给了莱茵州立综合诊所精神病院。

"哦，你们现在是朋友了吗？"当我和这个鬈发交换几句没有敌意的话时，那只蜥蜴在走过去时还逗弄他。我此后没有再说什么。

门卫从报纸上抬起头来。

"好的，刑警，你好。我们这里有个人要交给你们。"

28

服药又停了，氟哌啶醇，在吸烟室停留，一个酷似特伦特·雷诺的矮个子看到我的愤怒，举起胳臂，按动彩色墙上的警告按钮。可这个警告按钮只是画上去的。他站在前面五分钟，不想明白这个问题。他反复按动墙上的那个彩色按钮。

我的阿姨顺便给我带来了一块肥皂和几包香烟。

她闻了闻肥皂的味道。她认识那些房间。

29

几年之后,我在二〇一〇年夏季的一期《假人》杂志上列出了警方为难我的一份清单,富有意义的是,那期杂志以"警方"作为主题。我始终知道什么属于哪儿。这期杂志我还有。在第二页和第三页,我那不安的笔迹扩大为八到九个字号,而在双面的中间——那上面可以看到"伊甸先生"服装店的一个广告——我也记下了那个数目,粗略估计,我躁狂的索赔权合计成这一数字:也就是一百万欧元。

总而言之,我觉得还是公平合理的。

30

你可以设想接下来持续好几周的崩溃,伴随着一个向下发出轰鸣声的影片配乐,伴随着刺耳的弦乐演奏和合成器乐声,它们都在描述一种独一无二的、坚忍不拔的向下运动。躁狂症一直持续至新年,可渗透性更强了。在柏林我和熟人会面,喜怒交加地谈起我的种种经历。这让我感到不安。我可是无辜的。谁也不理解我,只有贡特说:"你就是想要看看你的母校!"恰恰就是如此,恰恰就是一句话,而所谓的灵魂马上舒了口气。

我认识了伊芙:两颗完全混乱的心灵,暂时相互交融地联接在一起。啤酒喝得很快,让我又一次恍然大悟,可我马上认识到这种能量只是借来的。城市的黑暗变得几乎很物质,阻碍了我的脚步。那个居所吗?真奇怪,我在这里想要什么,为什么我要搬家呢?而且这些无所不在的作品,以及墙上的裂痕代表的主题。

偏执狂的问题消除了,妄想关系网的最后残余瓦解了。习惯的关联回来了,可是一种静寂也和它一起进来了,一种抑制肉体和精神的麻痹。然后它又一次变得更静寂,那些思想和感觉迟钝了。浴室里的通风装置又挤入意识之中;另一个居所,也是同样的效果。当我进入浴室的时候,它就发出乏味的鸣响,那里面还伴随着阴森森的毁灭气息。我还认识这个声音。它让我想起了可能在虚无中了结的魔鬼圈。在向外部变蛹和与此同时悄悄撤退至内部数日之后,我终于在几小时之内意识到了这一点。一年来对所有其他人如此显而易见的事,这件如此清晰地呈现在他们脑海里萦回的事,我现在突然也很清楚了:这是一个灾难。整个一年是一个灾难。我是一个灾难。

天黑了。

31

能多益巧克力榛子酱和香烟,伊芙在她的日记里写道,他躺在那里，靠吃能多益和抽烟维持生命。将上述东西写下来，我觉得轻率而不得体。可我手无寸铁，文字的天性就是出卖，尤其是自我出卖。谁还会比写这些字的人知道得更好呢。

郁闷，郁闷："郁闷"。留住我的东西都没有了。科特布斯门旁的居所成了陌生人的居所，但那里的床无法挪动。我可能已经把整张床拆开了。藏书没了，那个区域被烧没了。我避开了朋友们。我悄悄地溜进凯泽斯超市，或许买了些东西，牛奶、可乐、可可泡芙，又溜了回去。我试图稍稍打扫一下卫生。

那些令人心情沉重的羞耻感，那些对新近成为过去的东西的可怕回忆，重新走向神经元停止的抑郁症过程中。我真想钻到地底下去。我真想消失。自杀的念头每时每刻都在产生，铭记在心，盖过了所有其他念头，潜伏在背后，最后作为每一次活动的神秘原因变得结实了。

阿洛夏坐在我面前，在我的写字台旁，看《日报》。我不明白他如何还能微笑，这样的一张报纸看样子还能带给他享受。我什么都不理解，什么都不明白。

《肿瘤》的出版日期日益临近。我的心里没有唤起任何东西，没有感觉，没有快乐，可那里面我一直希望的一切都碰在一起了。当给作者的样书包裹寄达时，我基本上快要痛哭流涕了。可我的心里还是有了一些想法：鉴于认识到不再可以感到高兴的巨大悲伤，对任何东西都没有失去生活刺激本身。我看着这本书，不知道接下来怎么办。那是失去一切，马上，它可能永远不会重新变成另外一个模样。

就像是作为无罪证明似的,我还开始翻译福尔曼的《欧洲中心》,这个翻译是我应诺过的。可没有超过三页我就干不下去了。面对这头怪兽似的文本我简直要崩溃了。我的互联网究竟要去哪里?我把网关了。

然后就是莱比锡书展,那本书就是在书展时出版的。我没法过去,请了病假。我服用抗抑郁药,可药物不起作用。它们从来没有在我身上起过作用。可副作用倒是来了。日子中止了。日子以否定开始,以投降结束。

我还注意到一个日程:和苏尔坎普出版社其他三位年轻作者一起出席图书首发式,在人民舞台的"红色沙龙"。我觉得自己有这个义务,竭尽全力,猛击我的恐惧抑制剂,或许可以表达几句内容贫乏的话。怪异的是,这在二〇一一年《病人》首发式时也应该完全类似,尽管抑郁症让内心一片黑暗,我还是非常不错地完成了约定,以半开玩笑的八行诗节回答了流行文学学者的提问,我觉得它就像由未完成稿组成的一本书受骗增加了内容一样,就像被预先制作好了的,只是出于一时冲动。这个我提及的零点,和药物一起,让我说起来甚至比在所谓的健康时期更放松、更无所谓。一个悲伤的自由的形式。

什么事都没有发生。又是这样:还有一天,还有一天,而且还有一天。熬过岁月,越来越沉重、粘合,越来越缓慢。

它没有变成你想要的方式

二〇〇六年

它没有变成你想要的方式,是吗?①

32

我的脑袋有着一个并不那么罕见的特点,就是可以不由自主地播放不知道什么歌曲。我看到一幅画,阅读一行文字,听见一个主题或者一个名字,并且不自觉地受到触发。然后还没有听说所谓的耳虫,我就和它一起穿过大街,它作为固定的混音音乐陪伴我,循环播放着,在写作、阅读和吃饭时。我才迟缓地意识到这种播放行动,然后我大多感到惊奇的是,这首歌现在究竟来自哪儿。

瑞典流行组合ABBA的《费尔南多》在音乐播放列表中占据了一个特别位置。很奇怪,因为我根本不喜欢这首歌,它太甜蜜,太缓慢,太ABBA。可在一个特定的情况下它让人精神振作起来,来自远方,就像是一曲来自童年的旋律。

我害怕写下接下来的东西,因为尽管没有出现倒胃口的细节,但这整个过程在私密性上还是相当羞耻的。

当然这涉及一起自杀尝试,一起愚蠢的自杀尝试,可差点儿自杀成了。"成了","卓有成效","通向期望的结果"——其实上述积极的词汇在这件事上是禁止的。于是不再"成了","成功"在上述的描述中找不到任何东西,而死亡是否真的符合

---

① 九寸钉乐队的歌曲《可怜虫》中的歌词,原文为英文。

"自杀者"的愿望，就太成问题了，即便有人如我，赞成有权尽可能不复杂地和毫无痛苦地了结自己的生命。此外，人们在潜台词里将弱点和无能强加到这方面的"一事无成者"：他们根本无法体面地退出。

我感到害怕。我不希望离开生活的常规。我也不希望掉到下面随便哪儿去，作为血污告终。我觉得那些可能性都太凶狠露骨，也太肆无忌惮了。此外，我恐怕缺乏最后一步走向深渊的勇气。而且我的这些疑虑大概每个人都会有，这些想法折磨着他，脑海里出现轮椅的画面，大腿截肢，下身麻痹——拜托不要。可是我非常希望离开。至少那种渴望很大，即便我一再顽固地坚持并坐等痛苦结束，却无法摆脱它。或许它真的还会重新再来一次——这种生活，这种感觉？

对彻底的绝望者而言，自杀论坛——请原谅我看问题的方式，它不应该显得玩世不恭，而是恰恰相反——是一个打消疑虑的地方。这几乎就像看电视似的，人们懒散地拿着遥控器不停地调换频道，然后就失去自制了。其实，正如所有聚集在那里的人一样，在寻找死亡策略时，人们在看了上述页面之后简直比之前无所适从十倍——对活下去来说，首先，那确实完全不是最恶劣的效果。而且感觉自己甚至以反常的方式得到消遣和理解。大家可以细致入微地讨论匪夷所思的自尽方式，比如在密封的浴室里因为心情抑郁而窒息致死，你几乎不愿相信这一点，防毒面具和超剂量水，所有这些，我不想给你提供进一步的细节。然后几小时过去，痛苦因为这个问题而暂时被分散了：对，现在究竟如何？

我获悉，对一种随便可以买到的止痛药，大量服用然后至少扣除一天不服药，那里面的高效物质将导致肝损伤无法恢复功能，并最终在三四天内导致极其痛苦却又必然地死去。由于早就开展网络巡查，企业将包装大小减少至每包十片。不过因服用药片而死更确切地说是难以相信，这种事哪儿都不可能发生。要么是我头脑简直太过简单，以至于无法阅读和理解它。

我开始跑遍药房，好储存起大量药片。我没有急如星火的样子。我也不敢肯定是否真的服用那些药片。可我想先有了放起来，把它们堆积到水槽下面再说。只要真有了力气，我想就可以立即付诸实施。

此外，我们在这里接近ABBA的《费尔南都》，我的浴室暖气装置的恒温器上端挂着一根电线，我已将一个搭环连接到电线上。居所里哪儿都没有固定绳索的其他可能，而到林子里去，找出一根合适的树枝，我又缺少力气。那我就在浴室里寻死。我想在那里越来越接近死亡的边界。或许超越这一边界。

我本人也不是相当理解当时隐约感到死亡临近的状况，尽管我就是这个度日如年然后死去的人。我都无法向自己解释清楚，又如何向你解释清楚呢？

不，是的，现在我想起来了。我想起了朝波茨坦大街一个外窗台瞭望的目光。我想起那道毫无意义的灯光。我想起时空的脆弱，空虚的分量，行走时夹克衫的窸窣声。我想起了艰难迈出的每一步。想起沉重的肺部，麻木的四肢，面对自己命运时的怀疑态度。想起这种熟悉的感觉：不像其他人一样属于同一类人，被他们调换后生活在四分五裂之中，已经不再生活下去。我想起完全的与世隔绝。

而在写下这几行字时我又有了这样的感觉。

上述的自杀方法被命名为"柔和"，从数据上看女人更容易倾向于这样的方法。也就是说，从自杀技术看，我是一个女人，我完成的那些尝试，从外表看只有"普通名词"的特性：据说它们是求救的叫喊。但并没有那么简单，因为离开的愿望，确切存在着，而且要比其他的一切都更强烈。只是人们不希望作为一堆烂肉结束。而且在失利的时候也不会遭受阻碍。

有一位熟人，将瑞士躁郁症患者安德烈·里德（André Rieder）称为"胆怯"。里德是在安乐死组织"死亡"的帮助下自尽的。在YouTube网站上可以看到关于他的文献资料。究竟为什么胆怯呢？为什么是这种流传下来的男性气质、行动的果断和前后一致的想象呢？难道允许女人静静地服毒自尽，而男人则不得不在圆锯下丧命吗？那我马上想做女人了。跨出最后一步，然后高空坠楼，或许真的需要勇气。但我不参与这种相反的事。为什么一个人，经过令人痛苦的考虑，面对长达二十年的折磨，毅然决定借助于毒药了结自己的生命，现在却成了胆小鬼，这一点我根本无法领悟到。这可要比突然的死亡恶作剧坚定得多，也更人性化。

（顺便说一句，对一个双相障碍患者而言，安德烈·里德的形象远比这种被彻底消灭的、神经质的以及始终激动不安的陈词滥调更典型：一个圆滚滚的、被描述为"人熊"的，懒散的身体也是伤残的蠢人，他有着公务员或者保险经纪的特质，从他这张浮肿的脸上几乎看不到表情；可强烈的冲动其实是存在的，由此也破坏了他的生活。凯·雷德菲尔德·杰米森①有着类似的脸部表情，实际上完全没有；而希妮德·奥康娜②，从前是绝色美女之一，二〇一三年重新撤回了她在二〇〇七年公之于众的双相障碍诊断，她现在也开始喜欢彻底的粘合。至于那些外貌粗野、无动于衷、缺乏感情，那不是巧合，而是诉说很多死亡，那些人或许不只是已经从心里死去。）

我试图避免脖子上的绳索标记。我的眼前常常一片漆黑，我懒洋洋地坐在那里，我的分量吊在搭环上，我被硬拉到半昏迷状态，因此想到了在斯坦海姆的"红军旅"女恐怖分子，她们确实也（难道还是没有吗？）以这种方式完成了任务。还有那个通风装置，一再地自动地嘲弄着，我的四周是白色的瓷砖。

有一次，我远远地超过了这个界限。鲜血凝固了，头脑不工作了。就在这时，那首歌传到我的耳朵里：《费尔南都》。我那时已经知道这首歌出自哪儿：凯茜多年前笑着承认，她有多么喜欢这首歌，我们曾经一起听过，既高兴又惊讶。我再也没

---

① 凯·雷德菲尔德·杰米森（Kay Redfield Jamison，1946— ），美国临床心理学家、作家。
② 希妮德·奥康娜（Sinnéad O'Connor，1966— ），爱尔兰流行歌手和歌曲作者。

有想起过这首歌,而现在,我已经不再在那里,却听到了它,仿佛生命对黄泉最后的问候传过来了:那天晚上空气中有些不寻常,星光灿烂,费尔南多。我从已经把我向下拉并且吞噬我的黑暗中重新升起,然后开始吸气。灯光回来了,鲜血汩汩直流,头脑重新活跃起来。我困惑不解地躺在裸露的地上,不明白这首歌现在想要告诉我什么。这一点显而易见:和谐群居的画面由此连接起来了,这是一个生活公开并且猜测无误的时代。幸福的机会在最后时刻挤入垂死的意识,从我不喜欢的一首歌中挤过去,从肤浅的长毛绒似的流行音乐的许诺中挤过去,可它现在摸上去如此正点,已经好久没有这样过了。我做了一次深呼吸,站起来,让这首歌在脑海里继续播放。然后我拆除了电线装置,把它扔了出去。这可不行。

这一次有了一个绳索标记。我那位自恋的治疗大夫没有看到它,于是我不再去了。

33

我从来没有完全参与过一种在朋友圈中被普遍视为疏忽大意的治疗。像我这样的一个人,而且还没有治疗吗?不负责任。不过,我对精神分析学家和其他废话连篇或者沉默是金的医生的反感由来已久。一个人只需审视自己,谁会经受这样的心灵按摩:几乎每个人都会。至少在我生活了很久的克罗伊茨贝格就是如此。在那里,他们将自己拉客的一生美化成古典神话,把恋父情结贴到彼此的翻领上，和恋母的俄狄浦斯接近。日常对话演变为高度复杂的镜像，酗酒之旅迅速被神化为沉思默想。他们并没有非要给争执决出雌雄，而是去了治疗大夫那里，在他那里，对那些事物的自我解释又一次被夸耀和确认。于是他们成了渺小的自我的畜生。他们将自身可爱的瑕疵埋入具有深远意义的人类史诗中，因此在一门在潜意识中深入探究的精神戏剧学内部，把它们夸耀成"情结点"。始终平铺直叙的履历，陈词滥调简直无法忍受。换而言之，借助于父亲的生活费用，他过去的恶行不得不被配上了文字说明，被众说纷纭，直至空虚重新感觉有点儿棘手而有趣。他们用力打开某些深渊，以便当他们叫嚷起来时它会发出回响。可那里什么也没有。

他们没有问题，却严阵以待。

因为我恰恰是问题的对立面已有好长时间。

34

没有找到任何解决方案，没有任何立足点。死亡只能被推迟。五月一日来了，从传统上说是克罗伊茨贝格的背心口袋革命和这段时间已经受到诽谤的街头庆祝活动。我过去了，完全被孤立在众人之间，重新迷失在居住在另外一个空间的想象里。我和他们没有任何关系，他们和我也没有任何关系。我在面包中吃到了一块肉片，于是不得不把它扔掉了。舞台上回荡着某种音乐。毫无生命的熙来攘往。多年前我们在这里喝过香槟，我、比安卡、克努特和阿洛夏,然后带着某种魅力参与了革命性的民间创作。可现在,这里只有了无生气的年市。我回家,知道:不过如此而已。

电视里还在播放《买买买》,一部尤勒·伯韦主演的电影,我确实早就认识她。我虽然已经看过这部电影,但还是让它继续播放,想再一次看看尤勒的乳房,手淫没有成功,然后服药。远远超过二百粒,一粒接一粒地。或许我真想干脆再也醒不过来。

可当我第二天醒来,疼得要死要活,全身恶心到不可思议,我就劝说自己,现在唯有坚持和等待,直至肝脏再也挽救不了。不过这也被证明很困难。我熬过了中午,熬过了下午早些时候。这种健康状况是无法忍受的。我无法动弹一下。它在痛苦,它在跳动,每一根单独的神经似乎都很恶心。身体恐怕要从所有的毛孔中呕吐出去。我拨了急救电话,支支吾吾地说我身体不舒服,好想去自杀。那可不就是普通名词吗,我今天在想。而且绝对可笑。可我从来没有做过英雄。这究竟是什么,一个"英雄"?

电话另一头的男子说,我应该乘坐出租车到医院去。这又是滑稽可笑之至了。我把几样东西装到包里,想出发了。那家城市医院并不远。可走了十步,我就走不动了,干呕起来。我真的叫了辆出租,我想,这点钱刚好够付车费了。

在急救室,他们给了我活性炭,我在大吼大叫之下马上又把它吐出来了。然后我去静脉滴液,被滴入解毒药。肝移植看来是有必要的，这就是为什么我要被转到另一家医院监护病房的原因。移植的事我还不知道，我什么都不说，什么都不问，我只是听天由命，精神上几乎游离在外。然后我在那家新医院的四楼重新找到了自己，我躺在一个房间里，房间窗户没有关闭，在我看来犹如讥讽和最后的机会，不仅毫无讥讽，而且还一本正经。可我没有跳下去。我也不想给我的室友——一个沉默寡言的中年男子惹出这种事来。借口总是有的。

我希望阿洛夏过来，于是他来了。我给我的责任编辑打电话，这个时间听到她熟悉的声音是一种慰藉。几小时之内我的胸腔开始呼呼喘气。大夫说我的肝脏又恢复健康了。又说再喝上半瓶伏特加，那肝脏就彻底死掉了。我的肝脏一定是非常健壮。我的人生是怎样的一个笑剧。

35

接下来在城市医院封闭病房待了好几个月。我经受了所有的一切，甚至对某些大夫产生了信任。作为对策，他们给我配足了药物，我都不加反抗地服下了。我和一名脸色苍白的粗胖大孩子躺在一个房间里，他在我们的病友面前表达了种族主义的想法，事先不问一下就推荐了最好的手淫地点。这一点我也忍了。

翁塞特-贝克维茨克太太给我提供了苏尔坎普出版社的一笔小额奖学金作为支持。这一点我必须提及一下，因为后来我们之间关系恶化，我又不愿意做出好像这事原因在于她的样子。

不过，我记得，医院里的费用还没有支付，因为当时我还归入失业救济金第二档的人员中，也就是说后来一个就业中心的工作人员在电话里给我详详细细算清了费用。因为谁在医院里都得吃饭，这就是为什么我花掉了失业救济金的大部分，每天那么多的住院费，床位费乘以周数，天知道。这点儿钱并不是很有用。

售货亭里只有可乐，没有报纸。大多甚至连可乐也没有。或许是橡皮糖那种东西，香烟总是有的。冯·洛措[①]在那本城市杂志的封面页上，我感觉不到和这件事有任何关联，尽管我还在《星期五》媒体上谈过"托科乔尼克"的最新专辑。成为任何人的粉丝都是绝不可能的，而且只要一次被毁，后来几乎再也无法重建。而那个堕落的流行歌手约阿希姆·德意志（Joachim Deutschland）被安顿在隔壁的病区内。

还有塞诺，我对面那位便利店店主的儿子，一位活跃在RTL电台和独立电影之间的演员。我们在病房里有过几次对话，即便重新到了外面，我们几乎没有做出彼此相识那样。这种沉默寡言是不健康的，塞诺也出于其他原因或许可以对此报道一些东西。可惜他不能再做这种事，他后来自杀了。

三人房间。其中一个是具有偏执狂的精神分裂症患者，他是律师，笨拙，脾气很好，我和他定期下棋。也是互联网把他

[①] 冯·洛措（Dirk von Lowtzow，1971— ），德国摇滚乐队"托科乔尼克"（Tocotronic）的歌手和吉他手。

弄疯了。当我说曾经上过他的网页时，他吓了一跳，尽管一天前他亲自将那个网址给了我。他在网络上猜想的那些病毒已经移植到了他的思想中。但我猜想，他会恢复健康，恢复常态。他的病并非毫无希望。

和大约三分之一的病人完全不同。所谓的"旋转门病人"是吵吵闹闹在场的。那些人无法摆脱自己的疾病，每隔几个月都要重新到这里报到，他们的生存已经完全被有害的东西耗尽，是他们自己导致疾病的发作。他们的鼻子开裂，皮肤肿胀，他们的逻辑思维被大面积地摧毁。现在回想起来，我的内心很痛苦。可在当时，我几乎已经是他们中的一员。

于是，记忆在持续不断的千篇一律中变得模糊不清。感觉被抑制了，从前被抑郁症关机的头脑，仍然被精神病药物、SSRI 类药物（选择性 5- 羟色胺再摄取抑制剂）以及抗抑郁剂等化学药物拘禁着。当我和一个病友——我们可以看到"过关斩将"节目结束的时候，我们对护士表示感激。早餐（面包是一天中唯一的亮点），吸烟室，某项目十分钟运动时间。当我离开那群人在一个小休息厅里，不是做艺术体操，而是试着用木棒、球和带子投掷几下到篮板上，用一只彼拉提斯垒球，我简直痛不欲生。因为我曾经也是一名篮球运动员，从上学开始，而那已经是很久远的事了。

不知什么时候，我的经纪人罗伯特过来接我，把我带回了我的住所。我的邻居卡尔-乌韦和佩特拉从后院里重新看到我时，都很害怕，首先是担心可能由我发动的新恐怖，其次立即被我身上散发出来的东西弄得错乱。卡尔-乌韦是克罗伊茨贝格的一名老激进分子,比我高几个楼层,而佩特拉则是住在我对面的女艺术家。

我经受了一切,不知所措,但还活着。甚至还到日间监护医院长达好几周之久。那段时间,我喜欢的大夫其中有一位被调往那里,那是一个真正的博爱主义者,有着明快的嗓音,在医治病人时完全做到恰到好处地兼具人性和距离。太阳从上面照耀,并没有和我们有什么关系。某些东西总是有人在做,在做陶工,在钩织,在锉东西,即便我大多在逃避那些事,宁愿自己画画。可我还是过去了。一个躁狂症女患者一定要和大家一起看《毛毛》。我叹了口气,也去看了。"米切尔·恩德,只有你对此负有责任——"

慢慢地,我又开始工作了。在《欧洲中心》被暂时搁置起来之后(以及还得更换某个译者,直至该书几年后终于取得了相当辉煌的成功),我获得了翻译《搭车走天下》一书作为就业措施,同样是威廉·T.福尔曼的作品。此外,在最近的躁狂症日子里,我受伊芙激励,递交了我之前还从未听说过的舍平根艺术家村居留的材料,她本人也申请了。荒唐可笑的是,我申请到了,她却没有。现在我不知道自己该如何着手了。反正一切无所谓了,我不管三七二十一就过去了。

36

车站,小卖部在寒冷的灯光中,那里面有商品,用塑料薄膜塑封，购物指令，疏远产品，迟到警告。在站台上等待，等待什么，据说等待火车。人是一个幽灵，却可以感觉到身体的重量，也就是说可以不是幽灵，可那又是什么呢。在偏僻的地方，被塞到空隙和座位上，被悲伤包围，悲伤无法让任何东西自由，它继续存在着，在那些地方之间，所有的那些地方没有任何意义，包里放了一本书，却又无法看下去，因为脑袋锁上了，和世界隔绝了。

37

在艺术家村，有一座懒洋洋的不起眼的房子，里面住着几户附近居民，我就那么得过且过着，部分融入了社交生活：烧烤和说话，有时喝酒。日子千篇一律而又显而易见地滴入空虚之中。有一次穿越麦田，然后再也没有踏进过。咬紧牙关，吃饭，吃更多的饭，不再思考太多，四处溜达，躺着，到对面的超市去，躺着，避免到对面的超市去。

超市，超市，超市。我本来可以沿着这些超市描述我整个的生活。那些超市是我在各个阶段里经常光顾的，而且根据我对它们的憎恨程度，这种憎恨在每一个个性化的超市里和在每一个生活阶段里都将显示其自身的细微差别，这种细微差别被常去的超市的各自特性染上了色彩。失望与绝望，神思遨游，在毫无差别的灯光中发泄或不发泄的无动于衷，看着购物车这种无用却必需的物件的目光，我继续将这些物件硬拉到黏糊糊的地上,犹如将我那些无用却必需的思想内容硬拉着穿越那种黏糊糊的意识;仅仅是这些购物车,仅仅是犹如出自泛黄色玻璃的这种灯光。那儿的比萨,这儿的洗涤剂,而且绝大多数的东西根本没有预先被登记。不管是价格偏高的购物天堂还是闻着有哈喇味的廉价商店,都无所谓——始终是同样的屈辱。自从购物以来,我就不喜欢购物。我总是一再犯错,不得不尽快重新离开。

也就是避免超市,然后躺下,狼吞虎咽地吃掉玉米片。想要死去。

上一年重新变疯,失去了里里外外的一切,我的心里早已震惊不断。出于对巧克力的嗜好,我的四肢周围迅速地生长着脂肪,像腐殖土壤那样在古老的形体周围躺下了。那是怎样一种懒散无力的艰难生活。只有聊天还行,比如和在英国的菲碧。晚上有时对个话,却还是一如既往地陌生:所有的人。

一天夜里,我那张皇失措的母亲给我打来电话。她想要自杀,马上。我的阿姨们关心的是把她送进医院。

我问自己究竟还有什么。

38

而且我还只是部分恢复了健康。如果我在一九九九年之后的那些年里痊愈,过着一种没有明确未来却又是充满机遇的生活,容许真诚的关系,真正彻底重建精神和心情,只是稍稍受点伤，被青春期的堕落吓倒了——那么现在在我心里只剩下一种我无法摆脱的基本毁灭。它不再可以完全恢复。那些碎片无法相合。可是我疲惫不堪地重新鼓起勇气，积聚起新的力量，尤其是出于一种反抗，对自己命运的反抗，出于存在的固执：我们倒是想瞧瞧，是否像我这种窝囊废就没有生存的权利了。

我在那个奖学金得主居所里过得很安静。我工作，想着新的台词，在手提电脑上看着阿尔弗雷德·希区柯克[①]的早期作品，那是我在躁狂症时买下的，自己都不知道为什么。阅读丹尼尔·凯曼[②]和托马斯·格拉维尼奇[③]不会受益。

我参加了杜塞尔多夫剧院的作者实验室，那是一个小圈子，由部分患有抑郁症的青年剧作家组成，我也很欣赏讨论会负责人托马斯·约尼克[④]敏锐而绝顶聪明的个性。成功的人生显然是有可能的。然而，我没有完成一部可用的剧本，只有三个半的试验品和一部肤浅的短剧。

耶拿剧院给我提供了另一部剧作的写作任务。我同意了。我在那里的一个剧团里重新找到了自己，剧团给我带来了乐趣。我的心情开朗了，没有发生告吹的事情。那部剧不错，是对弗兰肯斯坦和他的怪物的重新改编。此外，我还把一部科幻小说改编

[①] 阿尔弗雷德·希区柯克（Alfred Hitchcock, 1899—1980），出生于英国伦敦，导演、编剧、制片人、演员，拥有英国和美国双重国籍。
[②] 丹尼尔·凯曼（Daniel Kehlmann, 1973— ），德国当代作家，评论家。
[③] 托马斯·格拉维尼奇（Thomas Glavinic, 1972— ），当今奥地利最新锐作家之一。
[④] 托马斯·约尼克（Thomas Jonigk, 1966— ），德国作家。

成剧本，通过改编从形式上学到了很多东西。这个工作很见效。

然后回到柏林，那里的人出于迟钝才迁居于此。我坚持待在科特布斯门的居所，觉得它就像旅馆里的一间破损房间，可我在克罗伊茨贝格还感觉挺舒服，那里类似第二故乡，充满着叛逆分子和看破红尘者，他们身体力行了一些东西。有些酒吧我还一直有意绕开了。游客渐渐控制住了那个区。

那些日子要么充满着新的工作，要么，有选择地，充满着虚无。我选择了工作。我在城市的吧台上酗酒，偶尔同时伴随着半躁狂的谵妄，这种谵妄到了第二天越来越毫无仁慈之心地唤起一种生存的内疚，那是几乎无法忍受的内疚。可是我想忘记，而在这个靠边站的世界上，我的乐趣究竟还剩下什么？没有了疾病，这个世界往往是难以忍受的。

援引一位权威人士的话，也就是埃德加·爱伦·坡说的："可是我从天性上就是非同寻常地敏感而神经。我显得丧失理智，中间阶段很漫长，且有着残酷的清晰明了。在绝对毫无意识地发作时，天知道我有多频繁或者有多少次喝酒。当然我的敌人要让饮酒对这种疯狂承担责任，而不是让疯狂对这种饮酒承担责任。"就是说你还在酗酒吗，或者你已经大发雷霆了？你是因为有病而酗酒，还是因为酗酒而有病？

我的《肿瘤》得了两个奖，既叫我吃惊又叫我高兴，即便那些随之而来的经验要比原先想象的朴素、冷静和寻常得多。不来梅文学奖鼓励奖的演说辞我几乎没有搞定过。我究竟该说些什么？"如果你有一个问题的话，那就把这个问题作为主题吧。"约尼克建议道。我曾经是这么做的。现在我也这么做。当时我在作报告和朗诵时还没有恐慌发作，也就是说我毫发无损地完成了答谢词，在我前面有德高望重的长者，进行颁奖时则有手足无措的学生。在市政厅就餐时，我坐在新闻记者洛塔尔·米勒旁边，他善于讲述一些关于博托·施特劳斯和美国的有趣见闻。而我却像一个惊恐的孩子那样沉默着。

外面的市政厅前，一个女疯子在劝说我。落在我们脸上的阴影互相渗透。

所有这一切的意义我都隐藏起来。但是这样还可以让人继续干下去。

39

二〇〇八年，二〇〇九年：被击伤，但并没有被击倒。一个夏天，开始摸上去重新有了这样一个夏天的感觉。晚上在运河畔，和所有的人隔绝，但都在那里。我把居所收拾了一下。母亲恢复了健康。我又开始在《病人》上无谓地忙碌。我在咖啡馆里看到那些人，问自己，他们究竟在那里干什么。我沿着四周漫步，还一直感到害羞。又看了很多书。即便没有出任何表现形式，但至少还有碎片式的内容存在。

对自己的失望和疏远，想到和做过那么多蠢事的负担，绝大多数人生计划的落空，反而要坚持到底，起床，达到新的目的，以及始终失去普遍的人生意义和有的放矢的一生，假若还有这样的东西的话。胸内有裂口，失望至极。起床，日复一日，和重力抗争，和解手抗争，只想永远躺在床上，直至今日。只要三杯咖啡，马上就有了轻微的热度，那种令人兴高采烈的忙忙碌碌——那些感情的振幅还一直在，这种疾病独有的暴怒和病倒还一直零星地发生着。承担一种结构，即便它很少被遵守；在工作中寻找丧失的自我，钢琴家演奏时的瞬间，当人们沉浸在他人身上时。但这个结构也很危险：它何时成为重压，官员义务何时成为抑郁中的病痛？出于健康原因睡足时间总是适当的，只是不要把那种精神压力转嫁到缴税的头上，但也不要睡得太多，因为抑郁的恶劣心情在那里，而防卫反应有可能导致躁狂症。如果睡眠太少，那么马上又要突然面临躁狂发作了。"哦，妈呀。"

走到那些人中间，仿佛走进自己的职责范围。迷失在对话里。务实地思考，以某种方式参加外面的活动。为此有时感觉到，一切或许未必如看起来的那样糟糕。

40

这件事很蠢，但我还是停止服药了。我不想永远服药。我不相信那种妄想马上又会将我占为己有，最终我被最后一个插曲搅乱得过了头。这种系统该如何生成足够的力量，才能重新暴跳起来然后进攻呢？整个组织太懒散，太肥胖和虚弱，药物导致丧失活动能力，而且奇形怪状地膨胀起来，完全就像思维一样。

　　人们应该终身服药，这一点不容易认识到。大夫也并没有使用必要的强调告知这一点。它简直就是这样：双相障碍是一种复发性疾病，并有着多次危急和致命的过程，因此通常而言，对这种疾病的治疗，并不在于仅仅间歇性治疗，而是一种终身性的依赖药物的疗法。但是，如果你觉得自己本来只是还像一捆由副作用组成的东西，那你还是先吞下这个药吧。人越年轻，就越不想承认这一点。

　　我越来越减少药物直至停止服用，无论是丙戊酸——一种保持阶段性稳定作用的抗痉挛药，还是血清素抗抑郁药。后果就是"脑伤害"，头脑和身体上的小电击。目前，停服血清素抗抑郁药产生的症状已得到承认并有描述。但当时不是这种情况，当我向大夫说起这件事时，他们怀疑地看着我。一个友好的女药理学家经调查研究后发现，这种"脑伤害"完全熟悉，却并没有纳入官方的副作用目录中——游说，谎言，金钱。它们在两三周后重新消失，也是没有危险的。不过然后，除了扩散到四肢，脑袋里赤裸裸的非常不舒服的电击感觉之外，还引发了明显的恼怒。难道我还一直无法驾驭自己吗？一切仅仅是神经化学的赌博吗？那究竟又是什么，内心的电击！

　　我不明就里地等待着。我只是耐心地坚守着。

　　中产阶级的生活在我的四周紧密相连，我认为，人们将它称为婚姻。那里面有孩子、结构和未来。我这里甚至连现在都没有。

41

当我恰好写到"中产阶级的生活"时,我马上思考起常见差别问题,不由自主地想拿起皮埃尔·布尔迪厄①的那本《微小差异》来看。那只是半个念头,一个前意识的愿望。这是无法实现的。因为去哪儿拿呢?那里什么也没有。我的图书馆里曾经摆放着布尔迪厄的三四本书;它们现在都没有了。如果看到我曾经拥有过一本书的封面,比如就像昨天鲍勃·迪伦的《编年史》,我就会突然产生一种小痛苦。如果我意外发现某本书是我从前有过的,我马上会知道。因为我还被动地知道我曾经拥有过的所有图书。它从未停止过。

42

圣诞假期,二〇〇九年我和阿洛夏飞往土耳其伊斯坦布尔。我们在伦敦格兰酒店预订了房间,在电影《爱无止尽》里这家饭店被用作故事现场。我们考察这座城市。伊斯坦布尔要比我们期待的忙碌和丰富得多,实际上它是一座大都市,只是它逗留在数百年之间,正如我们逗留在数十年之间,它既不现代,也不昨天,或者两者皆是。我们漫步穿越贝伊奥卢,喝着"埃

---

① 皮埃尔·布尔迪厄(Pierre Bourdieu,1930—2002),当代法国最具国际影响的思想大师之一,巴黎高等研究学校教授,法兰西院士。

弗斯"啤酒路过大学生活动场所,在加拉塔大桥品尝鱼,在托卡比皇宫打量军刀。在轮渡上人们才明白,笼罩在城里的是什么样的喧闹,看起来好像伊斯坦布尔的那些忙忙碌碌的人只有到了那里才能安定下来,可以深呼吸了。那都是些美妙的时光。

不过,在返程的飞机上,我因为前一个晚上喝得酩酊大醉,不禁让坐在阿洛夏旁边的一个旅客忧心忡忡地问他,他的朋友究竟怎么了。什么也没有,我说,根本什么也没有。难道会出什么事?

除夕时,我迷路了,到处是雪,我找不到朋友,尽管举行派对的黑尔姆霍尔茨广场周边地方我可是很熟悉的。在等出租车时,我太不耐烦了。我自说自话出发了,手机没有网络,然后跌倒在雪泥里。

未来虽然坦率却受着拘束,我在新年里想,然后为耶拿剧院所做的新剧本《心是一个可怜的男妓》写完了最后几行字。它成了通俗配乐诗朗诵,也就是通俗喜剧和配乐诗朗诵之间的杂种:一方面是《开门吧,关门吧》,另一方面是穿着绿色晚礼服的耳语般的香烟激情。我有了新主意。

至于这些新主意是否马上突然见效,然后被名叫躁狂症的这种幼稚而致命的毁灭性机器击倒,我就不得而知了。我知道得如此之少。时间日复一日地过去,也从我身上穿越而过。或许我已经开始倒计时了。我在"老柏林"酒吧还遇见过阿洛夏和克努特,他们在回想时说(总是那么轻而易举),我肯定在那个晚上已经又显得像"另一个人"了。说是我一刻不停地谈到的我的新博客也是有责任的。这一切我既无法证实,也无法否定。但某些东西在酝酿,而我甚至还要挑战它,尤其要用博客,尤其要用停止服药。

  上帝在等待。灾难在等待。

二〇一〇年

1

Uh huh him①

——直至一种声音胆怯地重新从四处早已是轰鸣声、窸窣声、电传声以及尖叫声的大海上传出，还相当沙哑，第一次清嗓子，麦克风检查，一二，一二，对，对对，这种技术似乎在发挥功能，无论如何，那就开始了，或者，现在开始了吗？可是什么？傀儡们默不作声地点点头：开始说话吧。我完全肯定自己曾经来过这里，我轻轻哼唱着，可是确切在哪儿，我不是很清楚，我想，每一个音节都是在沼泽地带上走上一步，而树木界限的另外一边，那最后的烟花爆竹正在发出刺耳的喧哗声，它们被土耳其孩子蛮横无理地储藏起来，刚好现在这个时刻点火和爆炸成雪糊状被认为是恰到好处的。

---

① 由 Uh huh her 引申而来。"Uh huh her"系英国女歌手波莉·吉恩·哈维（PJ Harvey，1969— ）的第六张音乐专辑名。

那么现在应该继续下去，直至出版的那一天吗？

而且你，恰恰是你：敢重新上网吗？

你可知道，你，我可怎么说呢——不？

那么除此之外，你可好吗？

当脑子里的第一个压力和隐义轻轻地减缓哮喘的时候。哦，这种被踩高跷的东西也将平息，在经过多次登录这种被踩高跷的东西卷起一些尘土之后，我被踩高跷似的安静下来：也包括突然说出一切的渴望。热烈欢迎你回到《病人》，然后手指在说话，博客成书于诞生的时候，挂念所有的偏爱和突变，倾心于所有的伟大和粗野。你还从未来过这里吗？你坐得别太随便了。人们希望把自己的语调视为错误的语调遣责，视为被偷的语调，视为过分讲究或者完全骄傲自满的语调，以指派给非自己人一个错误而特别的地点并视之为错误。可空间绰绰有余，或者，我想，空间如此之多，不必担心，年轻人，那就直接开始吧，"请随便请随便，感到很神秘"，也喜欢让疾病慢慢重新获得话语权；让人听到那些使你沉默的东西。

"我的时代到二〇一〇年就要来了——如果我们再见的话"；这个如果的条件式，在我眼里它之前只能想象为独一无二的而实际上是彻底不真实的、在内部甚至完完全全非常不真实的虚拟式，而很幸运的是，这个条件式真的转化成了一个具有很大可能性的时态，就是那么简单，随着时间的流逝。最后，一切都在恰当的悬而未决中标准化地存在着，最后，足够的话说过了，足够的反省耗尽了，最后，在某个时候；这些病毒状的小品词，在这方面又是整个电子音乐，在摩擦和电压中彼此壮大或者抵消，大多是两者，而最后写入很遗憾是我的生活的小说里，而这个博客将和所有功能——真正的和想象的——一起离开；然后我们就继续看，看到地平线，进入虚构王国，终于，终于。"我们看吧，然后我们就看到了"，足球皇帝贝肯鲍尔以惯常的自恋和轻松将网页段落口授到机器上，而且当然设置为斜体，恰恰是，统统斜体，女士们、先生们，斜体斜体斜体，"精确"；升降舞台干涸了，他很快补充道，已经是秃顶而虚弱，因为维特根斯坦、杯子里的苍蝇以及上述功能的升降舞台似的特性的缘故，这些功能现在已经承诺消失；因为凡上升的，必然很快遭到击毁；而那个依然头发鬈曲、毫无恶意的傻瓜，在仔细倾听，把铅笔削尖。人体扫描安检仪近距离拍摄。一开始那种快乐的忧伤从一个命名为"窟窿"的房子里飘过。

（二〇一〇年一月一日首次登录我的博客）

2

我们坐在一家名叫"糕点王"的小饭店里：女编剧、导演、舞美设计师和我。我一定是把自己封闭起来了。又有一些不满的东西在我心里酝酿着。

然而，我试图开始一次讨论，一次对话，保留自己的意见，为此遇到了阻力。因为在我去之前,战线已经形成,那些战线意味着:剧情编排和剧本对垒执导和舞美设计。那两个人,导演和舞美设计师显然反对这部剧本,他们不喜欢,可他们不知道为什么。或者他们不愿意说出为什么。或者他们喜欢,但决定以某种方式反对。或者他们自己压根儿就不知道这一点,还没有任何态度,于是作为预防措施他们和外界隔离,难以接近得幼稚可笑。他们坐在我对面,表达相当模糊,展现出一种漫不经心的狂妄自大,让我的神经受不了,因为这种狂妄自大没有问题所在,没有方向。那个舞美设计师,我和他只有一面之缘,他剪下了他的五金工人辫子,留着一绺时髦的侧削上梳的鬓发,借以炫耀。看起来就像是从八十年代一家散发出氖光的新浪潮酒馆逃出来似的,毫无自信的乡下人在那里开始练习如何在大城市里装腔作势。只是我们在新世纪初,在克罗伊茨贝格,在一个有点市侩的小酒店里,而且我们只想着谈论剧本新台词以及改编的事。真是奇葩。

不过,上述的战线是剧院里的日常生活。导演视作者为天然的敌人,作者视导演为无法避免的苦恼。这没有什么特别之处,只有这种寻常的乐于争斗的虚荣心,使这两个人稍稍疲劳过度。那个女编剧后来相应地对"那些青年艺术家"很反感。我讪笑着,心情很轻松,因为并非单单是我感觉到他们行为举止异常。

可是有一种敏感性在我心里萌生了。我对这两个人的表演做出的反应特别生气,观察着他们与平常不一样的虚荣心。羞怯的手势过火地发出,自命不凡的脸部表情变化伤害了我。滑稽可笑的东西如此令人印象深刻。我寻找这一行为的原因。可能不仅和这部戏剧有关联？否则就幼稚可笑了。我的心里有一种想法：他们大概读过我博客里的东西，因此感到害怕了？

3

十二月，我在博客上编制了程序，如果可以这么称呼的话。至少我好几天地修订源码，改变预先确定的颜色，在超文本标记语言模式中删除我不喜欢的插入，所有这些东西我都是边干边学。新年他应该去网上，他后来也是这么做的，配上了九寸钉乐队《行尸走肉》的视频直播。特伦特·雷诺在那里用左臂做了一个有力的顺时针方向手势；也就是钟敲十二下了。我把一封邮件群发给了朋友、熟人以及所谓的信息传播者，然后开始兴高采烈地撰写广告语。这个博客应该对我重新开始的《病人》的笔记进行评论，强迫我也从事日常工作，是一种工作记录，一种工作日志，以此说明自传和虚构之间的沉重关系。此外，他应该直截了当地叙述，如何和双相障碍共处。他应该佯装不知情地先在这里提及这本书，同时激励和反映另一本书，此外，这也是一个普通博客，其他人如何带着显而易见的快乐和他聊天。对一个页面来说那是相当多了。

我不相信自己处在危险中。我一定早就知道，这种直接的、未经编辑过的网络出版物已经成了致病的陷阱。可我是个工作狂，想重新开始干起来，在生活懒洋洋地从我身边流过的地方，用坚定而迅速的写作看到解决这种停滞的办法。朋友们持怀疑态度。

就在我开始登录之后,整个形势发生了逆转。我修饰我的文本,却并没有关心我的这本书,我数小时地考虑该给那些文字插入哪些音乐视频,我记下了那些有一点儿太过私密的东西。突然,我的《病人》的主角成了电影制片人,他应该把他而实际上是我对所谓"柏林学派"的讨厌发泄出来。我就此写道,那些抱歉完全不那么受欢迎,因为人们还一直不相信,这个疯子又会是一个人;宁愿对一切保持缄默,背着有责任的一方发出恐怖的笑声。我写过关于外祖父的一点文字,那是我童年时代一个令人窒息的场景,他在厨房里清洗他的阴茎,对我咧嘴冷笑。我激动不安地将这段文字贴到网上。我现在想,外祖父的咧嘴冷笑根本没有那么糟糕,但在侵袭着我的被人惹恼的情绪之下,记忆的那些东西被无意识地扩大到可怕的地步。我已经看不清状况了。

然后,一天早上,我醒来,那一定是在一月十日前后。我把这个场景写进了《3000欧元》之中,采用了间离效果,进行了改编和压缩。

4

再一次提及我和我的形象之间的关系。我的那些主角迄今为止统统是我的幽灵,它们分享了基本配置、基本命运,但除此之外也被配置了新的性能,直至它们可以得到独立的形象,并可以自行决定何时出发。虚构小说里的某些细节和我的生活保持一致,许多细节则没有。如此写作是一种相当普遍的行为方式,我想。

可我不愿意永远被自己的汤汁绊住。本书因此也是一种尝试,创作时将我和这个永恒的幽灵脱离开。因为当我没有脱开自己写作时,我就被卡住了,这一点我知道,于是我的文章将继续被那些酷似我的人挤满,令我烦恼,他们毕竟永远只是针对我,将我暴露,同时又将我隐藏。

说"我"在这种情况下完全不容易,我要更果断地做这事。如果我真的想尝试收集和召回我的故事,不做作地提高自己的声音,那么在生活中而且恰恰在生活中我是一具僵尸,是我自己的幽灵,和我的形象一模一样。

与此同时,我反正已经被边缘化,也就继续被边缘化好了。然后我彻底被确定为"躁郁症患者",独自站在角落里。这样更好:又有一些我可以写下如何对付的东西了。

可它又恰恰走到别的方向去了:多年来我一直站在角落里,现在离开它了。

5

那一定是在一月十日前后吧。我醒来,马上惊慌失措。脑袋挤压在脑门顶上。我抓住头。我的四肢麻木地蠕动。那是什么?我的头感到很疼。我一跃而起,惊慌失措仍在继续。我该放到哪儿去？那种力量太强大了。更多的我说不出来。我根本就什么都说不出来，没有言语。我不知道所有那些流遍我全身的糟糕的精力都上哪儿去了。我在房间里蹦来跳去，一切都过度了，怒气冲冲，究竟怎么了？长时间茫然不解地站在挂满衣服的衣架前。那也不再是名叫"我"的聚集地。那只有观感，动物本能周围的感觉印象，以及上帝。

上帝吗？我瞥向窗口，向灰色的天空望去。他回头看。那真的是上帝。究竟是哪个上帝呢？什么？我感觉到他，它，他的目光。天空真的在注视我。该死的狗屎：上帝。我感觉很糟糕。

6

当我使祷告尽善尽美时，我已经失去了上帝。小时候，从很早开始，我就每天晚上说上两次长时间的标准祷告，而且是在令人疲劳的、逆来顺受的缓慢之中，只是为了能够免遭匆忙和敷衍的指责。在这两次祷告之间我总是和上帝进行一次相当漫长的对话，进行一次一日之中真正的扼要重述，正如也要为第二天和较近的未来编制一份愿望清单一样。那些对话构成了黑暗中宗教仪式的核心部分，这两个标准祷告构成了框架。到了将来十一二岁的时候，祷告开始背诵得越来越快，那个对话现在也局限于最本质的东西，不久就开始不断重复和侧重于文本内容了。我的任务就是要从时间上和形式上优化祷告。实用主义进入我的童床。那些规定的祷告越来越飞快地被顺口背出来，而真正的对话却几乎不再被仔细考虑。用手画十字就是用手指在胸上简短地跳个踢踏舞。当整个过程终于仅仅和草率蹦出的嘈杂语言相似时，我就无所谓祷告礼仪了。不过上帝也因此死了。这使我震惊，可已经没有回头路了。这种对存在的信仰也随主管机关的致辞被取消了。后来，当一个老朽而瘦小的教士——洪格尔教士，他让我想起布莱恩·吉布森导演的《鬼追魂》中的那位教士——在忏悔时问我，手淫对我而言究竟是不是一个问题时，对这一点我知道得很清楚，从此我和这个机构的联系也了结了。我不再去忏悔，不久之后的坚信礼我也拒绝接受。在强制的学校弥撒时举行的圣餐仪式我同样也不做了。我不喜欢这个，我现在是个无神论者。而且意识到：形式败落的地方，内容也会败落。

7

可是此刻，想必我已经衰落了。我的存在几分钟就被消灭了。可是，在外面熠熠发光的灰色中还一直有那种力量，比我更强大，在大气中，在那种环境中，在广阔的天空中。我和它们联结起来，说的是我，说的是以外面的异乎寻常而包罗万象的方式，被万物认识到、个性化、领会到。它在解体时还找到我，并且接纳我，却是敌意的。此外，没有具体名词，没有出发点，而这些出发点可以找到外部现实及其因果关系或者相互联系。那还不是偏执狂，不是精神变态，只是这种纯形式下的突变。某些东西已经进入我的身体，没有阀门，然后沸腾，直至自我极限被融化为止。那种妄想还是无主的、自由的，代表自己，赤身裸体，没有概念。

我又感觉不好起来，不是好像要呕吐，而是整个身体感觉不好，在整个身体里。我不知道自己究竟该放到哪儿去，到这儿，到那儿，一切都出错了。内心的压力向四面八方锤击。呼吸和心脏在飞驰。烂泥似的思绪在我的脑海里沸腾。我的脚那里是什么？我已经跑得够多了，好像是。谁在跑？我？一开始的回忆和概念回来了。我！我和我的脚。我还穿着袜子。昨天的袜子？昨天的！是的，昨天的，那天是有，那是另外一天了。一天吗？好几天！好几天是有的。我乘车兜风，重新向窗外望去。外面还有上帝吗？

当我将意识的焦点瞄准小腿肚时，小腿肚那里出现了痉挛。证明上帝存在的变态心理的证据，我想。是的：上帝作为敌人已闯入我的意识中。而现在，我同样是神圣的，我一想象有痉挛，就会出现痉挛，恰恰就在我把我的感觉对准的那个地方。我把我的身体扔到了床上。

我躺在那里，很长时间心不在焉。可渐渐地，一种身份在那些感觉周围重新关上了，它把它们放在一起随意地加以比照。那并不是昨天晚上的"我"，也不是一周之前的"我"，这里重新聚集起来的东西早已错综复杂，早已和错误的东西绑定。可是："我"在"这里"。这难道不是当年的一位讲师的论点吗？

他的"我思故我在",人们可能将整个认识论寄托在这个论点上:"我在这里吗?"他当时提供给我这个作为幽灵格言吗,或者是什么东西,作为急促的祈祷,一旦它会遇到我的话,这种绝对中和的意识?

又离开了,那种想法。可是:我似乎有了一个过去。曾经有过那位索尔达蒂讲师,曾经有过"我在这里"。那是几年前的事了。就是说,有我已经多年。这马上束缚了我。可痉挛还一直在,而且更凶了。我不再知道,为了消除痉挛我只得伸展小腿肚。然而,现在我又知道了这一点,可我反而要将它拉紧。疼痛越来越剧烈。我无法自卫或动弹。终于,痉挛消除了。

我一直躺着。我重新陷入混乱中。我出了点状况,这很清楚。我有某种病,某种急性病。如果我现在不叫急救电话,那我是永远不会原谅自己的。然后我恐怕面临永远瘫痪的危险。然后是我的大腿掉下了。然后是上帝作为敌人留在我的身体里。我抓起电话拨了过去。

就在我等待大夫的时候,我稍稍平静了一些;我真想取消掉这个急救电话。当急救员过来,不是大夫,而是留着大胡子的健壮男子,我几乎都不知道该跟他们说些什么。只是我还一直惊慌失措着。他们检查了我的大腿,没发现任何问题。不是,那里,他们说,恐怕是脚气吧。

这是一个玩笑吗?而如果是,那是谁的那一方?

他们围在我身边,怀疑地看着我,散乱的大胡子后面是麻木而肿胀的脸。当我说对不起时,我的声音在颤抖。我说我不知道出什么事了,我嘶哑地供认道,我可能稍稍陷入了恐慌之中。

然后他们就离开了。

他们认为是毒品造成的问题。或许他们在回去的路上大笑或者咒骂。

我躺在那里,就这么静静地躺着,渐渐地,早已熟悉的救世主偏执狂重新盖住了我的思维,可这一次要比之前更肮脏模糊,也更奇形怪状,没有当时那种持续闪闪发光的精确性,还不如说是作为粗暴而反复的整体冲动。这种偏执狂已经破旧,就像一只老手套那样几乎散架,你戴上了,几乎再也没有在皮肤上注意到。

我一跃而起,迅速穿上鞋子,冲出家门。

而上帝已经被人遗忘。

8

本年度的大事件部分通过我参加的文化活动可以复制出来。先是勒内·波莱希一部剧的首演。我得查看一下首演的确切时间:二〇一〇年一月十二日。我们已经约好了。我和帕特里克站在人民舞台前,我心里很烦躁。我不知道我的行为看起来有多费解,或许我还假装那种习以为常的寒暄。时间很晚了,我们还在等着阿洛夏。那个病入膏肓的施林根西夫乘坐出租车过来了,下了车,走上台阶,满面春风地看着我们,率真地朝我们点点头。

"多友好呀，"帕特里克说，"我根本就不认识他。"

可我认识。我们相识已久，我如此想道，从一九九九年至今。而且当然，我的一个想法处在半意识的沉积物里，施林根西夫也因为我的缘故失控和生病。

因为我也病了。我从系统内部寻找突然不舒服的原因，自我诊断是得了艾滋病。就是说，我得了艾滋病，我肯定是这个病，我在一九九九年还否认过它的存在。大概是我在土耳其染上的病毒，我如此梦想道，而且我自以为是故意被传染上的。阿洛夏照管我不够周到，甚至完全把所谓的病毒源——一个土耳其女大学生介绍给了我，我就在我的错误阐释下如此想道。我内心积聚起来的怒火，因此也有了理由和目标。

阿洛夏奔跑着走上楼梯，我们进了剧院。

我们不得不随便在坐具上坐下，我找不到合适的位置，只好在演出开始前经常重新躺下来。一个陌生女子终于把我按到那只坐具上，奇怪的是我倒平静下来了。结果是众人兴高采烈。

我不再感兴趣舞台上在表演什么。法比安·欣里希斯[①]的鬼脸让我感到冷飕飕的。某些句子使我激动，它们要么跟我太有关系，要么跟我完全没有关系。我无法忍耐下去，大约二十分钟后离开了剧场，把门撞得乒乓直响。历史性的，阿洛夏后来一定会这么开玩笑。难道不是开玩笑吗？我越来越不懂得嘲

---

① 法比安·欣里希斯（Fabian Hinrichs, 1974— ），德国演员。

讽了。

　　我活动活动腿脚，找地方喝了点啤酒，在外面等着首演结束，在派对上重新露面。我劝说阿洛夏，我们一定是得了艾滋病，我感到非常恐慌。阿洛夏放下他讥讽的态度，试图向我保证，被感染的几率很低。他不再和我说什么。我走到朔尔希·卡麦隆①那里，向他承认我把他们"金柠檬"乐队的一首歌放到我的博客上了。卡麦隆说，现在说反正已经太晚了，我应该事先问好才行。我还在反复地跟他磨嘴皮，帕特里克和阿洛夏决定拉我到普拉斯尼克酒馆，好在那里跟我说话。一到达这个只是冒充东部环境的酒馆，我陷入艾滋病的恐慌中越来越无法自拔，此外还陷入了持续多年的令人愤慨的被出卖的感觉之中。最亲近的人又成了最遥远的人，他们有意识地让我处在无知状态，并由此将大事化小。愤怒的波涛在汹涌，我沉默或者咒骂，预言道："现在我又要变成孤家寡人了。"不知什么时候，帕特里克已经不辞而别，就剩下阿洛夏还在严肃地规劝我。我变得越来越愤怒。然后我重新抑制自己的愤怒，试图保持镇定。没有机会了。

　　到了外面，终于，我打了阿洛夏一记耳光，结果打得太猛，他跌倒在马路上。界限由此被逾越了。我常常很好斗，但这种好斗从未表现在对朋友进行身体上的攻击。现在出了这种事。和阿洛夏的友谊在这次挨揍之后该不会一如从前了。而这仅仅

---

①　朔尔希·卡麦隆（Schorsch Kamerun，1963— ），德国朋克歌手。

是未来绝交的开端。我在他身上看到了一个叛徒，他从未告诉我真的出了什么事。他在我身上看到了一个难以预料的疯子，此人居然在袭击自己的朋友。我的看法是错的，他的看法是对的。两种孤独开始形成了。

9

可是一名躁狂症患者没有感觉到自己孤独，即便他表现出绝对的、其实是不可思议的方式。我和所有的一切和所有的人对话，至少在我的头脑里。这些"头脑对话"始终是我的思想世界的组成部分。每一个人都以自己的方式认识它们：预先推定，再加工，或者恰恰不和真正的大事联结在一起，和某些人对话过程中纯属捏造，有时容易激动，有时要比可能的现实更酷，有时要修正，伴随着最终错过而事后弥补的噱头。可现在我掌控不了那些头脑对话，在疯狂的碎片里，那些无法结束的讨论涌入我的思想世界，无法驾驭。此外，那种文化重新强有力地发送到我的方向，那些新闻也是。我在博客上做出反应，在论坛上，和幽灵们对话。可是一开始我摆脱了语言，只有达达主义的碎片从书面上冒出来，它们本身对我来说难以具有任何意义。而那个伟大的偏执狂的上层建筑立即被重新布置好了，但几乎不再被视为震惊或骚动。那本来就是例行公事而已。

耶拿的首演日益临近。我听说排演变得很困难，导演用一小部分的线条介入了台词的风格和微观结构。这使我马上疯了，我依靠大规模的线条生活，但少量地坚持我那种偶尔修饰过度的风格。是否一个角色说，他希望现在聆听"劣质的古典音乐"或者恰恰仅仅是"古典音乐"，这是一个真正对立的区别。但这似乎不能让导演明白。而那个躁狂症患者已经为他砸锅的推土机找到了下一个施工现场。

看来有人向耶拿报告消息了，说是剧作者疯了。某些演员立刻问自己，这样一种疾病究竟对他们演绎的台词意味着什么，是否这个台词因此也是叫人害怕和疯狂的呢。我可以设想的是，这可能在语言面前引起一种阻碍。那些征兆变了：那些台词很可能中毒了。

我没有预告就动身去了耶拿。连续三次扰乱排演。戏剧行家们不知道如何和我打交道。剧院经理马文，一个懒散而和善的家伙，保持镇定，试图息事宁人。我记得有一个晚上在剧院宿舍的厨房间里，那个晚上我完全失去了自制力。那次根本不再和剧本有关，我的内心简直被巨大的悲伤和恐惧攫住了，我呼天抢地地叫喊，号啕大哭。舞美设计师高声怒骂我，叫我闭嘴。或许是一种很好的尝试，以另外一种方式制服疯狂。导演泰然自若，女编剧一声不吭。当我走进他们为我预先准备好的宿舍房间时，我茫然不知所措，认为有人想在这里谋害我。导演开玩笑说，为了消除恐惧，恐怕我得在门口设置一个"小心易碎"的标记。我在迷惘之中甚至就这么做了，然后我觉得这么做很荒唐，于是把那只玻璃杯放回桌子上。我听着厨房里的讨论，那些说现在该怎么办的不知所措的争论，于是重新一跃而起，站在门框上说了一两句废话。我说，我在这里没法睡觉，我或许根本就没法睡觉，可是在这里，在敌国境内，绝不。

他们把我带到一家宾馆，我觉得它就像一家怀有敌意的妓院。我服用了一粒氯羟去甲安定，这还是阿洛夏剩下的，然后我想象，这种恐惧抑制剂会引起幻觉。我看到图案和画面从我内心的眼前掠过。而氯羟去甲安定是一切，唯独不会引起幻觉。问题只是，是否想象中的幻觉恰恰也是幻觉呢。至少我以为自己现在要死了，阿洛夏一定是悄无声息地毒死我了。

我拨打了急救电话，他们过来了，想要把我接走，可我拒绝和他们一起走。第二天早上，他们向豪克报警了，他是负责剧院的导演，他应该把我重新送到柏林的医院去。我逃之夭夭了。人们四处找我。有人打坏了剧院里的一扇后窗门，我成了疑犯。当时我正在耶拿的巷子里狂奔，想起了那些早期浪漫派诗人，想起了席勒，感觉自己置身于当时的岁月，真的活在了过去的历史里，从来没有可以如此真切地理解费希特的思路，那是一种自我行动，这里，在我身上，自我设定，不可欺骗的，以及再来一种自我行动，现在，还要再来一种。不知怎么地，马文找到了我。他是最后几个我可以信赖的人之一，我在爬进他的车里去的瞬间还在如此想，然后我的目光落到一根沿着窗玻璃挂下的电线上。或许这是一根完全普通的广播线。可是且慢——不是有个人在前一个晚上对我瞥了一眼开我玩笑说，马文在警察局吗？那么说，这是一根什么样的电线呢？无疑不是普通的电线！可是或许更确切地说是一根通往警察局的电话线。荒谬的责难还没来得及闪现，突然之间，马文对我而言不再是戏剧导演，而是警察。他一直是警察，整个剧院只是掩盖了他的双重生活，而许多人都知道这一点。只不过又是我不知道而已。

我承认失败了。他们逮住我了。马文耐心地把我送进耶拿精神病院。我在那里过了夜。如果你常常待在精神病院，那么那里是世界上最无聊的地方。那里什么事也不会发生。

第二天，我又逃逸了。

10

科内丽娅抓住我了，我逃走了。豪克抓住我了，我逃走了。豪克又一次抓住我，把我从火车上带回柏林。可我始终不想让自己被关在屋子里。所有一切善意的劝告都是徒劳。

我重新在世界史上东游西荡，无论是时间上还是空间上。我还浏览了一些《编年史》，寻找数据，找到了它们，又把它们忘记了。因为无所谓这事何时发生，很清楚的是它发生了，而从我面对的世界而言，这是厚颜无耻的事。可我仅仅模糊不清地激动一下而已；好斗的潜能比之前更高，可在过去找不到目标，只是现在还有冲动。在自己的躁狂症里，我是一个无望的游客。它不再如此鲜明，从表面上看不再如此明显和呆板，因此从内部看越来越低沉、模糊、忧郁和顽固地蜷伏着。

莱比锡最近赢得了我的吸引力，我在那里闲荡，然后对我称它具有双重含义"检查是否正常"。我走进一家饭店,多年前和熟人曾经去过那里一次。和服务员谈到说唱歌手希多①。又回去了。在克罗伊茨贝格的一家乐队里住了两天,马上从那家小酒馆到了他们的住所。又回到了莱比锡。在车站闲荡。

11

"你不会记得这一点,但你上一次在这里喝了几瓶白酒之后出去,然后影响交通了,也就是说你在指挥交通。你把那儿的一块牌子拖到了大街上,引发了交通堵塞。我们暂时不找你。以后我们再谈一次。"

"行!"

"你被监视了。一旦有人再举报你,我们得指定一个人照料你的日常起居。"

"行!"

"你知道,你该被如何处置吗?应该用毒气把你毒死。"

"行吗?"

"过来,要我吧。"

"行!"

"从诊断上看,在 ICD-10 的六项标准中你符合二到三项,因此你处在从酗酒到酒精依赖症的过渡时期。肝酶轻微提高和

---

① 希多(Sido,1980—),德国说唱乐歌手。

巨红血球贫血的实验室结果,是你酒精消费一直明显很高的另一个依据。"

"行!"

"真该打你一记耳光才是。"

"为什么?"

"哦,只有这样。这样那样的事情。"

"行!"

12

去伦敦的票子我在汉堡就买好了,也是一时心血来潮,因为我一定要去伦敦,流行音乐的发祥地,接下来一个摆脱不了的念头就是如此。多么荒唐,我还从未去过那里。柏林目前对我而言太小了,只是出门禁令还在执行期内,而即便没有我,交通一定依然保持其不幸的循环。

在飞行过程中,当然我坐的是公务舱,我用新的信用卡购买了一瓶须后水和一只外接硬盘,主要是因为这位空姐说话时带着优雅的英国口音。在我前面三排斜角的地方(确实)坐着"流行尖端"乐队的键盘手安德鲁·法拉契(Andrew Fletcher)。我最近还在我那只唱片包上面涂上了许许多多乐队的标记和名字,其中就有"流行尖端"的 DM 标记,我故意将那只唱片包摆出来让他看得到,他应该转过身来。可是,虽然悄无声息地,我也一定会关心这个。

然后我们全都睡着了,因为霹雳声而头昏脑胀,我觉得它就像是冲破音障一样。难道我们真的冲破音障了吗?因为没有任何经验值可以适用,没有任何知识可以相信。我们处在时间囊中,通往宇宙的路途上,或许飞行员对这种偶尔的会面感到非常高兴,因此会特别拼命加油干起来。我喃喃自语地让那些分子式进入运行轨道。

我醒来时,安德鲁·法拉契若有所思地看着我。或许后来再也没有人像当时去伦敦的飞机上的"流行尖端"乐队的键盘手安德鲁·法拉契那样如此若有所思和一本正经地看过我。

我没有说一句话。

下机后,我上了一辆出租车,彼得·盖布瑞尔①为我开车。然而,车里禁止吸烟。他问去哪儿,我回答到市内去,随便哪家宾馆。我没有预订宾馆。不知什么时候,他停下车,在一个看起来很昂贵的宾馆聚集区前,然后我办理了入住手续。之后我马上给耶拿的科内莉亚打电话,我好想在这个夜晚再打三四次,正如我后来不得不在前台确定的那样,也因此把我打穷了。科内莉亚和我说了一切,安慰性地劝说我。在此期间,我在宾馆房间里四处瞧瞧,一幅大尺寸的油画复制品,台布是最精致的料子。我挂下电话,出了门,去了三四家夜总会,像个云游四方的僧人那样在那里跳舞。也就是说,如果你刚刚明白

---

① 彼得·盖布瑞尔(Peter Gabriel, 1950—),英国音乐家,有"音乐鬼才"之称。

二〇一〇年

过来,那些派对是为你一个人准备的,甚至在你缺席时也是为你,比如说,迷幻药不是真正的毒品,而是一种类似圣餐饼的东西,就如在圣餐仪式中,为了纪念你这个人并且伴随着相应的幸福感,由其他人分享作为酬报——那么你当然会愿意真正地参与庆祝,如此毫无节制,正如几年前由于失去了意识只能节制那样。

我就这么做了。

白天,我浏览伦敦,仿佛在浏览一本教科书。特拉法加广场,皮卡迪利圆环,演说者之角,白金汉宫——我觉得仿佛多是浏览性地匆匆打量那些风景名胜,像是二维的,而不是真的站在它们面前。到了某个时候,我退了宾馆的房,账单挺吓人,我想另外找个宾馆。可这个计划我马上放弃了,我在一个酒吧前喝了两杯啤酒,在我旁边那个依然健在的科特·柯本[①]脾气暴躁地品尝着他的啤酒。然后我重新走进夜色中,和自以为从"我的空间"里认识的年轻人说话,这个空间我最近才使用,因为康拉德·凯利在我健康时期,在一次死亡足迹乐队音乐会之后悄悄推荐给了我。然后我丢失了我那只新的智能手机和我的夹克。夜里我还想着自己又得花新钱。可自动取款机取不出钱来。我又试了一下,马上担心是否忘记了密码,这事马上就发生了。现在一切变得严重起来。

[①] 科特·柯本(Kurt Donald Cobain, 1967—1994),美国歌手,摇滚乐队"涅槃"乐队的主唱兼吉他手、词曲创作人。

又是新的一天,无论如何我得搞到钱才行,因为我要三天后才飞回去。但事情变得比想象的更艰难。我跟跟跄跄地穿越在这座节奏飞快的城市里,许多次差点被车子压死。当我向一个姑娘打听德意志银行时,她建议我可以去一家商店,在那里用信用卡买点儿东西,然后叫人返还给我钱。不过这事没有办成,因为我几乎已经麻木了,理解力完全愚钝。我走进一家银行,来到柜台窗口。那名女职员根据我的酒气认定我是歌手"淘气男孩",甚至还跟我调情,反复说我一定是一个多么可恶的男孩。可令人奇怪的是,她无法接受这张信用卡。她说我可以到海德公园某家公园银行去等她,她会私下里帮我的忙,在两小时后。这恐怕更多的是摆脱我的一着妙棋,而不是真正的提议。在海德公园,我到了某个地方坐下来,然后睡着了。操着俄罗斯口音的流浪汉,走到我跟前,说他们愿意帮助我。我不相信他们会这么做。我又拖着沉重的脚步离开了,口袋里只剩下几英镑,然后找另外一个地方躺下了。我根本不知道自己究竟在伦敦哪儿。

在银行我没有了机会。信用卡完全没用了。

最后,我逃票乘坐公交车去希斯罗机场。到了机场,我已经累成狗了,一坐下就打起盹来。然后我惊醒过来,突然意识到我的处境。我搁浅在伦敦机场,身无分文,还得度过三天时间。不再正常了!我想。当人们需要戴蒙·亚邦[①]的时候,他在

[①] 戴蒙·亚邦(Damon Albarn, 1968—),英国歌手。

哪儿？

我试图改签机票，不加价当然行不通。可我无法支付，我讨厌我的信用卡，它到处被拒绝，这是怎样一张毫无意义、荒谬绝伦的塑料卡片。"这是经理的事"，窗台后面的那个女士一再重复。可那位经理并没有露面，于是她就让我一无所获地走了。难道我应该到德国大使馆去，作为紧急情况向他们报告吗？青少年时我就知道这是可以的，有一次我们搁浅在布拉格。可我的手机丢了，我也没有力气再出门上哪儿去，在远离城市的地方。我完全没有方向感。而且我很饿。

在我的新脸书账户上，我和两个英国女人是好朋友，她俩甚至还在柏林看过我。我翻找出我的最后几枚便士，找了个上网的地方，登录了我的脸书账户，给菲碧——这两个女人中的一个——发了一封求救信。菲碧在伦敦念大学。我让她务必借给我返航所需的钱，这真的是一个非常时刻，不是玩笑，我强调说。然后我又退出登录，在机场里游荡，伸手讨烟抽。两小时后，我再次登录上去，没有回复。余下的钱现在还刚好够再上一次网。我算了一下过去了多少分钟，又饿了，试图以某种方式消磨时光。离最后一次登录又过去了两个小时。菲碧回复了，甚至还在线。她写道，三个小时后她过来。我告知她见面的入口，然后将那个入口写到了我自己的手心上。

当她终于穿过入口进入机场大厅时，我觉得她宛如一位女王。她也正是这样一个女王。自动门凯旋般地推开，她的剪影在逆光中显露出来，犹如耶稣显现。我难以相信自己的幸福。

我们在航空公司那里排队等候，说着闲话，开着玩笑。我为何不告诉罗璧一声呢，菲碧问，她一定非常乐意领我参观伦敦的。肯定的，究竟为何不呢，我在自问。菲碧没让人觉察到，这一切有多么奇怪，包括我也有多么奇怪。或许这种奇怪的东西确乎又是英国式的？终于轮到我了，我问下一个航班。如愿了。当金额在显示屏上显示的时候，菲碧微微一笑道："我请客。"①

我们还吃了点东西，菲碧还操心我别错过了飞机。她真是难以相信。几天后，我把钱款汇还给她，向她表示衷心感谢。

回首往事，我有种还从未去过伦敦的感觉。

13

"你认识一个叫梅尔勒的人吗？你认识一个叫梅尔勒的人吗？你和她是亲戚吗？这很好，太好了，哈哈。这马上也对你性命攸关了！"流行歌曲里潜伏的信息，现在重新大刀阔斧地向我吐露心事。我倾听得越详细，听出的弦外之音当然也会越多。于是我就犹如强迫症那样仔细地倾听，路上就用耳机，因为磨损极大，使用永远崭新的耳机。我移动很突然，扯到了耳机线，直至它们一再扯断。只是因为她的名和我的姓发音接近，一个女学生，上述的梅尔勒，在八十年代被谋杀，而随后发生的电话恐怖——悲伤的家人也发觉自己遭遇了恐怖，由于侦查的

---

① 原文为英文。

原因被警方公布了，并且被"倒塌的新建筑物"乐队部分改编进歌曲《梅尔勒（电气设备）》里。该乐队显然同样匿名给我打了电话，然后把我的那句对自己的嗓音还不那么熟悉的"你好？"稍作声音上的变动之后加入他们的歌曲《那就是我》中。从出版年份看，这是完全吻合的。

由于一切都和我有关联，只要一起想到我，都要给我提供我可能或不可能接受和继续胡编的信息，因此整个文化，尤其是——因为易于理解——流行音乐，是我的取之不竭的推荐范围。巧的是，大卫·鲍伊①在《奇异空间》里猜中了我的名字，然后对这种侥幸感到高兴，同时又预料了我的吸毒未来，在一九八〇年又把它放进《尘归尘，土归土》中，这马上激励彼得·谢林②创作了他的新德国之声流行歌曲：《汤姆船长（完全脱离了）》。"艺术体操"二人流行摇滚乐队的那首歌曲《性犯罪》在亢奋的节奏中将强光投射到我的旧居的暴行上，犹如投射到我周围的观测装置上，而麦当娜深深地爱上了我，悄悄地将我的名字（只有在高潮时才可以听到）放进任何性刺激的段落，使用这种普遍蔓延开来的性征化，以巩固和扩大她作为流行歌星的地位。而"碎南瓜"乐队则请我稍稍继续往后退，也就是回到《一九七九年》，我们应该相聚的地方。

那是在任何一首歌里，任何一首曲里，还在卡琳·德雷

---

① 大卫·鲍伊（David Bowie，1947—2016），英国音乐家、歌手、演员和画家。
② 彼得·谢林（Peter Schilling，1956—　），德国歌手。

杰①可疑的电子音乐幻想中，她在《椰子》中以海妖般诱人的歌声招呼我的名字，用德语请我如此这般地继续做下去，对他们所有的人继续"手淫"（当然装扮成几近感知极限下的求婚）。《你会用死亡的轨迹来了解我们》等等歌曲，统统是来自奥斯丁的康拉德的问候（《你愿意再次为我而写吗？》），康拉德不仅问我是否想重新为他，对，恰恰是为他创作，而且也在问那些感觉究竟何时结束，创作何时开始，谁又在命令我停止这种活生生的艺术，以及我现在是否真的完全陷入了沉思之中，不再知道——真该死——我是谁。而九寸钉乐队的悲伤史诗是在和我痛苦地相认（《你无法阻止我的孤独》），感伤而阴郁的旋律释放出的痛苦呈现其最纯粹的偏执狂形式。或者有一次我经过科隆，耳朵里在听平时不怎么欣赏的"里昂王族"乐队歌曲，耳道里和头皮里一直是那句歌词"它可能是结束了"，然后渴望赶紧结束这次旅行：对不起终于到了。不过像幽灵似的，在专辑《老无人》标题为《有一天》的开场白里，正如迪斯特迈尔直接以抒情的画面称呼我的那样，作为德国人真的其实很艰难："有一天／你会忘记他／你走出阴影，看到你被遗弃／那不是幽灵。"

　　这个写上收件人姓名地址的东西，这个用亲昵的你称呼的流行歌曲形式，它直接称呼听众作为空位如同变量，它本来非常合适给偏执狂继续小发作的机会。每一个你都可能是我，我永远被追求，被攻击，被蔑视或者被爱着——我也在那里倾

---

① 卡琳·德雷杰（Karin Dreijer, 1975— ），瑞典女歌手。

二〇一〇年

听着。这种摇摆音符功能成了我的预言,看不见的德国无赖也越来越多地在这种由于许多影响而被追逐的流行英语里听出言外之意,正如我觉得也在这种出自"千罪之国"的被禁语言中。艾米纳姆,《这就是我》。冈萨雷斯,《带我去百老汇》。大卫·鲍伊,《奇异空间》。PJ 哈维,《干掉我》。档案乐队,《操你》。凯特布什,《呼啸山庄》。麦当娜,《庆祝》。"大举进攻"乐队,《惯性蠕动》。莱斯利·菲丝特,《梦想有个家》。The xx 乐队,《VCR》。武士道,《日光浴浴床味道》。Yeah Yeah Yeahs 乐队,《零》。蕾哈娜,《雨伞》。托科乔尼克,《17》。托科乔尼克,《这个男孩就是托科乔尼克》。汤姆·约克,《在哈罗宕山坡下》。卡米耶,《淡淡的九月》。王子,《我愿意为你去死》。迈克尔·杰克逊,《他们不关心我们》。迈克尔·杰克逊,《莫斯科的陌生人》。

披头士,滚石,大门乐队。

正义。

有史以来的所有作品。

一切,一切,一切。

14

只有一个更详细的例子:"康特"乐队的那首"我看到它了"。我从中听到了抒情回忆二〇〇一年的一个周末,在那个周末,我和克努特在汉堡看望阿洛夏,他刚好在那里的电视台实习；那是在"9·11"之前不久，恰好在汉堡市议会竞选时。我如此想，歌手和词曲作者彼特·蒂森①估计观察过我们，然后在多年后决定用这首摇滚歌曲为伟大的反启蒙做出贡献。

"那是一种陶醉/那是一个节日/我看到狂欢节穿行在汉堡的大街小巷"：我们，三个莱茵兰人，因此用汉莎同盟的高贵目光观看无疑是粗笨的狂欢节参加者，真的放下了一个引起轰动而又渐渐平息的周末；我们在"长卷毛狗""圣保利舞厅"之类的酒吧和夜总会漫游，然后到了早上，因为鱼市场还没有开门营业，我们就在大市场上转悠，我们想到没有比买上满满一箱香蕉更好的事情。我们带着这只箱子到火车站去，好将香蕉分发给早晨的路人，他们起先犹豫不决，借助于一个迅速想出的口号才采取行动："香蕉对付席尔②"。但这时候，有人从我们手里抢走了水果，一个香蕉接一个香蕉地抢。那真的是一次狂欢节，而且奇怪的是，他们都是些车站的流浪汉，像我们一样喝醉了酒，他们大言不惭地咒骂我们的行动。路人咧嘴冷笑，也跟着他们一起行动。

"我看到不请自来的客人/在金色的吧台旁"：我们作为酒店不速之客早已臭名远扬，正如我曾经是谁，做过什么，所有的一切在我的一生中早已命中注定。我们常常在柏林豪华酒店的自助餐厅骗取我们的早餐，在通宵达旦跳舞之后，用摇滚歌

---

① 彼特·蒂森（Peter Thiessen）与约亨·迪斯特迈尔同为布鲁姆菲尔德乐队成员。
② 席尔（Ronald Schill，1958— ），当时的汉堡政治家。竞选成功后，在2001—2003年担任汉堡市第二市长。

星的姿态和一个之前侦查到的房号骗得鲭鱼和拿铁玛奇朵。有一次，克努特居然哈哈大笑地从椅子上掉下来。一切都是艰难换来的，蒂森可以就此演唱一首歌。

"我看到魔鬼怀疑自己 / 酸奶在茶里"：显然是我。那个"魔鬼"，有史以来就在途中，一直是上帝的对立角色，一个投影中的人物，恶的引诱者和管理者，这种恶可是常常只会导致解放善者：创造性的毁灭的潜力。而且恰恰也是一个可怜的魔鬼，在舞池边上瞬间倒下，因为那种心醉神迷跌倒在抑郁症里，蹲在车站边上满怀忧伤，手里拿着对抗席尔的香蕉，目瞪口呆地盯着虚空，永远的自我怀疑在打滚。这种"酸奶在茶里"然后就成了一幅温暖的画面：这种少量的不易消化在高度文明中，我的人生已经停止，已经变酸，也变得有毒——或者说，当我跟克努特和阿洛夏谈起我的阿姨茶杯里结成团的牛奶时，蒂森真的在场吗？

"我已经看到它了 / 我在现场"：反对所有非直接的传统、过户、谣言和沉默后效应——坚持证人原则。他看到我们了，他真的善于报道这事，将他的知识美化成虽然模糊却是暗示的图画。

"如果我愿意 / 我就回去 / 我了解那些窍门 / 这个密码 / 我知道那条路 / 因为我在那里"：向我发出的下意识的信息，点点头望向深渊的目光。包括一种承认，随时可能重新被我们引发的幻想攫住，只要人们愿意的话。中央功能应归于这个密码：这未必是指一个特定的密码进入某个地下派对，不，它强调文字上的帮凶作用，以便重新唤来绝对的时刻，把那些关系带到跳舞和爆裂中，完全按照诺瓦利斯的意思："然后在一个秘密单词前飞翔/远离整个错误的本质。"

因此，我可以重新解释一切，而且一直在瞬息之间。其他歌曲，大多来自死亡足迹乐队，也包括来自ABBA，来自U2，不管来自谁，还要具体得多，也在表达那些年份和可能的聚会地点。我完全可以用上述的错误阐述填满整本书。当我在哪儿的大街上或者酒吧里听到这些歌曲，那些反射一再向我吹来，而当整个世界仅仅由反馈组成的时候，我马上又会清楚地知道那是什么。我可以触发这种偏执狂，又会明白那有多糟糕。因为如果我愿意，我就回去。我了解那些窍门，那个密码。我知道这条路。因为我在那里。

15

耶拿首演接踵而至。演出前，我在剧院周围到处转悠，走进剧院咖啡馆，想在那里顺手牵羊一瓶威士忌，但随后被逮住了。大家把我的这件事看成笑话。我喝着啤酒等待，演出开始，我走进后台。马文使我平静下来，在观众每次发出笑声时，对着墙壁划出想象中的一条线。多年以后，正如我现在才获悉的那样，我还在演出期间戴着面具对演员进行简短的评头品足；人们可以通过监视器模糊不清地一起跟踪演出。那些演员非常讨厌我。我记得，在鞠躬时我用"我就是我"的那几句话猛然朝前一冲，好让这群手牵着手的人想起他们刚刚其实在演什么：

世界情结。那种沾沾自喜如此赤裸而病态地出现了。

16

现在我是那些人中的一员，之前我将那些人视为死而复生者。一个人在流亡中，一个人不再活着但属于高山旅游度假区，多年前我设想这是伯恩哈德、贝克特、凯恩的地方。我在哪儿找到它呢？我几乎没有任何感觉，看样子被封住了嘴，被派至一个平行世界。我已经没有任何反应。

我想考虑这件事，把它描摹下来。或许对某些死而复生者而言情况恰恰就是如此：他们不得不退隐至被伪装的死亡中，因为他们从日常生活中被放逐到一个未知的世界。因此我明白，它并非在所有的情况下都是一种自愿做出的决定。

我在博客上写了一则关于我的讣告（"我们忠诚的伴侣和战士离开我们了"），然后登录我的那条平时从没有碰过的维基百科词条，添加如下文字：我在莱比锡被一名警察枪杀。也就是说，我已经正式死亡几小时了。

电话被打爆了。豪克第一个听说此事，马上给罗伯特和阿洛夏打电话。他们当真起来，报了警。他们打开我的家门，什么也没有找到。我其实是在莱比锡，但我手机关机了。有一个论坛同样在谣传我去世的消息，有些人毫不掩饰地承认，他们真的不见得感到高兴，可是……——真的，可是什么？可是恰恰感到高兴。

我在莱比锡车站被绊倒了，耳机里听着艾米纳姆的音乐，伸展四肢躺在一张长凳上，人们细瘦的大腿从我身旁踩高跷似地走过。我感觉自己实际上在彼岸世界，似乎作为剩下的人类生活在一个迥异的空间里，被卡在一个中间接缝里。我死了，不再看得到，成了一个幽灵。摸起来也是如此。

当我重新到达柏林时，我家大门敞开着。宫殿四周的圆形铣切面看起来很野蛮。我没能估计这一点，这个受到国家保护吗？一切皆有可能，一切都无所谓。

只是，我现在向他们提供了合法手段。我的讣告可能被视为自杀威胁，即便在这里的第三帝国，我离抱有那样的想法很遥远。可是现在，在正式存在自我危害的地方，有着这种可能性，即违背我的意愿地安顿我，也就是强行安置和留住我，只要人们愿意的话。马上就要出事了。

17

我在一家名叫"懒人"的酒吧遇见了阿洛夏，豪克马上也过来会合了。他们检查了我的健康状况，大概在外面也匆匆商量了一番，我几乎都听不见他们在说些什么，然后他们用啤酒和打听情况挽留我。我开始痛骂，诉说着什么。我的身上没有出现其他情况。

然后就发生了真正的行动。突然之间，警察就站在酒吧里。阿洛夏自己也被这些人吓住了。"这么多人？"他不禁脱口而出。

那是一支完全自成一体的队伍，全套的防爆装备，如果我没有记错的话，那是穿着沉重防爆衣的真正拳击手。或者他们仅仅是五六个交通警吗？他们恐怕没有真正明白"双相障碍"这个词吧。

即便就在当时，在我陷入沉思之际，我还是觉得这件事很蹊跷。酒吧老板和其他客人茫然不知所措地看着我。我被带出去了。到了外面，阿洛夏又一次用"这么多警察"形容一番，因为面对他们，他自己都感到害怕了，却因此立即招致其中一名警察指责，说大家现在就是因为他的电话才赶过来的，所以不喜欢如此被人描述，好吗？

警察们自己都有点惶恐不安了。或许他们真是把"双相障碍"想象为伊斯兰教中的新分支。如果我没有记错的话，我上了车，都没有被戴上手铐。我旁边的驾驶座上坐着一位金发美女警察，她戴着姓名牌，因此很奇怪的是，就在我扯着一个个笑话时，我总是可以不断地反复插入她的名字。豪恩霍斯特太太，你现在的驾驭能力可真是一级棒，我们以后还会得罪你的，豪恩霍斯特太太，那边前面右拐，我认识这条路。她真的禁不住一再哈哈大笑，以一种令人喜爱而又坦率的方式。坐在后座的马路拳击手反倒阴郁地沉默不语。他们大概在问自己，他们拘捕了怎样一个傻子。或者是拯救了他？

18

在城市医院，他们给我使用了一剂药，这使我在未来几天里完全失去了斗志。我对此一无所知,我当时什么都不知道。他们给我使用的是高剂量的氟哌啶醇,正是这种药把我击倒了,而且谁知道还有哪些其他的抗精神病药和镇静剂。真是无耻。

"可他们把你可怕地固定住了。"数周后看到我的病历时,治疗大夫诺伊曼博士如是说。我又把这事给忘了。时间悄然流逝,而我还在半明半暗的日子里摇晃了好久。那个在我的思想世界里拼凑而成的第三帝国,那个生死之间的裂缝,它现在也以神经化学的简洁方式触及了我的脑袋。那里超大的活跃度被消灭了。我大概是在瞎扯淡吧。

可是,反抗应声而至。我在吸烟室里涂满了一张桌子,画出了一张巨幅世界地图草图,我在草图上面配上了一些流行乐队标志。那天看望我的约翰娜,两年后向我详细描述:我让披头士移居在纽约附近,而托科乔尼克却在北极附近等待。一名护士对我的"蠢人涂鸦"之作生气得不得了。因此我试图重新擦掉那张感情奔放的图画,却是枉然。我拍了一些窗户被插上插销的照片,并以此布置到我的博客上,作为漂亮的框架,我的文字也就是我的生活被关押在这个框架里。因为我可以用那只他们忘记没收的智能手机上博客。然而,那个博客已经不再是博客,而只是一种混乱的颤动,那里面有时有一些毫无意义的东西,然后我把它重新删除,或许换上一首歌,然后又是奇怪的照片。将来有一天,我要把它全部删除。而每天凌晨四点,我坐在吸烟室里,抽烟、思考以及胡乱翻书。每天早上五点开始干活,总是和我说上两三句话的清扫女工,向一名护士推荐

二〇一〇年

我作为她的"白马王子",我仅仅因为她的姓就认为她是新闻记者彼得·里希特的妹妹。我们不由得大笑一番。我喜欢这个清扫女工,她大概也喜欢我。

19

荒谬的是,这次停留时间在我目前值得注意的精神病院生涯内属于最可以容忍的。哦,我难以说出"可以容忍"这几个字。可是,尽管有着完全平常的封闭恐怖,尽管有着被药物毁灭之后的无依无靠,我依然收藏着对那段时间的一些正面记忆。而原因就在于那两三个病友。

其中一个是蔡可夫斯基,大约六十五岁的男子,我起先无法正确估摸出他的年龄。他抽着廉价的小雪茄,恬淡寡欲地从窗口向外张望。他把鼻子翘得很高,像一只骄傲的狗儿在远处看着其他人谁也看不到的东西。他甚至像一只狗儿一样不由自主地撅起鼻子。他还有着对这个地方而言非同寻常的沉静性格。人们几乎看不出他身上的疾病症状。如果和他人谈话,当他最后总结性地表达意见的时候,他大多以格言的形式结束。比如当他跟我谈及为什么到这里来时——他的前妻抢走了他的全部积蓄,所以他想悬梁自尽,"因为我没有任何乐趣了"——他做了个指向地下的手势补充道:"下面,在地里,那里很冷。"说完他看着我,从会意到快乐,又把他的目光重新转向外面直至远方,抽着他的小雪茄,撅起鼻子。这类话就是他的格言。我不是完全明白：难道现在这样很好吗，坟墓里的温度更确切地说一定是寒冷的？无所谓。这是一种观点，或许是。也许寒冷真的意味着和平。也许不是。可单单他以格言的方式说话这一点，就给人以慰藉。

蔡可夫斯基经历过人生的磨难，包括经施普雷河叛逃，他曾经详述过这段往事。他说他那时把现已去世的发妻绑在背上，结果差点儿淹死。可他们如愿以偿了。我晕乎乎地感到惊讶。然后他沉默了，有趣地看着我，直至他的目光又一次转向外面的天空，神情笃定。蔡可夫斯基不急不躁，仅仅因为他的出现，因为他的专心，就可以促成平静，这就是为什么只要他进入房间，将那些情绪聚集起来，某种和谐准会出现。看到他我总是很高兴。而由于莉娜的缘故，我们走得更近了。

因为莉娜和所有的人攀谈，和每一个人都上网交流，直至她重新伤害到每一个人为止。她是一阵旋风，飘动着，经常外出，容易发脾气，差不多是癫痫病患者，在那些脚步里是在渴望无法解决的问题。作为特殊情况，她住在一个单人房间里，她常常不得离开自己的房间。然后我们就站在门槛上闲聊。或者她蹲在那里，在她的门槛上，仿佛在"塔当"塑胶跑道的起跑点上，然后她尴尬地讪笑着，双臂有刀口疤痕。我称她为"母老虎"，她有气无力地呵呵一笑。她约莫二十五岁的样子，长着一张尖棱角的奥托·迪克斯[①]的脸，露出一口狼牙，始终

---

① 奥托·迪克斯（Otto Dix，1891—1969），德国画家。

紧张不安，来自科特布斯门，是一个吸毒者。她很聪明，太快接受所有的人，太容易冲动。人家还没来得及做些什么，她就已经依赖上人家了。当她对着那些男护士破口大骂，因为他们说她至少和病房里一半的病人有过性关系，人们不再知道究竟和真相相符的是什么。事实上她和一个病友同居，如果可以如此称呼的话，但出于玩笑她同样用那个人的名字称呼我，并且欢呼道，她很少有过像在这里那么多的男朋友。到处都是"弗兰基们"！她善良的品性持续不断地被她的歇斯底里攻击。说是边缘性人格障碍，说是海洛因瘾。当我和诺伊曼博士提起她时，他叹息了一声，说，是啊，生活恰恰常常会挡住有才华的人的去路。他说在我这里确实也是这样，我有了这种病，而且这种病有时故意损害我，这真操蛋。这句话表达得恰到好处：这是我在整个医院生涯里从一位大夫口中听到的最好最纯朴的一句话。

和莉娜在一起，大家尽可以胡吹海侃。有一次，我们坐在餐厅的桌子上，从我们的三楼向外面白雪皑皑的河岸草地望去，这条战时后备军运河已经结冰，黑魆魆的小人分散在草地四周。"哦，太棒了，我们这就去滑雪橇吧。"她说，而事实上我也稍稍感觉到它了，这种冲击，这种瞬间，这种滑雪橇的想象如何只消片刻就成为现实，在强烈的思想自由疯狂发作时。我们根本不必到外面那里，我们也可以从这里出发，顺着斜坡滑下去，蹦来跳去，感觉完全不是好像脑子里出了问题。那座小山不是恰恰在我们面前吗。那座小山不是就在我们脚下吗。

寇可汗是我至今遇见到的最和气的一个人，可你没法和他说话，他如此与世隔绝地被他的世界绊住了。而他的世界只围绕着一个问题转动：我究竟有多少孩子？他不知道，也无法知道。或许十九岁，肥胖，作为大象男孩他是年轻的丹尼·德维托①的翻版，他坐在那里，当有人和他攀谈时，他就快乐地微笑着。然后他马上开始自言自语地嘟哝着，部分也是跟别人说，对他无法确定的生殖的一生感到兴高采烈："我不知道有多少孩子。六百吗？七百十吗？我不知道！"而我从某个方面理解他了。人们确实无法知道这一点。究竟谁知道呢，在一夜情时一切皆有可能发生。我自己开始计算。我究竟有过多少次性生活？我大概有多少孩子？我不知道！

　　作为疯子，他往往认识到他人的疯狂，只是对自己的疯狂完全看不见。有一位姑娘，她认为本·拉登是她的父亲，我曾当面指责过她没有这回事，可那段时间，我还估摸自己是流行歌星斯汀的儿子。所以真热闹，我和这些无依无靠的疯子在一起过得相当愉快。当然，精神病院里通常的负面清单也是有的，有那么一些人，不仅疯狂，而且也怀有恶意，他们让人心里烦躁得发疯（我有多少次也是其中一员！），即便他们一再希望自己有一个好本质。比如那个满脸横肉的年轻皮条客，他和他那个愚蠢又寡言的女友老是在走廊上来回溜达，那个女友头上斜戴着那只坎戈尔袋鼠帽，好似他们沿着某一条林荫大道闲

---

①　丹尼·德维托（Danny DeVito, 1944—　），美国演员、导演。

逛，而且正如和他吻合的是，他表现出对病友的专断禁止和责难。我后来碰巧在达勒姆又见过他一次，他得上一家社会机构报到，他说我们应该再见上一次，他可以安排可卡因和女人，而且统统是最好的。我只是摇摇头，说："好呀！"然后是那个肥头大耳、走起路来颤巍巍的巨人，我认为他要么是纳粹要么就是恋童癖，他不吭一声，总是笨手笨脚地暗自冷笑，吃起东西来像头猪一样。那个弱不禁风的毛孩子，他声称，斯文·麦夸特，那个贝格海因的著名把门人，曾经帮了他的大忙，非常帮忙，而且每日三次真的和每一个人说个没完没了，包括拉斯·冯·提尔也是，在我的感觉中他同样在病友中间逗留。我很生气，冯·提尔如此不顾廉耻地模仿我，我都没有和他说过一句话。

有一天，蔡可夫斯基被接走了，被安置到了市郊的一个居住小区里，一个有人照顾的居所。这个对他更合适，告别时他撅起鼻子，对我们眨眨眼睛。莉娜倒是越来越频繁地需要关注。一次，大约十名护理人员和保安人员围住了她，强制她趴下。我对此无能为力。这是一个格外残忍的场景，她让整个病区的人吓到了。

我希望他们还活着。我很高兴能回想起他们来。

20

有一次，病房采取了隔离措施。某种传染病在流行。每个人都必须按顺序待在自己的房间里一两天,在这段时间里,每个人的房间成了单间。外来进入者必须戴上口罩,穿上长罩衣,戴上手套。我自然觉得这就仿佛装作生了一场大病一样。这个效果还被英戈·尼尔曼①增强了,他恰好在我隔离时看望我。我认为尼尔曼是一个机灵的爱开玩笑的人,他在旅行前往世界上的沙漠、热带和独裁地区时制造出五光十色的效果,这样的效果不仅很假,而且很超现实。此刻他坐在我对面,戴着口罩,穿着长罩衣,仿佛在一个受病菌污染的第三世界国家或者一部拙劣的科幻电影里。很假,超现实。这是一种以真相的名义而作的化装。

我什么都不相信,怀疑一切,每天都得出许许多多的错误结论,这些结论都走向了不归路。可我对此沉默无言,慢慢地,我恢复了健康。因此,我也逐渐成功地使大夫们确信,我的讣告当然不是自杀威胁,而是玩笑而已。这里不存在任何一丁点儿的自我危害,我让他们弄明白。这也是真的。为了在我的论据中也能保持滴水不漏,我甚至还关心相关法律,那个所谓的《精神病法》,我几乎都已经背出来了。此外,我还购买了《民法典》和《刑法典》,我误入歧途,没有相互关联地研究了这两部法典。因为最近我认为自己也是一名律师,而国家给我和许多其他人造成的那些伤害,将来有一天我想知道,以便清算和报复。我的躁狂症还是起作用的,即便被抑制了。那些束缚

---

① 英戈·尼尔曼(Ingo Niermann, 1969—),德国作家。

也因此放松了。人们允许我经常回我的寓所,我想把它改建成为密不透风的艺术家之屋。谁也不允许进到里面来,我想。我躺在床上,又一次享受着自由。那些想法乱七八糟,可有一点在我面前很清楚:我不想再回去了。莉娜被摆脱了镇静剂,肯定已经死掉了。蔡可夫斯基被安顿到了其他地方。为何要回去呢?我已经注意到,其他病人意外缺席很少受到惩罚。和平常一样,谁也不会去追查这种事,干吗老是去叫警察呢?我们不是法医。为何我就不该缺席呢?

21

我不知道怎么做,是否等到有一天干脆就不回去,或者还是根据大夫的建议让自己出院。毕竟这个结果和原来一样。不知什么时候,我至少又回到了自己的居所,内心很烦躁,非常烦躁,脑子还一直有点不正常,完全相反。药物过度只是暂时性地将症状的突然反复发作打回去,临时填补了那些黑洞。现在,这种发作重新强有力地爆发出来,在此期间被抑制的疾病毫无阻挠地发作。我把受到感情打击的东西贴到网上,自己就像一次结结巴巴的爆炸那样把日子和大街撞得砰的一声巨响,对任何不确定的东西越来越愤怒。我的头上又悬着一个倒计时,只是我把它忘记了。

因为二月份我通知解除了居所的租约。这个所谓的"工作室",正如我现在看到的,一个摇摇欲坠的洞眼,已经配不上我了，而且我在这里还从未快乐过。所以我就通知解除了租约，那么干脆。然后我就忘记解除租约的事了，或者当我想起这事时，马上被压抑住了——新的居所一定会找得到，可目前我每天还有那么多的事情要做。到最后，我一定会变成有钱人，干脆马上给自己买上房子得了。

这个不幸的步伐，在所有不幸的步伐中一个后果特别严重的步伐，不久就会导致离奇的流亡形式。这种流亡基本上一直延续至今。

然后我就被捕了。

22

那不是被捕，卡尔-乌韦穿着睡衣走下楼梯时，对我和警察嚷道。不错，那究竟是什么？"那不是被捕。"就在他们押走我的时候，他又一次在我们后面嚷道。这是让我平静下来，我估计。对门的佩特拉匆匆地穿过后院向我走来，吻了我的脸颊，然后保证道，她爱我。这也应该是以某种方式让我振作精神。当我们走到大街，有两个行人打量这一场景时，我感觉自己仿佛就是一九六五年圣像照上的约翰尼·卡什①。匆匆路过者的眼睛就是一架架摄像机。卡什就是因为毒品走私在埃尔帕索

---

① 约翰尼·卡什（Johnny Cash, 1932—2003），美国乡村音乐创作歌手，多次格莱美奖获得者。

被捕的，而那张照片看起来是摆好姿势了的，太酷，有着太多的优点，因此是事先策划好的，手铐显得仅仅像一件特别懒散的装饰品。此外，他们都戴着墨镜，无论是狱警，还是卡什本人。我们这里不戴墨镜。我们也不酷。而那些手铐，我现在发觉，简直只是一种耻辱。我不是卡什，我是我，这里只是又一次不幸而已。

我被押下推入巡逻车里，警察的手平放在我的头上，还往下面压着，不让我起来，与此同时这也是行使一种权力，人们认识这种画面。其中一名警察说，他得再一次拘捕那些手铐。"拘捕"，他真的这么说，但这个词用得不恰当。"拘捕"意思是：在警署查明履历。可是，他现在一定要"拘捕"那些手铐，他如是说。或许我让这个词自己掉落下来，这是我的一个错误，而他接受了这个错误，现在由此开个玩笑罢了。手铐已经很紧了，我问，为何还要更紧，他说：这叫拘捕。他拧来拧去，拉紧了，直至勒到了我的肉里。然后我们出发了。他们前面的人在说着一种我听不懂的斯拉夫语。我干脆什么都容忍了。事出有因。他们开车送我到城市医院。

出什么事了？音乐。我听到了音乐。声音很大。由于我的老设备已经烧坏很久，所以我都是让音乐在电视和DVD播放器上播放。那么除此之外呢？我不知道。门铃响了，现在还是晚上十点前，更确切地说，是九点半，正如我在上面提到过的"模特"版上查阅到的那样。我开门。他们看着我有两三秒钟。我回头看去。然后，他们不说一句话，径自抓起我的手，把我挤到墙边，立即给我戴上手铐，现在它恐怕得陪我一辈子了。

我问："有什么指控我的理由吗？有人告发我吗？"

"告发太多了。"那名警察回答。

外面，黑魆魆的城市从我身旁走过，那些房屋，那些交通信号灯，在混凝土上四处可见的黑色珐琅。夜空在闪耀、闪烁并发出轰隆声。我马上回到了监狱。

23

还发生了一些事，之前，一天早晨，我醒来时发抖厉害。然后，因为一时怒火，我从床上一跃而起。我就站在那里，却不知道怎么办。我抓起桌上的一堆信，拆开来浏览。一封来自官方机构的信件引起了我的注意。里面是一个约定的时间，要我去见一名女法官，在默克大桥附近的某个地方。他们想要拿走我什么吗？我的公民身份？他们想要派来护理员对付我？我到了楼下，将那封信扔到了废纸篓里。（粗暴的人也会把这种垃圾分隔开）然后我把它重新捡起用火点燃。为什么，我不知道，可是一种乖戾的兴趣让我将这封被点燃的信重新扔进垃圾桶。它会烧起来吗？还有什么是真实可信的呢？我暗地里容忍着垃圾桶烧毁，可马上又想把火熄灭掉。我把那些燃着的纸头从垃圾桶里翻出来，可余火已经在四周蔓延开来。我往里面吐唾沫。没有用。火还在燃烧。我想到上面取水下来，可这样就会花费太多时间，垃圾桶肯定早就化为灰烬了。这时，一个我还从未见过的家伙出现了，同样试图灭火，他拿着一瓶水。"孩子，你想要烧死我们吗？"他责骂道。我摇摇头：不，当然不是。火还在继续燃烧，垃圾桶下面蓝色塑料上的一个洞眼在熔化，起了小的气泡。我和那家伙，我们用某种方法搞定了。火灭掉了，只是余火还在。一根烟柱在克罗伊茨贝格上空冉冉升起。我想起了教宗选举，我们有教宗了①，于是上楼去了我的居所。我感到良心不安，想要忏悔，可我早就不相信这种圣礼了，即便现在也不相信，即便在这里也不相信。

24

还发生了一些事，之前。住我楼下的女房客搬出去了。搬家那天，当我偶然间出现时（我刚结束又一次市内游览），我想在那些朋友和帮忙的人搬运箱子时搭一把手。

她愤怒地说道："现在你也不用帮忙！"

"为什么？"

"因为我是因为你才搬出去的，我的天！"

我觉得这很新鲜。我不明白。

她的一个朋友看到我的表情，说："现在我可是站在他的一边。"

我完全不知道究竟有几边。我们可是彼此不相关的。她从

---

① 原文为拉丁文。

来没有因为那种很吵的音乐诉过苦。

她一定觉得我有多么令人毛骨悚然了。

25

而且还发生了一些事,之前,而且还有一些。每天总要发生一些事。可那些大事互相交融地演变成独一无二而又模糊不清的电影风格。我坐在警车里,我们马上就到了。是的,他们开车送我去城市医院,不是去监狱。我假装轻松释然的样子。然后就进了避难所,许多避难所中的一个,它们已经不再有什么区别了。那上面的医院大楼里他们又给了我一些药,是静脉注射。我就没有知觉了。

好几个星期我都没有知觉。

没有记忆。

26

不,那位从事社会精神病学服务的社民党女大夫,我对她还有模糊的记忆。"出事了,梅勒先生,出事了!"她对我怒吼道,站在封闭病区的走廊上。有时她戴着假牙,有时没有。

"你在女病房前面闲荡!"她吼叫道。这我已经完全忘记了。一个戏剧导演小组和我相熟,其中就有一名女导演和我有一面之交,他们邀请我参加一个朗诵会。那里有些东西使我很恼火,或许是那封邀请函表述傲慢。我上了这些人的工作室,怒不可遏地敲门,因为没有人给我开门,我就留下一封信,这封信无疑既混乱不堪又充满恶意。可我还是喜欢这些人。

当那名没有牙齿的女大夫使我想起这件事时(因为她每周只来一次病房,好教训她的笨蛋们一顿),我马上又知道自己有点不对劲了,而且很严重。我愣住了,感觉自己有罪。我早没有自己被安顿在封闭病房里的印象了。我在秘密敌视国家之下把它记载下来,我的这种敌视遭到了指责,国家也重新对我表示了敌视。可现在,看样子就连和我在剧院里共处的熟人们都在公开场合告发我是危险人物,我陷入了苦思冥想之中。

然后,一种新的神经元之火又将这一疑虑烧没了。

27

正如早已描述过的,躁狂症在我这里随着某种对耶稣的幻想、一种救星情结而出现,而这种救星情结还将在其他怪诞念头里反映出来。然后我就想,我得和世上所有的病人和被遗忘者接近,毕竟他们也是因为我而得病和被遗忘;我得给那些无望者和误入歧路者、给那些被生活异化的人和在生活中遇到麻烦的人提供一个庇护所,而这个庇护所也仅仅是虚拟的、想象中的,建立在虚构中的,它也仅仅是我说的一个词而已。那可能是一个句子,我在一本书上、一首歌里或者邮件或者博客上想到的,我在那里停留,在想象中愿意提供我的帮助,有时甚至真的取得了联系。但语言目前并不值得信赖，然后用编码变身成了滑稽可笑的东西，那些想法被歪曲了，因此上述消息就我来看在其他人那里被视为威胁，而不是被视为救助建议，尤其在女人们那里。至于躁狂症患者感觉自己令人倾倒，在无意识中或许也敲动了对艳遇的兴趣，这个也将整体情况歪曲到了完全令人尴尬的境地。那个通往短期脱口秀主持人的脚步并不遥远，而那样的指责直至今日依然传遍了世界和网络。暗示和疾病有关系，表示抱歉，这个很少有用，至少我的情况就是如此。有些人或许甚至卡在了那些故事里，然后就忘记了尽管发生了躁狂症的任何失足，一个人仍然坐在另外一端，而他多年来恰恰和那些事情较量着，直至流血，直至流出他自己受病菌污染的血液。

28

周复一周的时间被抗精神病药毁掉了。我不再知道自己怎么重新出院的。病人并没有将精神病院视为治疗的机会，而是将它看作适用于越狱逃跑的监狱。现在，我马上完全自由自在了，那些社会关系解除了，或许当众冒犯过那些人，因为我想这么做。我和阿洛夏不再有联系。其他人还过来看望我，但这种事越来越少，变得越来越少。而且这种看望对来客而言也实在是极其不舒服。人们不是直接到医院，给骨折的朋友送去鲜花。人们作为不情愿而又不幸的游客到了恐怖中心，然后还被恐怖的人戏弄。有些人无法和他们打交道，我理解这一点。我或许也无法理解这一点。

作为真正自由的极端分子，我在这一地区东奔西走，变得越来越难以捉摸。我旅行去科隆，参加某个重大文学活动，尽管我通常回避这些活动。我被安排在那里朗诵。这次朗诵也出了纰漏。我到得太晚，因为又错过了一班火车，自命不凡地抽烟，尽管吸烟是禁止的，给出了好斗而荒唐的回答，差点儿毁坏了麦克风。假如主持人帕特里克·胡切不是那么深思熟虑的人，恐怕我的火气还要更大。至于我母亲、我阿姨和姨夫出人意外地参加朗诵会，我觉得这很荒唐。即便面对组织者，我也是表现出无端好斗的态度。到了晚上，我（真的）握了握帕蒂·史密斯[①]的手，向爱丽丝·施瓦泽[②]致意，到了早上，我和罗杰·威廉森[③]胡扯了一下夏洛特·罗谢[④]，然后坐在旅馆休息厅的钢琴前，在上面胡乱弹奏起来。恐怕我都不必提及我是不会弹琴的吧。

然后，我还在科隆待了两天，住在切尔西旅馆，因为我又受了马丁·基彭贝格尔的影响，众所周知，他和那里的房主完成了一桩交易：艺术对垒住宅。对基彭贝格尔是合情的，对我

[①] 帕蒂·史密斯（Patti Smith，1946— ），美国摇滚女诗人、画家。
[②] 爱丽丝·施瓦泽（Alice Schwarzer，1942— ），德国妇女运动的领袖人物，女权主义的象征，在德国家喻户晓。
[③] 罗杰·威廉森（Roger Willemsen，1955—2016），德国作家、散文家和电视节目主持人。
[④] 夏洛特·罗谢（Charlotte Roche，1978— ），德国演员、编剧。

也会是合理的，因此，在两天四处乱串之后，我把写得密密麻麻的便条本留在房间里，没付钱就溜之大吉了。

29

我站在贝格海因前时，已是中午。我和阿洛夏多年前常常到这里来，在天花乱坠的广告宣传之前，并且对这座发出悠远响声的黑色而庄严的大教堂表示过赞赏。此刻，我又一次站在它面前，奇怪的是，这次手里拿着海伦娜·黑格曼①的《路杀蟾蜍》，我将这本书视为送给自己的礼物，可我也感觉它也是灾难性地中了人民舞台的毒。这本书简直不忍卒读。对，书里混杂着无所不在的"波莱希言论"，它也早就渗透到我那些朋友的谈话中，虽然作为自以为知情的、否定自己身份的态度非常合适，但是基本上只是和成为时髦言论的情况一起装饰一种空洞的认可。在市民性被修饰得很颠覆的这种金碧辉煌的镜子大厅里，人们可以确信彼此之间毫无恶意的疏远，然后继续越来越轻快，越来越巩固。而且这也还可以眨眼示意。

我站在那里，周围没有排长队。斯文·麦夸特露面了，看着我，目光盯着那本书，想问我现在是否想在这里为黑格曼庆生，或者类似的事。我不禁哈哈大笑。他傻笑着，向我挥手。

那里面期待我的是暗中汹涌的天堂。音乐立即传入我的全

---

① 海伦娜·黑格曼（Helene Hegemann, 1992— ），德国年轻女作家、演员。

身毛孔里。我是音乐的一个功能。混乱的脉搏不知从哪儿来，突然向我袭击。某些东西似乎在哪儿"计算"和"抽气"。它驱使并带领我深入由钢和肉构成的组织，穿越轨道，用低音作为路牌，它可以到处、在每一个偏僻的角落犹如在人头攒动的舞池中央，将它的幸福敲击到我的嘴里去。我一下子喝掉了两三杯酒，我的脑子直接被音乐震晕了，我跳起舞来。我跳舞，和陌生姑娘一起醉心于强烈的节奏中，唰拉过去了，唰拉过来了，举手击掌，再举手击掌。喝着大杯饮料和啤酒，迷失在这种节奏强烈的音乐中，喜欢这种音乐，想最好在亢奋前把我的头颅靠到沾上汗水的墙上。在自动售烟机上丢了五十欧元，现在无所谓了，手舞足蹈地跳来跳去，和人接吻，不管是谁。继续跳舞，随便坐在哪儿，说话，走路，站起，走路然后跳舞，终于很随意地在金字塔似的形象上，似乎是在一个宝座上坐下了。女人们分散在我四周，犹如女水怪在我脚下，然后在尼普顿海神祭坛前和祭坛上躺下了。我突然领悟了，因为我希望自己就是那个海神。希腊神话的联想真的出现了，绝美绝色的半神半仙，命运三女神和林泽仙女们，在没有水的地方嬉水，空中水族馆。那些动物无言地彼此寻找，联合起来，毫无痛苦地分手。这里出现了一些原始古风，我沉浸其中。

我一定是在里面待了二十四小时。

然后我看到了毕加索，顿时气坏了。人们一定是在看个明明白白，当有人自以为是地把柏林一家电子音乐夜总会里的年轻人看成早已去世的上世纪权威艺术家时，他一定是多么困惑。

毕加索坐在厕所里，和某些都市美男爵士音乐迷费劲地闲聊，系着腰带，带扣上写着金色的印刷字母"操"字。他为此表现出特别同性恋的男性气概，当我停留在他面前时，他用那双圆滚滚的儿童般审视的眼睛注视着我。我马上激动起来。他在这里干什么？我想都没想就把我的红酒倒进他的怀里。他应该冷静下来，这个世纪艺术家！

究竟为何要红酒呢，今天我在问自己，我几乎从不喝红酒。或许夜总会里那种古希腊情调诱使我走进沉甸甸的一群人中。无论如何，毕加索当然要发火了，他一跃而起，于是我就滚蛋了。他跟着我，爬上楼梯，爬下楼梯，我终于想：妈的，如果你做出这种操蛋的事，如果你把操毕加索操葡萄酒倒进他的怀里，那么你也得向他自首。于是我在金属栏杆上站住，冷冷地看着他。只听唰拉一声，他像是磁带快进一样地向我走来。我们之间发生了抢夺。我永远无法容忍毕加索，这一切从他身上流出来，太有机、太乏味、太自然，而且没有折射或者反射，是一种天然高能蜂蜜。我或许也是妒忌他这种由我命名的"生物自然性"，悄悄地，不如说是无意识地。可毕竟这一切只是精液。来自安全局的一个人把我们分开了，我向毕加索道歉，跟那名安全人员说，他完全不必说什么，我现在已经受够了，一定会自愿离开那家商店。于是所有的人都放松下来。我拿好我的夹克衫走人。

那就是毕加索了。必须想象一下。

二〇一〇年

30

这条狂妄自大的超级明星林荫大道,我在疾病发作时沿着它反复地奔跑,它当然暴露出将目光聚焦于名流豪杰的特点,而这种聚焦在我健康时期也已经超出了正常尺度。从中流露出一种奇特的虚荣心,一种对归属和伟大的渴望。

在我的青年时代,我的身边周围起先没有榜样可用,一切简直狭小而可怕,也就是说必须从远方把他们搞来,那些榜样,那些明星。我每周到新教图书出租处查找,那些志愿者在窃窃私语,那"该如何处理是好",而书里的远方是一种承诺,一种对未来的打赌,一个供我使用的空间,一条直接走出狭小的道路。因为艺术家从他们的缺点和狭隘中制造出某些其他东西,某些敞开内心的东西,向自身之外的远处看到的东西,那是艺术,是把我吓得张口结舌的赤裸裸的艺术。我发疯似地阅读着,越来越和外界隔绝。内心流亡、双重生活,我早就明白,说得夸张些,也许指的就是这个。

青年时代那种与音乐、文学和明星相关的兴奋能力,难道已经是疾病晚期的预兆吗?这种深入,这种逃避现实,它们有着躁狂的特征吗?而且这种彼此相反的诊断,目前只是还很少感动我或者完全触动我,它不仅是一种年事已高的通常结果,而且也是药物引出的后果,它们从一开始就扼杀了过于伟大的感觉吗?

一旦生一次病,一切都成为可疑的了。

31

我偶然遇见并且让我马上明白的一个有趣的论点，是将双相障碍的发作和另外一种个性过度拟合趋势联系在一起。这样一种身体素质带来的强烈的内心冲动，在健康时期为了社会功能正常而受到严格抑制。还有，人们愿意过度迎合周围的人的心意，没有足够地确定界限，也在没有其他人察觉到的地方感觉到激动，愿意统统完美地履行任务和义务，直至，正如一位专家表述的那样，人们将被"所有的要求，不管是陌生的还是自己的要求杀死"。然后，这就太过分了，以前如此顽强的自律，裂变成丧失自我的无数碎片。

伴随着躁狂症的是这种感觉："现在第一次真正地活着，现在第一次真正地认识和提高自己的声音。"迄今为止我一直是沉默的，现在我开始说话了。迄今为止我一直被周围的一切欺骗，现在我认为应该有这个权利。而且它可以通过偷窃、吵闹，通过失控完成，而其强度则一次次地加剧。那些具有的几乎不存在的特性，迄今为止只有个性的细微差别，则变成了荒诞的失真。内部的紧身衣爆炸了。

我这里虽然一直喜欢反抗，由于一种透支的正义感，只要没有丧失理智，它就在一本正经的抵抗中反映出来。总是也有一种畜生想成为另外一种畜生的愿望干预到任何一种附属意志里。然而，在疾病中，这种畜生成了怪物，期待的正义成了自我过度。

二〇一〇年

它在极点、过度拟合和个性对抗之间来回噼啪碰撞。出身及其后果简直是无法摆脱的。我也希望始终通过出类拔萃的能力合法地知道青年人的反抗。因为只有从高超的技巧出发，我才可以提出要求。不知某个时候，出于压力的推动，我在青少年时虽然很胆怯但很明显地用一把剃须刀片切开了我的大腿。今天它有可能被充当精神错乱的确凿无疑的证据。但当时还没有这种疾病，谢天谢地。谁也没有发觉这一点，除了体育老师，而他没吭一声。

32

又是库布里克[①]。我站在这个寓所里，它马上就不再是我的寓所了，我要复制一个月球表面。基于一次不幸，这很有必要：我已经在昨天，或者前天，或者也许一周前，在地区范围内把另一个我"让-克里斯多夫·冯·图卢兹-维克斯哥戈"的标记喷到厕所前的走廊墙上，色彩丰富，刺眼地闪耀，非常成功。那个标记是一只歇斯底里的公鸡。它由一个圆里面加上一个点组成，尾随在下面的是两条奔跑的大腿，圆的左边是用两条努力分开的线条，表示发出尖叫的鸟嘴，上面还有鸡冠，有时只是一个逗号，有时是一种朋克状凸出的七色彩虹。这也就是图卢兹-维克斯哥戈的标记，一个沉浸于抒情诗的冰岛物理学家，

---

① 库布里克（Stanley Kubrick，1928—1999），美国电影导演。

他在柏林做客，在博客上以虚幻的语言描述达达主义的东西。

是否我的另一个名字和那个我熟知的导演扬-克里斯多夫·哥戈有关，我不清楚。我想，倒不如说无关。然而，这样的证据还是传给我听了。我很想以最友好的方式阻止它。我仅仅在一个名叫"狐穴"的酒吧里偶然听到了"维克斯哥戈"这个词，当我听见那个家伙亲切地辱骂另一个家伙时，或许我也已经搞错了，我将前者视为彼得·汉德克的一个侄子，他每天以完美的每日文字将提供的新午餐贴到外面的黑板上。不，行，它和扬-克里斯多夫有点关系，但不是内容上的。因为扬-克里斯多夫很了不起。可是让-克里斯多夫·冯·图卢兹-维克斯哥戈更厉害！他是不可战胜的。而且事实上他是全市街谈巷议的话题。因此，演员罗伯特·施塔特洛贝①在克罗伊茨贝格的太阳下伴随着伪装手机对话的窃窃私语向我暗示，他和他的伙伴们运用我的这种艺术创作玩得非常愉快："对这个维克斯哥戈，我要感谢你，"他对我傻笑着，还补充了一句"维克斯哥戈，那是我！"事实上，他的外表大约符合我对冰岛怪人的想象。

然后我还是想要给这幅刺耳而美丽的图画涂上颜色。我拿起大量购买的白漆，然后重新给这只滚圆的公鸡涂色。不过，由于歇斯底里的疏忽，我踢翻了那只油漆桶。我先是烦躁地打量着这个渐渐漫延的油漆，然后我想要阻止它，用一只脚踩踏

---

① 罗伯特·施塔特洛贝（Robert Stadlober，1982— ），奥地利演员和音乐人。

二〇一〇年

进去,很奇怪,最后固执地走过了整个屋子。于是,白漆分散开了。现在我由此创造出了一件综合艺术品,用床单、弹簧,还有更多的油漆,一个跳跃设备,以及劣质墙上的月面环形山,那是我用拳头敲进去的。这一切反正真够好莱坞的了。至于库布里克,我们的登月骗子,死了——反正谁也不能跟我讲述这一点。

居住情况变得尖锐化了。我果真必须马上搬出去。那又怎样!在中介的催逼下,我甚至看过两处住宅,然而他们都没有答应我,或者是我没有答应那些人,或者谁都没有答应谁。此外,我已经很清楚地听说,提供第一个居所的拥护独立运动的女人,背后悄悄地跟我说了一句"我讨厌你"。现在,这种寻找的事当然已经成为过去。

一些东西可以找到。一些东西总是可以找到。我不知道,是什么,我也不知道,是在何时。可是,这个连接主语从句,我肯定知道这个连接主语从句。警方毁掉的那扇门,现在就躺在下面的马路上,门上用字形和小信息点缀着。它大概价值几许呢?还没有谁把它带走。

33

后来我真想把那扇门重新抬上去,把它平放到地上,把洞眼填满,在上面补上一把椅子,此外还有一面旗帜,终于在一天夜里把它从科特布斯大桥扔到战时后备军运河作为声明,这个声明也随即收获了河岸边的掌声。这种奇怪的竹排慢慢地赶到下面的运河里，在差不多同样的地方，我在那里把我从《时代》周刊抨击策兰的文章收到的愤怒的读者来信散落到四处。我从后边望着那个竹排，料想它要去的路途。

我只是还在装病中生活，相信任何一种阴谋理论，而从总体上却是任何一种都不相信。这个故事是迄今为止最大的虚构。那些时期相互交融地展现在我内心的眼睛面前。这种历史编纂学只是为我的关注而战，为我，为世界精神的实验，而世界精神就是我。大屠杀真的并没有发生过。即便这一点我也相信了好几天。丘吉尔、斯大林、希特勒、张伯伦已经商定好了，不，所有的人都已经协商一致地只是假装这个灾难，以便防止下一个人的危险，以及将他周围爆发出来的斗争引导到那些被模拟的界限之中，然后虚假地首先实施。因为，我如是想道，人类弄出像这种大屠杀那样如此不人道的事情，这可本来不会是这样。有着人类正常思维的人简直不可能做出这种事来。我总是把所有这些事实记在脑海里。在历史课上，老师在提及"这个永远不许重演"时曾经意味深长地注视我，而我的目光也碰到了安娜贝拉的目光，她是班上最聪明的美女，并且我们没有知情却以某种方式知情了。我永远不理解那些事实，或者还是理解，当然理解，但永远不是真正领悟。而现在，我也知道为什么了。

民族大迁移正在悄悄进行中。那是《圣经》所记载的事件。我被淹没在里面。中世纪至今，究竟过去了多少年？究竟是哪个中世纪？而且究竟有多少人？或许比他们一直宣布的少得多。中世纪才四代以前的事。或者是三代之前？无法忍受，那些想法，那些谎言。希特勒在新闻电视台咯咯笑着说出我的名字。再来一杯啤酒。

34

靠近现在越遥远，谈论那些事情就越困难。克瑙斯加德①，我们所有人的帅哥靓仔，顺便说一句，我不相信他说的任何一句话，他说一个人可以写自己亲历的事，那是在十年以后。或许正因为如此，我才感到那么痛苦。或许也因为那是迄今为止最为残酷的精神病，伴随着最大也最严重的后果，最漫长的，最糟糕的。或许也是因为我真的成了一个傻瓜。一个人如何谈及自己作为一个傻瓜的事呢？

但或许恰恰也很简单，因为这要在过去多年之后。记忆还没有形成为历史。由于毒理学的缘故，它无论如何受到了相当大的损伤。由于药物和酒精的作用，思维退回至一个经久不变的、不再可以解决的谵妄之中。如果必须的话，有时我还可以成功地像一个演员那样登台表演，可以扮演某一个角色，好时而给他的周围环境暗示他基本上还起着作用。

但内部的一切都乱七八糟。而在外部，几乎不再有人剩下了。

---

① 克瑙斯加德（Karl Ove Knausgård, 1968— ），挪威作家。

35

那个苹果电脑专卖店的员工，我把那台被颜料弄脏的电脑放到他面前，对于我说我在家里只做绘画工作的说法，他笑着问："用电脑吗？"那个招商银行女员工，我给她作了一个简短演讲，说我现在为什么以及以哪种途径到哈佛大学去，随着惊呼一声："梅勒先生要到美国去了！"她给我开了一个银行账户连同马上变成零的信用额度。那个地方法院法官，当我以怀疑的目光看她时，她也以怀疑的目光回看我。那些朋友，我在他们家里借住一天，后来还借住一天，他们试图完全理所当然地忍受所有的一切，当我带走有押金的瓶子时，他们表示感谢，尽管他们一定可以猜想到我是出于经济窘迫而不得已为之。大街对面的出租司机，我将他挥动一包万宝路香烟的手势（还不止一次朝我的方向挥手）解释为团结的手势：我站在你一边。那个出租司机，他对我说"再也不去苏打水俱乐部了"，因为我告诉他，那里二十出头的人表现得多么敌意，他们对飘荡在空中的自己又无法解释的新生事物完全不知所措，处在一种来自散发香气的肠胃气胀的气泡里，而这种味道自从禁烟以来持续地而且到处可以闻得到。"我们中一个人在撒谎，我们中一个人要死了"① 那个舍内贝格的意大利年轻服务员，他端来比萨的时候，悄悄对我说，"你这个同性恋犹太人"。那个在弗里德里希大街站宣布自杀的流浪汉，

---

① 这里原文为英语，改编自 ABBA 乐队的一首歌曲《我们中一个人》。

就在奥巴马恰好在我前面乘坐自动扶梯上去之后，他转过身来，然后在一种意味深长的眼神交流中不必再和我说什么话了。我对"汗衫"没有什么新的热情，那是缝线内衣，说唱歌手风格，艾米纳姆在角落。乱踢市中区那家咖啡馆的马路陈列品，调皮的克劳迪乌斯·赛德尔①在等候电车时观察，好在后来回答，恐怕我也已经在上午喝了几杯啤酒了。米夏埃尔·米尔豪斯，"布鲁姆菲尔德"当时的键盘手，一天晚上在"玛丽亚"夜总会前倾听我说话，而且或许不做评价。那种认识，当人们在人行道上和在咖啡馆里提及我时，他们近来喜欢使用"托马斯·米勒"的代号；人们谈论我时，做出好像在谈论足球明星一样。与此同时，那些直升机，从远方嗡嗡地飞来，它们在观察我，镇住我：注视者成了被注视者。那个女人，在我筋疲力尽地躺在莱比锡车站的柱子旁阅读传记的时候，她露出拉美人的牙齿冷笑地问我："那是你唯一的爱情吗？"超验默想。那种想法，即耶稣是所有躁狂症患者的原型。在阿多诺《最低限度的道德》的书里那一段，在这句"完全行不通"的空话中已经认识到潜在的夺取权力，然后像一张所有病患的原图一样持续不断地陪伴我：这种拒绝、这种排除的漩涡，它使拒绝和排除的东西变成一些不可避免的东西。一个相识的人的突袭，当她在楼梯间听到咚咚咚的脚步声时，她惊恐地问我，她在我的眼皮底下惊慌失措、砰地关上大门时我是否喝过酒了。和阿格娜丝在"汽车旅馆一号"，我应该在那里静下心

---

① 克劳迪乌斯·赛德尔（Claudius Seidl，1959—   ），德国电影评论家。

来；她支付任何费用。经常看电影和视频短片，在各种频道上，还要拯救年轻人的使命。雷诺，在我把电脑忘记在一家敌意的咖啡馆之后，他又一次拯救了我，只见他对着弥漫在空气中的感觉和谣言贪婪地深呼吸，然后在走过我身边时用他深沉的声音提醒我："你忘记你的电脑了"，于是我真的回到了咖啡馆，找回了我的电脑。然后是马蒂亚斯·利利恩塔尔[①]，在一次由托马斯·迈内克[②]参加的"电唱机"之夜我把他的眼镜从他的鼻子上打了下来。尤勒·伯韦，在"保险柜"俱乐部举行的黑格曼生日会上我曾大言不惭地宣布只为她创作一部新剧本。帕特里克，我在延斯·巴尔策[③]的"罐头音乐会"上和迪德里希森一起又见到了他，他在疏远之下几乎找不出一个词来。那位烤肉师傅，在交给我烤肉卷饼时胆怯地对我耳语道："再原谅我一次，行吗？"最后是那个衣衫褴褛的家伙，他在戈尔茨大街上拦住我，然后绝望地笑着注视我："他们在给我们所有的人吃药，明白吗？"

明白。

36

还有苏尔坎普出版社。几日之内我也在那里毁掉了我的名声，引出了一起小丑闻，阻碍了接下来的任何合作。自从一月

---

① 马蒂亚斯·利利恩塔尔（Matthias Lilienthal，1959— ），德国艺术家。
② 托马斯·迈内克（Thomas Meinecke，1955— ），德国作家和音乐人。
③ 延斯·巴尔策（Jens Balzer，1969— ），德国记者、艺术评论家。

在出版社搬迁至柏林之际我被邀请参加他们的招待会却因为我要交出第一篇稿子而无法到场之后，我让同行努斯鲍迈德向那位女出版商问候，而且是果断地（而且恰恰很躁狂地）："从精神病院"。我觉得这个补充很重要。她用那句话转达对我的问候："我们关心这事。"

这是什么意思？没什么意思。当然谁也不会关心。不管怎样！可这个小句子搁下了，它总是让我不安。出版社究竟想如何关心这事？需要对我惨遭磨难的生活给予秘密的吁请？需要西格弗里德·翁塞特的恳求吗？需要思想传递吗？我的责任编辑从来没有到我这里做过客。嗯，不管如何，她目前已经辞职了。因为所谓的"苏尔坎普肥皂"仍在被续写，一个很明显的"人才外流"削弱了出版社，一种古怪的所有权诉讼几乎使它耗尽了。出版社曾经是黑暗的德意志联邦共和国时期理智讨论和反抗诗歌的命脉，它似乎在我们的眼前瓦解了。而看到这一幕，我的眼睛因为超级压力而泪流满面。

搬到柏林是一个错误，而现在他们还在市中区开设了一家商店，好庆祝这个错误。他们难道不知道大城市里那些怀才不遇者完全疯了吗？这不是已经被证实了吗：人们生活的城市越大，患病尤其患精神病的风险越大。那是五月，而我，那只被折磨的狗，这个流动的出版社标记，做好了准备，手里拿着啤酒，思想狂热而中毒，以便一起开设那家商店。然后是我的争吵很费解，我骂朋友努斯鲍迈德是"狗娘养的"，我几乎不说话，网络可以从这里连接到那里，直至我终于看到那个女出版商，她的胳膊用石膏固定住了。

胳膊用石膏固定住了！

当然是伪装，马上被我揭穿了。一种伪装，一种团结姿态，一种戏弄。和整个人一样那么"虚伪"，在我看来。在随后的情感冲动中我奔向这位女出版商，就我所知，撞到了她的后背上。或者是碰到了她的石膏？想象和谎言的时代应该有个了结，我必须发出一个小小的信号，这种正直之人的反抗，而正如外面所传的那样，由于我本来就是一个极端而又可怕的人，这个信号必须是身体上的，才能切开这种赤裸而虚伪的家族链。然后我离开了那家店。

《法兰克福汇报》写道："女出版商乌拉·翁塞特-贝克维茨克很晚亲自来到那家商店，在策伦多夫一次跌倒之后她的胳膊上扎着绷带。一名表现出好斗的男子突然破坏了她的好心情——是一个遭到拒绝的作者吗？至少完全可能以为，弗兰茨·毕勃科普夫[①]从他的茅屋里下来了。"

是弗兰茨·毕勃科普夫。

很心酸至少：那些回忆、那种羞耻、那种驱散它的冲动、那种抗拒。当我想起它时，它就在我心里震动了一下。

她接受了我的道歉，两年后。

[①] 德国作家阿尔弗雷德·德布林（Alfred Doeblin，1878—1957）的小说《柏林，亚历山大广场》里的人物。

37

  类似的是数日后一次莱纳德·戈茨朗诵会，我由于不停的呼喊和错乱时刻而离开，使我越来越深地陷入错乱的啤酒寂寞中，表面上看似心情很好，实际上恶劣到了极点。戈茨，我和他数十年来同样保持着类似强迫症那样的关系，目前他被压抑太多，似乎无法对付这件事，无论如何。或者是他通过不对付，也就对付了这件事。偏偏到最后我还让他在他的一本样书上签名。一个熟人后来说，他本人完全没有把它看得如此糟糕，我恐怕擅自扮演了布考斯基①角色，而且这个角色大概我绝没有演得很差。这当然是一种友好的解释，用冷静的视角看待那些东西，但很遗憾这种解释不对。更确切地说，这个视角是对的，冯·洛措下午某个时候对着我的脸斩钉截铁地破口大骂："神经！"而德特勒夫·库尔布罗特②的看法大概最靠谱，尽管这种看法也使我感到意外，因为尽管我想到了那个神经，但并没有想到这种道歉强迫症："或者是那位同事，他整个下午在休息时间里神情烦躁，我因此也不是完全有把握，是否我视为令人讨厌的东西，并非归咎于内心震动，而是酗酒过度。可以说，整个下午，他以某种方式茫然若失地越来越陷入完全神经紧张的行为而不能自拔，又是一再表示抱歉，好在以后又一次更加折

---

① 布考斯基（Charles Bukowski, 1920—1994），美国诗人、小说家。
② 德特勒夫·库尔布罗特（Detlef Kuhlbrodt, 1961— ），德国作家、记者。

磨你。然后到了后来,他又很激动地说,那是他曾经去过的最好最棒的朗诵会。"

从那时以来,我至少无法再在某些人眼皮底下好好露脸了。然后,谢天谢地,我就不打搅商店和出版社了。

38

漂泊之旅开始了。我没有移交就搬出了住所。他们应该直接用押金修理那些损坏的东西。可他们以前一直想扣除那笔押金,对吗?现在他们至少有了一个理由。有一个月时间,我搬进了市中区一个熟人的车库里住宿。某些事还真的就发生了。很遗憾的是,我开始在仲夏时节用我的旧书稿点燃了他的取暖器。此外,我重新非常大声地听音乐,纯粹出于偏执狂在门口建了一个用电缆和秤砣做成的安全装置。在邻居们向他报警之后,他在一次登门检查时干干脆脆把我赶了出去。我马上在一对友好的夫妇那里找到了住处,我给他们放映史蒂芬·弗莱[①]的文献记录片《躁郁症患者的秘密生活》。奇怪的是:我可是显然意识到自己病了,否则为什么要向他们展示弗莱电影的自我侦察呢?可这种意识稍纵即逝,和那些摇晃不定的心情联结,因而即便在更清晰的瞬间也无法和真正的自知之明联系在一起。我意识到自己的疾病,可然后,在更高的指引行为的水平上,

---

[①] 史蒂芬·弗莱(Stephen Fry, 1957—),英国演员、作家和纪录片导演。

却又完全意识不到了。

我离开了那对夫妇，继续四处流浪。走过酒吧和音乐会，首先是在克罗伊茨贝格。在古斯塔夫乐队的一次音乐会上，我遇到了阿洛夏，但没能再碰见他：他的心思在音乐会上，我的心思在音乐会之外翱翔。一场短暂的艳遇让我在她那里过夜了几天，然后她就把我拖到了一个廉租房中介所，我在那里很快找到了一个新的住处，又是一个月时间。房东还说，我不许在居所里抽烟。我摊开我的衣物用品，至少是剩下财产的一部分，然后试图平静下来。换而言之，我还飞得更高，在波恩又有了一次艳遇，她从经济上养活我，我来回旅行，总是沉醉其间。

而且我在社交网络上还要更疯狂。我一直拒绝使用脸书；但现在我不仅使用了一个账号，这个账号在伦敦确实拯救了我，而且还使用了至少三个，在那里突然和我自己结婚了。此外，我重新成了魔鬼，谩骂那些人，除了留下足迹外还在某些具体问题上大发脾气，把所有的一切都理解错了，显得不知廉耻。私下里我硬说是所有的人一直欺骗了我一辈子。

直至今日我一直深受那些活动后果之苦。那些新近认识我的人，受到他们朋友的警告：那是个疯子，一个狂热分子，一个危险分子，甚至在一个特别顽固的情况下，一个迫害狂。我接受这些指责，表示很抱歉，但也试图解释，我在那段时间里有病，可能一直在生病，然而躁狂的阵发使我写下和做出这些我在其他情况下不可能写下和做出的事情，出于歪曲而错误的感觉，出于暂时性的妄想，并非出于慢性的人格障碍，它即便现在也不可能让我放弃当时的行动。因为这是一个巨大的区别，在这一点上我愿意关心秩序。只是有时做到而已。

当那些人还一直提防我的时候，我就问自己：或许我是一个麻风病人，我有一种可怕的疾病吗？然后我就马上给出回答：对，我是，我有。

而心里有些东西在发疼，然后渐渐死去，石化了。

39

对自己无法领会的事，应该如何向他人解释？如何让他人明白，虽然是我干出了那些事情，但又不是我干的呢？那是一个间隙，即便不是我身上的深渊，我不得不和它生活，有时我试图填平它，它一直在那里，是无法填满的。我试图过一种差不多是中产阶级的生活，似乎永远失败了。行，我接受了，我将忍受这一点直至生命的尽头，或许继续写作，或许不写了，那是我唯一的避难所。可是，那些窃窃私语没有停止，直至今日，多年以后，还没有，以及中等恶意的流言蜚语，那种潜滋暗长的造谣中伤。那不是引来移情作用的疾病，我也不需要索取这种移情。我不想寻找这种总出口，我也不想把一切都推诿到疾病身上。但从长远看对病人有某种应变能力，某种坦率和谨慎——

我试图对此置之不理，并将我的未来人生视为对抗的试验。

二〇一〇年

40

爱变得越来越艰难。亲近的尝试有着某种有罪和狡猾的东西,被成千上万个传闻包围着。就连愤怒也不得不被压抑下来。我不可以再愤怒。愤怒是可疑的。其他人可以发怒的地方,我必须在那里甘坐冷板凳。还有什么属于艰难、怪异和社交恐惧症的个性,还有什么属于这种病象?老到的挑衅是什么,无法控制的发飙是什么?我的观点不是一直被视为曾经是疯子而且可能永远是疯子的观点吗?而且我究竟应该关心这事吗?

这是无法解决的。"新奇""非分""古怪"和"病态"之间的界限是模糊不清的。适用于其他人的东西,不适用于我。

我克制我的蔑视,装扮成背离社会习俗者。

我已经完蛋了。

41

我没有。

42

要是你们知道那里之前摆放着什么,那该多好。

43

房东进来了,我躺在床上,喝醉了酒,人垮掉了。他和一个朋友一起进来了,他大吼道,我这个垃圾究竟应该在这里做什么。我一定在这个屋子里抽过烟了,他可以闻得到。他当然看出我疯了,然后给我下了逐客令,限我三日内从这里搬走。

一个女友,安雅,突然揽下了我的事。类似一种接力棒似乎悬浮在空气中,还有人有时真的抓住了它。安雅以未来电影导演的果敢关注着临时秩序。她故意挑起和房东的争吵,让一个友好的大夫替我在市中区圣黑德维希医院的戒毒病房安排一个床位。她劝说我自行上医院治疗。她说,虽然我只是有条件地住进戒毒病房,但整个精神病院团队很好,我需要首先安静下来。当然我现在又是无家可归者了。尽管我不是很清楚,但安雅很直接地关心我有个栖身之处。然后我又重新受到大夫的照料。

她以惊人的干劲和活力收拾我的东西。我只能仓促地给她搭搭手,并且对她显露出来的速度表示惊叹。我们重新包租了一辆搬家车,于是我把我的物品整齐地装进城西的一只集装箱里。

44

这段时间,我一贫如洗。我本来应该为乌珀塔尔的戏剧节创作一部戏剧，但一直推迟交出第一部分的台词。我想好了一部围绕艾伦·图灵①的科幻场景，我已经将这部戏剧命名为《旅行》，买了好多菲利普·K.迪克②的书，读上开头几页，浏览一下，放在一边。我找过濒临死亡的弗里德里希·科特勒③（"因为这里还有这么一个王八蛋"，他的女秘书在会客时间对着话筒发出嘘声），然后和他商讨过这种突然产生的对性理论进行图灵测试的想法。我原本以为可以在三日之内写完这部剧作。当然不可能。我仅仅反复不断地给图灵本人画画，迷失在他的生平里，然后至多完成三页达达主义的对话。那些到最后只是还富有联想地和这种主题范围有关的许多图书和大纲，我马上又以原价的一小部分卖掉了。

不知某个时候，我还是放弃了这部戏剧，团队在最后时刻选择了一个替代项目。

安雅每天看望我，给我带来香烟，我母亲再转账支付这笔费用。当我们在外面宽敞的内院里抽烟时，我还一直傲慢自大地劝导她，卖弄那些原理和笑话。她坐着，我站着打手势，有时骂她。但此外，我在病房里显得很安静。我讨厌这里，在服用精神药物者和酗酒者中间也没有交到朋友。有几个夜晚，我们四个人必须睡在一个为两个病人准备的房间里。我没有闭上

---

① 艾伦·图灵（Alan Turing，1912—1954），英国数学家，计算机科学之父。
② 菲利普·K.迪克（Philip K. Dick，1928—1982），美国科幻作家。
③ 弗里德里希·科特勒（Friedrich Kittler，1943—2011），德国学者和媒体理论家。

眼睛死去。

两天后，有一位护理人员说，即便曾经有过，脱离酒瘾的症状恐怕现在也已经过去了。不，我没有酒瘾，真的。然而我还是在病房里待了大约四周。而我的幻想还久久没有过去。

45

"内科诊断：综合健康状况和营养状况良好。心脏：心脏收缩（2/6），最高第五肋间室左。肺：通风良好，肺部听诊，无病理性杂音，呼吸移动性良好。腹部柔软，无器官病变，对病原体无抵抗力，无压痛，蠕动均匀。肾房有空隙。无腓腹压痛。足脉两侧可及。"

女演员玛莱卡也来看过我一次，我也为此感到高兴。我们在梦碧幽公园里散步，我记得我特别有意识地"大步向前"。我和玛莱卡还在几周前到维也纳做过短期旅行，那次旅行同样灾难性地结束，我几乎再也不愿意唤起对它的回忆。我们拜访过歌手法尔可墓地和位于斯泰因霍夫的托马斯·伯恩哈德医院。我们以疯狂的速度，正如我后来听说的，迈着沉甸甸的脚步，通风良好地走上鲍姆加特纳高地疗养院，她穿着飘逸的外套，充满激情，我则是永远口若悬河。我们投宿在一对夫妇家里，玛莱卡的编剧朋友。我们去吃中餐。

可突然之间，就在第二天夜里，我觉得一切如此虚假，瞬间怒火万丈。我对着全世界吼叫起来。玛莱卡试图让我平静下来，可是没有如愿。我不知道为什么如此怒气十足。这一定是和我在那儿身处的中产阶级和麻木状态有关，也和这样的事实有关：一切并没有如我所希望的发展下去。可是在我持续变化的想象中，我基本上不知道自己想要什么，它应该如何发展下去。发展？如何发展？究竟是什么？

玛莱卡尽管疼爱我，但无法挽留我。次日，我们各走各的路，我在维也纳瞎跑，我不认识它，它也不认识我，我又一次处在最凶的躁狂症的风口浪尖。我无法摆脱我的疾病，错过了火车，在不知哪儿的绿化地带过夜，在一家点心店的后面，有一个自以为是的莱因哈德·费德烈希[①]在那里喝啤酒，取笑我。在反反复复之中，有一句话始终萦绕在我耳边："你在夜色中看到过维也纳吗？"迄今为止没有，多谢关心，可是现在，我亲爱的，现在我看见她了，而且正如我看见她的那样，夜色中的维也纳，我一头扎进夜色之中，那些大教堂和街巷从我身边飞驰而过，那种甜腻腻的东西，那种黏糊糊的东西，濒临死亡的东西，恰恰和玛莱卡一样，恰恰和我一样，如此在彼岸，纵情而绝对具有毁灭性。

两天后，我总算可以搭乘火车到慕尼黑去了。在慕尼黑，我还在玛莱卡家住了一个晚上，她已经回到了她的寓所。可以稍稍喘口气。然后继续前往柏林。只要一听到有检票员过来，

[①] 莱因哈德·费德烈希（Rainhard Fendrich, 1955— ），奥地利歌手、演员。

我就聪明地躲到火车的厕所里。因为这次行程的费用我自然又无法支付了。

46

锂并非由工业界推出的，主治医生在围成一圈讨论时对我说，我们身边那些人都是大夫、护工和心理学家。他说没有任何游说活动，因为它是如此廉价，这种碱金属的盐，众所周知，它在自然界就有。这个主治医生就是安雅推荐给我的。他在作报告时并没有看我，说起话来一气呵成、无懈可击，虽然急促，但表述很清楚，一边还盯着他的卷宗。我尽可能仔细地倾听着。

病人为何拒绝服用精神药物，或者绝大多数重新停止服用，这真的是事出有因。认知能力受到了极大限制，理解和回忆读过的东西和经历的东西变得困难重重，思维的延缓抑制了这个服用了镇静剂的人，降低了他的敏感性，扰乱了他的注意力。社会撤退是其后果，被动性、不如意、不关心。不再对任何东西感兴趣，一种难受的空虚蔓延开来。只有认知障碍很鲜明，它们常常像锂一样随服用稳定剂而出现。对身体的副作用，诸如体重增加、恶心、脱发、性欲丧失、晕眩感，则只字不提。

必须搞清楚他所作论证的险恶用心：这位主治医生并不是用作用，而是用工业来纠缠我。因此，要先发制人，让那种无所不在的怀疑无计可施，即整个精神药物工业只是一部巨大的印钞机，它对病人无用，却错过了有利可图的化学强力药物。

二〇一〇年

他给了锂预先信任,那是其他药物以前没有,也不可能有的。我不知道他是否向所有的或者只是特定的更确切地说是对药物有抵抗力的病人说明这个论据,也就是说一个独立论据。他的话至少在我这里起作用了,也使这种反感减弱了。虽然我还是拒绝真的服用锂,迄今为止我首先是从一首当时喜欢的涅槃乐队歌曲中认识了锂,这首歌曲把锂毫无必要地神秘化了,但他给我灌输了一个论据,那和我迄今听到和看到的论据迥异。数月后,它终于应该发芽,发挥它的作用了。我还不知道这个情况,但我很想将来有一天服用锂。

47

但之前还是继续走下坡路。医院里的社工给我介绍了一个过渡之家的地方。因为我总得在哪儿找到安身之处,是吧?生活格言:在过渡之家落脚!我早就陷入困境之中,需要多年以后才能从累累债务和社会救济中解脱出来,我还意识不到这种情况。我几乎完全没有意识到这个赤裸裸的事实,自己现在要被安顿在一个收容所里。一个收容所是什么?也只是一个房间,那里面有着梦想。而如果是这样,我在想,大卫·福斯特·华莱士不是也发生过这种事吗?乔治·奥威尔[①]不是也作为流浪汉

[①] 乔治·奥威尔(George Orwell,1903—1950),英国小说家、散文家和记者。

在巴黎生活过吗？赫尔穆特·克劳泽①在哈根酒鬼三部曲中谈到的那段时间，究竟发生了什么事？这种把先例引用过来究竟有何目的？这是无与伦比的经验，我只需懂得正确地接受它。我也因此真的容忍一切，容忍这种琐碎的日常，那些忙碌的搬家，那些荒诞不经的谈话，行李里的东西越来越少，脑袋里的认同也越来越少。因为一时对夏洛腾堡的痴迷，我在西区落了脚。于是成了西区男孩：《裤裆大街和奥林匹克体育场落魄记》②。

那里现在是我的营房，我每天都要去仔细搜寻一遍。我查找那个令人厌恶的体育场，从内心咒骂那些纳粹分子，漫步穿过宫殿公园，沿着皇家车行道上下溜达，重新找到了曾经和威廉·T. 福尔曼一起侦查过的那些边边角角，往下去动物园、格鲁纳林区、康德大街。我想起了弗兰克·吉林③，他在这里住过，几个月前酗酒而亡。然后我又是越发频繁地从特奥多尔·豪斯广场乘坐地铁二号线，好去探访以前那些老的红灯区，纯粹出于怀旧。我根本无意去了解自己的处境，只求暂时变不利为有利。

我的耳机里发出刺耳的音乐声，我就用这种音乐声淹没我所处世界的噪音。因为我无法忍受人们的闲言碎语，如果我更侧耳谛听，那种闲言碎语是指向我的，还一直指向我。那真是

---

① 赫尔穆特·克劳泽（Helmut Krausser，1964— ），德国作家、诗人和剧作家。
② 由乔治·奥威尔的《巴黎伦敦落魄记》改写而成。
③ 弗兰克·吉林（Frank Giering，1971—2010），德国演员。

滑稽可笑，我把音乐声调得太高，坐我周围的那些人都在诉苦。若我真没有耳鸣的话，那我一定患上耳鸣了。

帕特里克碰巧看到我戴着耳机步履艰难地穿过布鲁纳大街，他在和阿洛夏谈话时称我是"出租车司机"。而且我就像出租车司机似的在路上，穿着我那件艾米纳姆肋骨内衣，背着两只被塞得鼓鼓囊囊的"Pelle Mia"挎包（有人混淆了首字母），背带弄疼了我那裸露的肩膀。我那躁狂的制服。

有时我身上的钱太少，只好把调味汁倒进我的喉咙里，只是为了过过嘴瘾。我将这一点更多地视为笑话而不是非常时刻：我可真的马上要富可敌国了，而在这里，那个收容所，那些囚犯，那个调味汁，这一切只能是在巨大的决口面前又一次必须幽默对待的考验。然后是俯卧撑。

躁狂症很顽固，然而这段时间我做事比之前更少受驱使了。我的无节制的生活引发的疾病发作、那些打击和缓冲器并非没有得出任何结果。尽管花了很大的力气，我还是受到了伤害和削弱，退守幕后，不想和那些人有太多的瓜葛。慢慢地，堆积如山的债务也就显而易见了。催付信来了，威胁、账单、执行通告来了。我以奥托·席利[①]的名义回函。我想请他做我的律师，我在信中写道，他必须重新提高反对国家的嗓音，正如当年审判"红色旅"那样。彼得·劳厄[②]的一封信同样姗姗来迟。

[①] 奥托·席利（Otto Schily，1932— ），德国内政部长（1998—2005），德国社会民主党党员。
[②] 彼得·劳厄（Peter Raue，1941— ），德国律师、艺术赞助人。

那封信里说，我不得再接近出版商翁塞特-贝克维茨克多少多少米。我无耻地回答道，很乐意，这本来就违背我的天性，而我还出于与人方便，慷慨大方地给那家出版社免去了福尔曼的那个短篇《苦艾酒》的译文稿酬。在写信过程中，我取消了劳厄的一个个学术头衔，对"西柏林纨绔子弟"的那张脸极尽嘲讽之能事。那是一个不明白自己绝望的绝望者的笑话。

依然站在我一边的，是我的经纪人罗伯特。我每周两次顺便上他那里吃饭，在那里和更有抵抗能力的人联系。如果发给代理方的邮件太过火、漏洞百出，他马上显得忧心忡忡，打听我是否又"加油"太多了。他开始负责我的财务，而且还管这事长达两年之久，特别是在接下来的抑郁症期间，整个财务破产的程度很明显的时候。有时我坐在代理方的厨房里，不断地敦促那些女员工，如果有可能，我自己也要多干点活。因为写作了多年的小说《病人》突然就要出版了。在和苏尔坎普出版社发生纷争之后，我找上了柏林罗沃特出版社，回过头看真是幸运。现在就是要写完这部小说，集中剩余的注意力，必须聚精会神。说也奇怪，我在躁狂阶段创作的那些段落，恰恰不是这部小说碰壁和失败的插曲，更确切地说是过渡文字，几乎成了补白，情节工具，它们事后在扰乱我。我写作，仿佛自己被牵着鼻子走。

人生，著作，一切都受到了损害。我在考虑，哪些叙事文字从风格上并没有受到损害。这本小说和那本小说《3000欧元》。相反，所有剧作差不多不受影响——为什么？因为它们必须在几个月之后产生，也就是说在疾病期间是无法产生的。因为只有轻度躁狂，也就是说轻微兴奋的作者才能在阵发期间生产出可读性和可乐性的东西。真正的躁狂症患者只能瞎写和胡闹而已，我也是这样。绝大多数东西受到了损害，部分摆脱了我的控制。我在《肿瘤》中看到后面的一些故事，犹如在看一份疾病报告一样，它们归根结底也就是疾病报告。不，我根本不看，我只是想起它来。一个年轻的精神病科大夫对我说，那本书应该成为未来精神病科大夫的必备书目。我猜想，这是恭维，同时也是同情的明证。

双相障碍站在我和我希望成为的一切之间。它使我希望过的那种生活成为不可能，即便我对这种生活几无概念。它使劲摇晃我创作的那些书。而现在，如果或许有人自问，为何这个家伙如此自恋地对自己的文字尽说废话，那么回答是：因为那些文字目前就是我的生活。因为除此之外我几乎没有一种生活。或许将来有一天会有好转，或许不会。

有一种多样性由《肿瘤》展示出来：从更确切地说是古典的短篇小说到做作而怪癖的中间小说，直至实验性的疯狂。由于被真实性所害，这种多样性我无法修改、区分和增订。我不能追踪我打算做的事。我未来要做的事，我重新想掌握的事，是古典的显示所有的特点、阻力以及漏洞的东西，不过恰恰也是：这种信心十足的叙述。在此之前我觉得这是不可能的，我不得不累死累活地研究这种完全该死的人生情结。或许它以后会成功。这就是全部的玉米田，它们还想一跃而起成为爆米花林。

48

　　只是：我生活在用药中。而且我也在用药中写作。它植入句子里面,它钻入结构深处。它阻止了选词。硬要经常使用那些可以更改的词语,比如"相当""或许""大约""可能""类似",出于对强烈情感的谨慎,也出于失去同样强烈的情感,出于必要,让一切放在比迄今为止更小的火焰里不闻不问。那种用药,正如通常表述的那样,砍去了尖头,上面和下面,无论是在生活中还是在创作中。它关心新的冷静,设置一个我必须克服的阻力,以便能真正说点什么话。而这种药物还对最后的神经纤维运用自如。这是我的句子结构,本恩博士。

　　正如英国科学家发现的那样,任何疾病的发作,都让大脑物质减少。是压力荷尔蒙还是遗传素质对此负有责任,尚未被研究出来。已经证实的是,大脑在阵发时失去容积,被测试者失足至躁狂发作越是频繁,他们智商测试和语言测试的结果就越是糟糕。因为神经细胞和神经元连接在疾病发作时大量死亡。

　　这意味着什么?我不知道。这只是年龄吗,它让我越来越平静、越来越缺乏刺耳地叙述吗?这只是阻止和留住我的用药吗,这两种都在这种不可溶解的结合里——而且此外我应该如何取得联系?目前这确实是所有酗酒者和吸毒者作家的反面,是他们大力推动,挑起了用词过度:那是镇静剂在说话。那是惰性占用了我的身体,并且阻止了语句的离经叛道。这个好吗？这个坏吗？如果有一次我在晚上忘记服药，或者故意不服药，那么第二天我就在自己身上感觉到另一种力量。即便这种效果仅仅是出自幻觉，但它反正就在那里了。另一方面——如果我在打电话时注意到，自己说话又太快并且发出刺耳的响声，寓所上上下下太过忙碌不堪，那我马上就会错过一次特殊用药。然后我就把药物有力而贪婪地塞进嘴里，都把自己吓着了。

  这里当然和活着有关。若没有这种固定，若没有这种神经萎缩，那就没有我了。药物救了我的命。可是以怎样的代价呢？

49

  我躺在浴缸里，内心从写作中惊醒，忧虑而害怕，我在这里所做的一切，简直都是错的，一次过失，一条死巷，一首终曲——直至我，困死在曲里拐弯的想法里，直至全身都被恐惧攫住，重新变得躁狂，又一次失去一切，现在，马上。那些想法很仓促，碎片式的句子很牢固，一种运动穿越鼓起的脑皮层，可以感觉到，自觉地，它就这样动身了，难道不是吗？我又忘记它是如何动身的。我的心怦怦直跳。然后我看到，在活体内，并且是彩色的，我的大脑由计算机断层扫描图片组成的插图在我身上发出闪光，那些具体的区域在插图上面变化和变色。除此之外，在寒冷而阴郁地睡觉的地方，犹如在美国有线电视新闻网转播的轰炸一样，突然发出耀眼的微光，变成红色、黄色和鲜橙色。我的呼吸更快了。"安静，"我低声告诉自己，声音在空无一人的浴室里回响,"安静,安静,安静,安静,安静。"

50

我疲惫地从那些医学教科书中抬起头来:等级分类、更改名称、最新整理、红字标题、统计数据。如果我知道,对于这些被打搅的传输系统,那些假设的内容是什么,哪些血常规可以推断出哪些去甲肾上腺素分布,然后在边界系统里,在它面临虚脱之前,哪儿或许是细胞压力占优势,哪儿是神经营养中止占优势,那么它们应该带给我什么呢?

而且我真的完全不可能知道,因为它们自己都不知道。它们根本不知道如何起作用,这种疾病,那些药物,都是在黑暗中摸索,只有一些玻璃棚天井,可你越是接近它们,它们却又马上变得越扩散和柔弱。就连那些统计数据也在摆脱自相矛盾、永远崭新却又完全过时的结果,而那些研究提供的数字,永远无法统一起来。现在究竟有多少确切的百分比?如果一个事实来了,那也只是一个临时的标准值。该死的血脑屏障!我无法在我的文字里镇静下来。

许多人从历史上其他躁郁症艺术家身上汲取慰藉,可这种慰藉也和我无缘。比如漫画女作者艾伦·福尼[①],她和我一样,看过凯·雷德菲尔德·杰米森的专著《触火之恋》,该书将双相

[①] 艾伦·福尼(Ellen Forney, 1968—),美国漫画家和教育家。

障碍和创造性的相互关系作为主题——她本人就是躁郁症患者，从中寻找令人毛骨悚然的慰藉，将赫尔曼·梅尔维尔、弗吉尼亚·伍尔夫、亨利·詹姆斯、爱伦·坡、斯特林堡视为"知己"。没有任何东西离我更遥远。人们在生活中遇到的问题，由于类似的情况而成为某些伟大的作家，却再也不会被提及。而且，正如我已经说过的那样，我不会为这一疾病而自负，相反，它一再使我感到震惊、疏远和羞耻。

"你可以排解它吗？"有一个人问我，他声称是和我一样的病人。他烂醉如泥，到处破口大骂。他似乎对他的诊断很自豪，它更多的是作为他模样可笑的爱吵架者的身份证明，而不是在他心里仅仅产生了某种算得上是矛盾心理的暗光闪烁的念头。他没有病，但他庆祝这一诊断。人们只得去排解它，他带着意味深长的目光嚷道，目光凝视着我。然后他横穿房间高声怒骂服务员，用那种拖泥带水说话的独裁者声音，在场的人谁也没有再对这种声音当真。再来一杯红葡萄酒。人们只得去排解它，他又一次说道。

"满怀自豪地去做"，另外一个熟人对我说：你若是要做，那就满怀自豪地去做。事实上，这种在自豪和羞耻之间的摇摆是我人生中的一项中心运动，它和自高自大及自卑情结之间的颤动性质相似。但我不能直截了当地"满怀自豪"地去做。那恐怕就会出现说唱艺人的那种装腔作势和装模作样。那恐怕就会是布考斯基了。他们反正老是跟我说这个人。我必须以另外一种方式战胜它。

我也并不相信这种由疯狂换来的祝福，诸如苏格拉底在《斐德罗篇》里提到的那样，我也并不相信那种神圣的"妄想传说艺术"，像施莱尔马赫文字游戏似的将躁狂症翻译成柏拉图的文字那样。这种妄想不是先知的礼物。这些假原型图片，是好莱坞在愚蠢的标签《天才和疯狂》下由病人们制造出来的，我讨厌它们，因为电影工业只是将它很明显的一部分献给了恶魔化，同时也对精神缺陷进行了颂扬。如果一个人得了躁郁症，那么他必须马上使整个恐怖指令无效，正如美剧《国土安全》中的女主角凯莉，但她的脸上始终是高度烦躁、异常愤怒的表情，却在躁狂阵发时没有干出某些真正疯狂的事来。在电影和电视系列剧中，涉及人员要么是在街区作案的危害社会秩序的疯子，要么是天资很高或者在某领域天资很高的天才，悲剧的是他们的才能渐渐长成了疾病——要么是第三种情况也是最好的情况，而这当然最鼓励害怕了：两者兼而有之。精神病患者在影视文本中往往是作案凶手，他们的强迫症迫使他们采取越来越残忍的行动，他们别无办法，唯有给这个使他们疾病缠身的环境带来暴力并因此明确指出这种被歪曲的正常镜像。当然，这种正常也总是可以从异常中看出来，这种正常往往足以被证实有病了。然而，由于剧情编排和喜爱耸人听闻的消息的原因，这种异常通常被严重简单化和庸俗化了。

事实上，疯子大多是牺牲者，他们不再适应生活，被送入医院或者无家可归，作为被挂了号的神经过敏的人摇摇晃晃地走过街区，或许还被强奸或者谋杀，不过倒不如说是他们自己很少犯下强奸罪或者杀人罪。或者他们是普通人，既不是聪明人，也不是低能儿，他们很容易犯病，然后必须和疾病作斗争。并非所有的一切都是"深渊"。那些人简直太喜欢害怕了。

而即便在艺术家和作家中间有着过多双相障碍的病例，我也很想在这个相当有名望的俱乐部里立即失去会员资格。尽管这种疾病对个体，尤其是对艺术家个体有着不可否认的积极一面，尽管这种轻度狂躁症的内心烦躁能够盛开艳丽的花朵，向先驱者捐献酵素——杰米森认为，艺术家和躁狂症患者都会进行深层次思考，他们可能在两者之间自动切换，彼此融合在一起，因为这种具有创造力的行为也总是包含倒退至精神等级的更原始层面，而其他程序以理性的层面继续有效，轻微躁狂症为此呈现一个特别有效的范围——我很想和它脱离任何干系，而且是有追溯效力地，我再三强调这一点。我很想猛撞这道门，让整座房子倒塌。

这种疾病很可能对个体具有破坏性——有一种新观点认为，它也给社会带来好处。不仅是艺术家，也包括科学界、政界和经济界的英才中也有相当可观的一部分人，常常被这种疾病更为柔和的形象击中。如果说有诸如社会进步的事情发生，那也是他们共同推动的结果。具有讽刺意味的是，尽管那些纳粹分子，在优生学的"清洗"运动中杀害了千千万万个我这样的人或者强制他们绝育，但在三十年代的一项研究中，他们甚至也不得不承认躁郁症这种疾病对社会有着有益的作用：精神病科大夫、"种族卫生学家"汉斯·卢克森布格尔对此解释说，这种疾病在高职位和受过高等教育的人数超多，这也正是为何他要劝阻对这些病人采取绝育措施，尤其是当病人没有兄弟姐妹的时候，他们有可能传递着生物遗传的积极面。四十年代早期美国的一项研究（而且美国人在二十世纪初就是优生学领域的开路先锋）在同样的课题中，即双相障碍病人在"社会成功"圈中的分布，得出了一个更为飘香的却是类似的结果：假如我们可以并且愿意将那些患有躁郁症的精神病人从这个世界上清除出去的话，那么我们将同时放弃一种"不可估量的财富，包括能力和才华的，精神感染力和温暖的以及革新的财富"。

其他人则说：这只是尼安德特人的遗产而已。

51

然后我在酒吧里认识了一个芬兰女人，在我们长达数小时的对话期间，她用机器人一样机械的英语对我的想法提出挑战，我对自己，对疾病，对我在这个世界和社会所处地位的想法。她从我的言语中听出了我的自我谴责。她对此表示反对，虽然不关她的事，但完全不费解。究竟我为何想到必须让自己越来越适应整个痛苦呢？为何我就以为我当时设想的一切都是错的呢？究竟我为何认为就必须克制自己的愤怒呢？还有，为何我就不会越发坚定地完全以我的方式、完全以我的存在要求我的权利呢？

她如果看到本书，或许就会恍然大悟。然而：我们几乎利用一天时间说来说去，说去说来。我从来没见过比她更固执己见的律师。而到最后，这种方法对我真的受用了好几个小时。

当然这种疾病还有"更好"的另一面。人们可能谈及这是自己的深度问题，它将疾病补充进生活、思想和感觉之中，人们可能谈及这是一种存在的混响室，如果没有这些经验它或许就会保持锁闭状态。我通过超越它，因而彻底研究了我的感觉和思想的界限，和人类的边界区域和彼岸领域取得了联系，而我之前顶多可以隐约意识到它们的存在和特性。我熟悉我的深渊，了解我的凶恶。荒谬绝伦的是，有些人居然羡慕一个人发生这种情况，羡慕一个人"特别"拥有这样一种命运，或者很想亲自"真正出窍"一次，将一切抛在脑后，"像你那样"。我可能甚至主动"走进"躁狂症，我一定是果断地找过它，这种指责有时流露出被过度分析的一面。面对所有的灾难，那是深不可测的，但重新表现出针对病人的无知，包括被那些熟悉精神缺陷的人。甚至那些涉及者也并不总是看得真真切切：由于受到镇静剂的作用和需要重新适应，有些人在面对灰暗的日常时仍然重新渴望疾病在他们身上引发的那种紧张。我只能说，我现在了解到了那些我原本觉得陌生的事物，那里有着直观的丰富知识，它们可以随时为我所用。我知道自己的痛苦加深并提高了我对他人的移情。疾病将我引向既可怕又富有知识的地方，而我现在了解到我所生活的这个社会整个光怪陆离的方方面面；由于被这些地方约束住了，或许我对这个社会的压制还有着更为强烈的敏感性。疾病可能已经永远战胜了我。不过或许也正是它违背我的意愿地使我成了作家。

52

我想起我把一辆购物车拉到柏林国际会议中心前的人行道上面,车里有电视机和其他物品,尤其是图书和电缆。(电缆和电视机我至今还有)我为此很气愤,或许对这一毫无意义的行动,或许对我一无用处的命运,然后猛一推,购物车就冲到我前面去了。车子发出戏剧性的叮当声,以很大的弧度驶向沥青路面,然后差点儿倒下。汽车司机心里有自己的想法。他们也可以这么做。他们从旁驶过时可以鉴定我那古怪的愤怒。我"并没有"向他们挥手示意。我的大部分东西还一直放在集装箱里。我讨厌那只集装箱。贝尔特拉姆说,可以在那只集装箱里好好拍一部《作案现场》的电视剧,比如一桩谋杀案。说得对,我以一个脾气火爆的警官的声音说。

我不再知道自己生活在哪里。一切都破灭了。我使劲抬起购物车到轻轨。结果差点儿没上去,因为一只轮子卡在车门和站台之间的空隙里了。然后我用力一推才成,这一推是在我背后开了一枪。我以一个麻风病人的自豪感,捕捉到了乘客困惑不解的目光。

我想起了我买的许许多多电缆。到了某个时候,它们在我的房间里形成了偌大的蜘蛛网般的电缆世界,一条真正的海怪,它在危险地生长,无法再解得开,完全不适用于忙碌的双手。

其中一根电缆我以后还想要重新改变它的用途。

我想起我的女社工索尼娅，她是唯一还能使我平静下来的人。她来自汉堡，我喜欢她单调却很温馨的态度。当我的头撞到盥洗盆上出血，实际上是我用我的额头打碎盥洗盆时，她才认识到我一定是又犯病了。我对这事产生了怀疑。她并没有看出我整段时间一直处在躁狂之中。我可以伪装得滴水不漏。她开车送我到医院，在那里伤口被缝合了。我还从未见过我房间白色陶瓷制品上有那么多的血。

我想起马克斯，那个侏儒。他还是孩子时就受到过虐待，是否也包含性侵，尚不清楚。他是驼背。他对着走廊叫了一百遍"妈的"。当有人向他提出问题时，他完全心平气和、温文尔雅地回答。

我想起那个相识的人（我损坏过他的车棚）在酒吧里咧嘴瞅我，津津有味地挖苦我，现在我真的走到了社会梯子最下面的横木上。我自问，为何这对他而言这样就得到了满足呢。

我想起如何把这一切放进小说文字里，那部小说叫《3000欧元》，而且它如何首先通过这种虚构的方式，通过那些和现实毫无关系的章节搞定了。

很多东西我已经想不起来了，但时隔很久之后我还想起那个鉴定教授，他说躁狂症患者可以想起一切。他说得完全不对。从这方面看，他的整个飞黄腾达的生涯是中了魔法的，丧失了继续发展的可能。

我想起母亲那些持续不断的传真，她转寄过来的那些催付信和通知单,随同那些油腻而无用的注释以及"待处理"的标识,仿佛有什么东西会因此改变似的。此外是用图画表示的问候,太阳和乌云,笑着哭着。

我想起我的两部手提电脑是如何被偷的,一次是在一家咖啡馆里,因为我要去上厕所,心想不会出事,我被所有的善神保佑着;一次是在轻轨,我因为筋疲力尽而睡着了。他们偷走了我的整只包。我想起在和一个臆想中的恐怖分子寻衅之后,如何在"红玫瑰"这家反社会小酒馆里,被诱入圈套中,根据沃尔夫冈·米勒的陈述,这家酒馆重新把海纳·米勒①看作他们永远的客人。我们应该出去,那个臆想中的恐怖分子说,我想,好吧,我跟着他,然后一名同伙在路上朝外面伸出腿来绊我,我一个踉跄,另一名同伙手伸进我的裤袋,掏出皮夹子拔腿就跑。他们本来彼此就无法区分清楚,那名女官员说。

我想起同时遇见四个妓女的疯狂,她们分别站在左右两侧,然后两天后在红绿灯的地方又见到其中一个妓女,她对我挤眉弄眼,哈哈大笑。

我想起在普伦茨劳贝格某地的一个夜晚,我在那里迷路了,在雪地里,在疲惫不堪中找不到方向。那时候,我太六神无主了,都无法向人打听那条路——再说又是打听哪条路呢?我又为何如此六神无主呢?到处都是发出嘘声的格言和刺眼的标语,虚假的新闻和抓狂的新闻速递。我可以酌情将媒体世界视为送

---

① 海纳·米勒(Heiner Mueller,1929—1995),德国剧作家、诗人和散文家。

给我的唯一礼物——或者视为巨大的恐怖，视为彻头彻尾的折磨。暂时一切都是折磨。

此外，我在前一个晚上受到了指节连环铜套的威胁。我好几天一直在外面，没有方向、知觉和目标，筋疲力尽地坐在轻轨上，突然莫名其妙地遭受两个年轻家伙的袭击。他们中一个以某一种理由对我施以指节连环铜套的威胁。人们疏远我们，从他们的座位上站起来。我用语言镇住那两个家伙，然后在下一站急忙下车，冲进众多风暴的格鲁纳林区，继续奔跑，直至终于可以跑得越来越慢，因为看来他们不再跟踪我了。泰根与莎拉①的音乐在我的 MP3 播放器上播放。一场难以置信的风暴正在预谋中，树木和树枝摇曳不定，奔向四面八方，黑夜活着。我继续好几个小时地漫游，穿越林区，穿越暴风雨，因为我不敢再上轻轨，尽管我对那些动用指节连环铜套的家伙什么都没做，完全什么都没有做，但他们肯定会捕捉到我的蛛丝马迹，然后真的会把我击倒。他们究竟有什么？究竟说到哪些"姐妹"？妈呀！那些人是疯了，警察也不敢说什么。警察虽然持续不断地注意到我，但如果我本人受到威胁，他们也不会当真。这段时间这个世界和我水火不相容。还能问谁呢？反正谁也不在大街上。唯有寒冷如刀割般钻入我的四肢。

我不知道自己身在何处，看来我是在原地转了三圈。我穿

---

① 泰根与莎拉（Tegan and Sara），加拿大女双胞胎独立摇滚乐队，1995 年成立于卡尔加里。

得也是太过单薄了，不是哆嗦，已经不再哆嗦，而是冻僵了。我体内的发电厂无法再温暖我。到处都是冰天雪地的景象。克劳斯·佩曼①对柏林剧团前缺乏分散能力很反感，他在电视里说，那些人跌倒在他的剧院前，这是又一起丑闻，这样是不行的，他以佩曼的方式谴责市府。而事实上，我也跌倒了，在这儿租房子的无望之中，然后我重新站起来。牛仔裤有一个地方褪成黑色了。出事了，胫骨上有一个伤口。上哪儿去？终于我在底楼有了一个落脚之地，那个屋子刚刚装修过，房门敞开着，我重新找到了一个黑漆漆的房间，房间里存放着油漆桶和两把梯子。我是如何找到这个庇护所的？我现在已经不知道了。我可不是简简单单地走到了这里？在建筑灰尘中间，在各种仪器和芬达饮料瓶之间，我坐在一张椅子上，立即被粉尘染白了，顿时睡意全无。房间里面几乎没有比外面更暖和，一切苍白而呆板。

53

我想起了接下来的那次搬家。索尼娅设法为我弄到了一个住所，在另外一个协会，几个月之后，只要从那个临时落脚之地搬出去就行。我在那里也渐渐觉得不舒服，身体上不舒服，我不得不时时留神那两个小年轻，他们表面上以哥弟相称，却在私下里

---

① 克劳斯·佩曼（Claus Peymann, 1937— ），德国戏剧导演，目前担任柏林剧团团长和艺术总监。

经常把其他住户的房间倒空，用他们从其中一个护工那里偷来的房门钥匙。因此搬家正是时候。为此需要过好多政府部门的关，需要提交好多的申请，才能仅仅重新把照料落到另一个协会名下，连同新的护工和新的规矩。已经好久不去指望有个自己的住所了，没有钱，带着债务和闻所未闻的信用偿还能力评估。

我们由西向东行驶，途经水堤和林荫大道，我感觉自己走在正道上，坐在索尼娅的菲亚特车里，后备箱里放着一些必需品。可是，正如马上证实的那样，我误入了一个新机构，那是一个戒瘾协会。他们对躁郁症患者没有任何经验。我没有一个地方是对的。可是没关系，我想；不，那就更好了，我想：终于我不想被人照顾了，我只想要自己的"居住单元"。而我现在已经有了。住所又回到了克罗伊茨贝格，仅仅由一个小房间、做饭角和厕所组成。但这是一个进步。虽然我现在很想为错过的照料操劳几天，而且它将会如何令人心情烦躁，我又将会如何诅咒它——但所有的一切就是要走出第一步，回到一种至少表面上拼凑到一起的生活。

这种生活已经被包抄和围困。堆积如山的材料不断增长：一体化协议，延期付款提议，提供服务合同，个案管理报告，购买需求通知，免除保密义务声明，福利程序告知，福利恢复申请，承担费用表格，通过诉讼保护权益，执行通知。一项令大夫心烦的专业鉴定证实，躁郁症精神病是可以查明的，采用在躁狂症渐渐减轻时（ICD10F31.1）当前轻度躁狂的状态图连同慢性酗酒（ICD10F10.1）。我对治疗没有足够的了解，我没有用药，我没有能力在"对未成年人财产法院照管义务，关心健康，用于康复疗法的居留决定权，在当局、法庭、机构以及居住事务面前作为代表"这些范围内处理我的个人事务。必须考虑到一种慢性的疾病过程，行为能力本来明显受到限制。鉴于拒绝了福利，我无法展示足够而理智的认识，想必无法足够了解我的健康状况和个人情况。

但是，从语言上和我取得一致，那是有可能的。

54

克罗伊茨贝格，这个我们生活的、我们创造的乌托邦，在这个春日，它是多么光彩照人！我在红灯区里走着，多年前我和它难舍难分，完全自然，出于本能，却对和我们联系在一起的命运一无所知。我急匆匆地穿越格尔利茨公园，走过大桥和道路，我觉得它们犹如一只我很熟悉的钟表构件，我头晕目眩地撞倒在上面，而且正如我感觉到的那样，已经越过时间之外。《法兰克福汇报》上的一篇小短评将这座城市想象为钟表构件，我现在对此抱有同感。然后我说出那些街名，到处可以看得到它们，好让人们更好地分辨方向，我因为它们的存在而感到愉悦。它们有多少解释呀，单单它们的声音就多么美妙呀！

一切自有其意义。回过头来，我现在对这个社会和个人舞台的理解要好多了。当然，那个人只是对那个评论出口气而已，为的是保护我们所有的人不受真相损害，而且任何争论只是由于无法挽回的情况才出现，这种情况如此错综复杂和令人困惑，谁都无法明白也无法将它表达出来。

现在我和一切和解。最棘手的相互关系依然在另外一盏灯光下熠熠闪亮，在这盏春光中，充满着光芒万丈、生机勃勃和新生事物。我残缺的童年从这个角度看才可以理解。我原谅所有的人，并感到高兴。我们恰恰还可以如此防止这种灾难，可现在目的达到了，乌托邦日益临近，处处都将会是天堂般的景象。而克罗伊茨贝格的灯光温柔地挥霍至四面八方然后重新回来。

55

那是在二〇一一年春天。也就是说，我还一直发疯着。躁狂症现在持续了一年多。它已经根深蒂固，不再受到我的询问，无所谓我还是不是弥赛亚。偏执狂的视野自然而透明，在所有的知觉中很细薄，但不再扮演重大角色。它就像薄膜一样，黏附在感觉和想法上面。

疾病只是渐渐平息下来，但终归平息下来了。我们俩彼此都筋疲力尽了。有时，它还抗拒着，然后我和它一起抗拒着，其结果就是拆除了几块外后视镜，我后来当然为此站在法庭前并且赔偿费用。或者是一个有点荒唐的生日盛宴，那是我在饭店里安排的，陌生人在场，但也有老朋友顺便过来看望我，他们以疑惑的目光打量我，其中就有阿洛夏。有时我还用酒精激化我的情绪，暴跳起来，辱骂在PJ哈维的一次音乐会上缺席的尼克·凯夫①，但只是很短暂，几乎不值一提。我像只癞皮狗一样，在位于弗里德里希大街的"莱茵代表处"餐馆待了好几天，占用了那间吸烟室，在那里工作，在我面前放着那台备用手提电脑。格拉斯真的突然露面了，我对他发出"你真丢脸"的嘘声。我给自己买了一件屎黄色皮夹克，放在洗衣机里洗了，用喷洒液以斑点的方式把它染成蓝色，把它撕碎，直至它全身只有一种不像样的蓝黄斑点的补丁，然后我激动而自豪地穿越大街。可那些路变得更短，那些愤怒变得更有气无力。波涛来得更少，也变浅了。可能只消数周之后，我终于要崩溃了。锂药理应加速这一进程。

56

艾拉走进了我的生活，我非常喜欢她，甚至爱上了她。至今我还在问自己，她从一个躁狂症患者身上找到了什么。她似乎在那里看到了什么，一些值得保留和令人喜欢的东西，尽管因为我有时还在主办那些事情而内心激动。

我开始服用锂药，因为这是艾拉要求我做的。罗伯特也对我提出了这个要求。阿洛夏则一如以往，我的新大夫也迫切地推荐了这个药物，他出身于慕尼黑中产阶级家庭，有点自命不

---

① 尼克·凯夫（Nick Cave，1957— ），澳大利亚音乐家、歌词作者、诗人、作家、演员和剧作者。

凡，我对他要比对之前大多数的大夫更有好感。此外，这位圣黑德维希医院主治医生的话事后也发挥了作用：这里谁也没有真正赚钱，我告诉自己，引用他说的话，这是一种盐，它是大自然的东西，我告诉自己，然后被制药厂后母般地加工过。所以我终于还是取了药，在我新居的小厨房里第一次服用它。我还知道，数分钟之后我想象着果然感觉到锂药对我的大脑产生了影响，我的颅盖下面稍稍有点发痒。我走到海军上将大桥下面，感觉很痒，心想，现在一切都不错。

海军上将大桥一直以来是我们的一个会面地点。我作为住院治疗的病人在那里定期和阿洛夏、克努特和帕特里克碰头，二〇〇七年春天，每周五晚上，和他们一起抽上一支烟，一起喝掉半瓶啤酒，以舌头沾上啤酒花视为自由，好在一两个小时之后我可以吧嗒吧嗒地拖着脚步走过三百米远回到医院，重做病人。后来，当我还算康复了，我们保留了这个会面地点，直至那里被游客和骗子挤得水泄不通，我们不得不打了退堂鼓。

现在，我独自坐在那里的一个系缆柱上，仰望着热情地发出微光的天空，真的在想，会好起来的。亮丽的感觉似乎回到了我的脑海里。

而且也真的好起来了，却是以和期望不一样的方式。数日之内，这个早就僵化的妄想结构化为尘土，我几乎长达一年半时间一直被它捆住了手脚，而且那些过度的感觉终于窒息而亡。突然之间，住所成了正常的住所，男人成了男人，女人成了女人，而真该死的是，一首诗只是一首诗而已。那拥有所有的一切的许许多多平面消失了；只剩下一个唯一而光滑的毫无影射的表面，所有现实中最无耻最明显的现实，这种赤裸裸的物质。对着上面注视的目光是僵硬而呆滞的。强烈的疲惫感向我袭来，那些感情沉入麻木之中。

他们先是再也认不出我了。所有的人都掉转目光，但不是做作，不是被迫，而是干干脆脆就是这样。他们把自己的想法藏在背后，走着随机而普通的路，夫妻或情侣，四处的路人，在大桥上和公园里失散走丢或者独来独往，而当我不是用心放在他们身上时，我们的目光并没有相遇。人类不再关注我的一举一动。这使我如释重负，却也使我一头雾水。他们所有的人似乎完全正常而陷入沉思地从我身边走过。这种事我已经好久没有发觉了。但我还是排挤这种新的观察，偏执狂在我身上大发脾气太固执和顽强。这就是说：我不排挤它，不，偏执狂简直越来越少地起作用了。我预料到有一些东西变了，但并没有让它更深地渗透到我的想法中，并没有使它无情地成为认识。意识还没有领会它的时候，被追踪妄想就渐渐消失了。它干脆就是原来的样子，我的头在嗡嗡作响。那是些慢慢开窍的日子。

我继续渐渐领悟到，有一些我曾经拥有和坚持过的观点完全不对。那个问题"又疯了吗？"拼命想挤入看不清楚的思考之中，但一直没有得到回答。那是一个模糊的过程，它在那里发生，没有突然产生的认识。那些感觉同样处在昏昏沉沉的状态。我变得更疲惫，越发疲惫起来。如果可以就睡觉。少思考。

最近几个月，对，去年整整一年的思考是妄想和错误，这种怀疑一条条地凝固成了无疑，不过它还没有成熟到成为认识。这个不对，那个也不对。我还把一切想象成什么了？我已经忘记了。我又忘记了，于是躺下休息。那么多东西不对。一切消失得无影无踪。

如果这样的情况合该发生在读者身上，以至于他或者她发出呻吟然后心想，别又是犯病了，别又是呈螺旋形地进入抑郁症阶段，那么他或者她可以获得确信：活着的人无疑不会以另外一种模样出现。

这就犹如看漫画书，脑袋被击中了一下。被击中者躺在角落里，万颗金星在他的脑袋四周回旋飞舞，目光茫然不知所措地望向虚无，试图聚集起来。渐渐地，他苏醒过来，思绪只是部分地有了着落，然后常常在被击之后，一种新的认识出现了，这种认识要么走进疯子或者天才之中，要么走进常人之中。脑袋里懒散的金星飞舞引领我重新走进常人之中，可它就像休克一样向我突袭而来。

在我对名人的痴迷之中还剩下最后一个躁狂的残余，我还知道这件事。特伦特·雷诺的《社交网络》荣获了奥斯卡最佳配乐奖，正如我能读懂他在致答谢词时的唇语那样，他显然将这一奖项献给了我。我站在黑漆漆的做饭角，仔细思考着。无论如何，我心想，他还一直站在我一边。一切以某种方式离开了，可他还站在我一边。毕竟他将他的奖项献给了我。我们一定可以马上合作了。哦耶！

57

"然后当然是**特伦特强迫症**,这种强迫症在小说里成为主题也属合情合理。九寸钉乐队是自一九九五年直至今日唯一始终陪伴我的乐队,持之以恒,在摆脱两种精神疾病之外,然后在它们仍在继续期间。它很无产,它很糟糕,它是双相障碍,它很辉煌,它很吵闹,它很愤怒,它有瘾,它很难堪,它是青春期,它很温柔,它很危险,它充满仇恨,它反对爱情,它伴随着损伤,但一切不同于无情,但一切不同于只是受伤,它显示了伤口,它吼出了仇恨并且最终自食其果,它很黑,它很刺耳,它很天才,它很原始,它有病,它也很伟大——它恰恰是迄今十五年来让我感兴趣的东西。正如也被外界看出的那样,元肿瘤转移中的傲慢文体学家自以为高人一等,纳博科夫始终飘浮在我头顶上空;在生活真正绝望之中,特伦特·雷诺始终做我的后盾。它很黑,但因为黑,它在真正的黑暗中是唯一的亮点,只是一种幽灵般的亮点,磷火般突然发出亮光,或许是淡绿色至少是苍白的微光,不过是唯一及时的微光,还是最后存在的微光。只有当健康状况良好时,我才能阅读纳博科夫;一旦健康状况欠佳,我只能听听特伦特·雷诺。这方面的原因应该追查;不,不会追查,不如说它们应该被显示出来;不知什么东西。因为它们确实也在小说里扮演着知名角色,那个主角是九寸钉乐队的粉丝,这是巧合。他作为我,我不是作为他,他已经作为他,我却是永远不会作为我。"

(摘自二〇一〇年一月五日博客)

58

  我站在那里,朝放着两只盘子的黑色格层望去,然后停住目光。什么?没错儿。特伦特穿着黑礼服站在那里,手里拿着那个奥斯卡小金人,对着掌声咕哝着答谢词。没错,果真如此。我倒在床上。

  至少。至少这个合作就能实现了。我和九寸钉乐队,那是发出黑光的反乌托邦、心灵恐怖以及电子音乐的激动对垒着整个肉身结构上的抑郁。

  然后,只持续了一分钟,那种幻觉也散去了。他把奥斯卡奖献给了我?他没有。那是怎样的胡闹,我如何会想到这个?他可是完全不认识我。多尴尬。

  最后的残余消失了。我站起来,环顾四周。我明白,真的一切,我想了数月的一切,完全是虚假和疯狂的,一种毫无节制的变化多端的幻觉,脑子里的一头怪物。我怎么会想到这所有的一切?我试图挤掉它,因为突然之间,我也意识到了我的行为,以及这种行为的后果,以及后果的后果,它们统统立即使我陷入恐慌之中。

  我继续环顾四周,在这个陌生而无聊的房间里,几乎没有家具。这儿一只柜子,那儿一只床垫。几个箱子里放着物品,那个不客气的二房东在年中时轻蔑地将它视为"垃圾",现在还要进一步废弃,进行随机选择。做饭角丑陋而窄小,旁边是又小又暗的过道尽头和混乱不堪的材料。我在哪儿落脚?还剩下什么?

我坐在那张破旧的大书桌椅子上，吸气，屏息。这一定是一个新怪癖：屏息，在自高自大的身体内保持紧张，创造濒临死亡。反复地屏息，刚刚有意识，马上无意识，自动地，在写作中也是：直至句子结束。

外面的后院，还有另一个该死的后院在这个敌对的城市里，这是柏林著名的后院之一，它们就像毫无意义的拼图游戏一样从我身边走过。

呼吸转身，屏息然后持续。安静。

59

我生存的依靠被夺去和冲走了。我没有银行账户，没有自己的住所，只有债台高筑和官司缠身。我被人照料，从官方上说是无家可归者，而且"精神残疾"。因此，只要目光敏锐，就可以看出端倪。眼前没有幻想的面纱和黏状物，因此，它到头来也是完全客观的。

现在我到了我还从未去过的地方：在"被人照料的居室"中的一个单人间窟窿里，可以使用，没有家具，带着原房客的痕迹，冰箱上面有标签，墙上有污痕：被挤到了边缘。我把一个满是窟窿的床单铺在床上。由于缺少窗帘，我用夹克衫和连帽衫遮挡那些黏糊糊的窗户。我坐下来抽烟。

如果我说我被催逼了，那是假的，因为归根结底，出现我这种状况的原因当然在我自己。这里是我行动的结果。可我感觉自己被这一体制束缚着,被生活排除在外,被国家方面降职和强制执行了。接下来作为"资助"被贴上标签的,将仅仅是一种自动管理,并没有真正看得到所谓的重新划入。我朝冰箱看去,那里面的灯光在发挥作用,地上不明来源的污斑已经干了。我考虑究竟要买些什么,好把冰箱装备起来。除了牛奶、乳酪和黄油之外我想不出其他东西。我关上冰箱,第三次才关成,所有的一切都被用坏了,我离开屋子,好在更放慢速度的情况下熟悉周围环境。

这真的几乎犹如一场战争。一种蛮横的几近猥琐的比较,可他必须如此:作为在此期间被治愈的疯子,我现在只是类似的战争牺牲者,从轰炸中逃出家门,被驱逐后走上流亡之路,没有落脚的地方,遭遇抢劫,丧失了自己的全部家产;我的内心也没有财产,因为我喜欢和阅读的绝大多数东西,被疯狂的辐射污染了。这个疯狂是在一个人自己身上发生的毁灭性战争,那里没有任何疑问,而健康状况非常糟糕的人,他将在生活中多次经历这场战争,越来越难以解脱。

60

此刻向我侵袭而来的悲哀,要比以往更冷静和乏味。一切都以更虚弱的形式存在着,一种恐怖的"似曾相识症"。与此同时,这种悲伤如此敏感地筑巢住下,以至于我和它融为一体了。我所做的一切,都由它陪伴着。我犹如麻木一般过了几周几月,可仍在继续干下去,以某种方式继续。那些最后剩下的人在我周围舒了口气:他终于安静下来了。而抑郁症把我拉下水,外加那种永远彻底毁掉我的生活的安全感。

这种悲哀至今依然是我的一部分。它变成了我的生活的基本阴影,即便在各种不同的细微差别中,有时作为深黑色,没有语言和目光从那里传出来,有时只是作为撤开那些东西的中性灰度滤镜,我可能几乎对它不理不睬,如果我只是专注于颜色的话。或许将来有一天我要摆脱这种悲哀。或许这个时代,但愿,能有"一次"站在我这边。

而且和这种不幸的程度相比,我不得不感到惊奇的是,这一次我做到了这一点,而没有再去医院停留或者存在自杀企图。

61

这是因为有了艾拉的缘故。她在这几周、这几个月里一门心思地操持我的生计。有时她顺便给我带来"儿童饭菜",油煎鱼肉块配上土豆和蔬菜,是她的两个女儿剩下的,有时我们去看电影。然后我们又干脆坐在她的长沙发上,说说话或者看上一部系列剧或者朗读一些作品,然后我们在城市里穿梭,吃个早饭,随后在施拉哈特湖畔散步。就像无聊的正常状态一样,这里可以看到的,是类似奇迹的东西。因为只要想一想,那种正常其实离我很遥远。黑色和虚弱是普遍存在的。可是艾拉还是帮助我，顺便抓住我不放。她似乎在那里看到了一个人，此人还根本没有在那里，或者不再在那里。他既不在她认识的冒失鬼这里，也不在现在我应该成为的谦恭的弱不禁风者那里。或者不，在模糊的形象中，或许在某些手势里。不管怎么样对艾拉是如此。

这事写起来要比它的本来面目更轻松。因为这是一段艰难期。脑子在抑制它可以去的地方。戏剧女导演安德烈娅·布雷特，同样罹患此疾，以其典型的消灭一切的形式，她在一次访谈时说，人们将来必须使那些记忆客观化（她这里指的是躁狂症，但这也同样适用于抑郁症），因为否则人们根本无法对付它们。写完本书后，我也得重新着手这件事。我的意识必须封锁起来，将那些阶段从我现在这里分离到它本该去的地方——如果可以的话。

我的心情变得阴郁，跌落成越来越深的黑色调。黑就是黑，有人想说，可是不，黑可以变得越来越黑。电缆重新发挥作用。如果现在艾拉离我而去，我不知道会发生什么事。这是叫人害怕的事，人们几乎不愿设想这一点，一种无意识的敲诈，它不符合任何一种意志，那种敲诈就这么随随便便发生，本身就是毫无人道的。她试图通过在网络中熟悉疾病文学，收集有关锂药的信息来控制住精神负担。一个理论的轮廓可以帮忙，但无法脱开赤裸裸的症状特征的事实帮忙，脱开在那里存在着的一堆痛苦。

而且正如有一次我们到一个给予灵魂帮助的应急场所去那样，晚上驾着车，为的是和某个人说话，和外面的随便什么人，他或许可以给出主意，可能给予一点小小的慰藉。我们在和这个乐意给予灵魂慰藉的女牧师交流，她几乎以依样画葫芦的方式行事，我们当然对她要求过高了。那么这真的是她戴的假发吗，它类似扭歪的长卷毛狗，在她语言的节奏中颤抖？我的目光已经厌倦了一切。我已经没有耐心，不再对我，也不再对他人，可只能让时间悄然流逝。我对这个疾病的了解可是要比在官方咨询点的那些人多得多。他们应该告诉我什么？可单单走上这条前往应急场所的路，稍稍给人以希望，也是一种信号：两个人，联合起来，为我们俩，在一起。

这是一种爱的尝试，它在习以为常的马上愈演愈烈的吵闹不休之外也还得和这种障碍作斗争，即恋人中的一方成了自己和他人的负担，成了一只秤砣，把一切往下拉，无辜地悬在那里，不再摆动，最好被一只陌生的手夺去和扔掉。我坚持着，和艾拉，她和我一起坚持，而当她已经无法忍受我的时候我依然在忍受她。于是，非常离奇，最美的时刻出现了。

很遗憾的是，由于服用锂药，我得了相当严重的痤疮，在脸上和背上蔓延开来，然后安营扎寨了。正如人们看到的，这种可能因为盐引发的副作用发生得很少见，但还是发生了——为何就不能发生在我身上呢？朝镜子里瞥了一眼，色彩鲜艳得异常。与丘疹和脓疱周旋了好几个月，人还发胖了，头发掉得越来越多。思想集中不起来。当我到巴黎领奖时，艾拉在颁奖前用胭脂盖住我身上的痤疮。授奖会很难看。正如我截取网络看到的，我似乎发表了演说，我现在已经想不起来自己的演说词了。两国的文化部长站在我旁边，我在完成我必须完成的某些事。葡萄酒来得真是时候，我直接来了个一饮而尽。唯有在音乐厅边上一家饭馆和艾拉吃的那一餐，是对付出的劳累的奖赏，而尽管我之前几个小时号叫似的穿梭在大街上，但巴黎又成了一个城市丽人，回复到了她原来的模样。

最后，我不得不调换药物，因为已经开始出现小疤痕，而那个痤疮却没有消退。我渐渐减少锂药的用量，服用丙戊酸作为替代，这是一种抗癫痫药物。这种药物我至今还在服用。

那天晚上离开派对回家时，在艾拉坚持让我住在她那里之前，她出于愤怒撕破了我身上的衬衫，在过了这样一个特别灾难性的夜晚之后，由于人事不省，又没有很好地适应这种药物，我尿湿了她的床。这种事我还从未发生过。那是大自然和那些药物给我怎样的一种屈辱啊。次日早晨，我发出了大喊大叫声。

艾拉以相当顽固的方式拯救我。我欠了她一些债务，但以某种方式偿还那些精神上的债务是成问题的，如果人们想完全将它们视为债务的话。我要是给她太多，她会将它们扔掉，我要是给她太少，她将索要所有的一切。基本上我们彼此依赖，以一种兄妹乱伦的方式。她和前夫生有两个女儿，她们暂时一再破坏我们结合的有机发展，因为她们不想接纳我，因为我也没有和她们为伍。我自己真的还是一个孩子，一个生长过火的厌世的孩子，个性发展被精神疾病严重干扰。我们彼此依赖，却只是一起随时提取。

时间压在我的心灵上，尤其是过去和未来，更少的是现在。我们恰恰还可以如此制服、表演和填满现在。只要一个夜晚还算得上美好的话，我就把它视为一件大事带回家去，装入我的箱子里，可以稍稍抑制一下痛苦。那个时刻总是崭新如初，始终是我们的时刻，有时还有着一些解脱的东西。甚至一声大笑都可以为自己开辟道路，而不必马上对自己产生怀疑。因为艾拉很幽默，是自发的、自嘲的、滑稽模仿和玩弄语言游戏至不可思议的幽默。在我痛不欲生之下，如果她愿意，她还可以引我傻笑。而如果她不想，那也没问题。

　　我发觉，当我哭泣时，她常常偷偷地一句话也不说。我很少哭泣，可一旦哭泣，那我又成了非马戏团里的老丑角，落到她脸上的，对，落到她身上的所有脂粉都被融化掉了。可后来我们哈哈大笑，走进电影院，然后我们或许睡在一起。因为我们做爱。

　　艾拉希望将来有一天我重新成为一个完整的人。这一切只是暂时的，一项我们要经受的任务，一次过渡。希望人们必须足够长久地等待，使自己学会忍耐，直至崭新而美好的生活成为可能。直至我们成为完整的一对，由两个完整的人组成，有着一个将来。

　　有可能是我让她的希望失望了吧。我不知道。我们后来分手了，由于其他原因，或者也由于这些原因，谁能说得清呢。那是三年时间，至少，而如果一个人不必避免激情，那么他恐怕可以将她称为救命恩人。

62

"喂！一切都不行。"那些便利店，那些路。那些商店的悲伤，我的故乡，灰色保护色。艾拉来回进出的通道，那个唯一的生命意义，被隐藏了，真的没有意义，简直是一种本能，从这里穿越垃圾吸入潮气，因为这个可行。那边是我可以重新破译的灯箱广告，而不用看那一百个关系的十个说明。对甜食产生的新鲜而又儿童般的乐趣，每天，用手抓人造的色彩斑斓的橡皮糖，根本不是橡皮糖，不，它是蓝精灵，坚硬的蓝色的化学制品。以某种方式有效的所有的一切：橡皮糖两周时间，烘焙的杏仁糖两天时间，夏天是冰淇淋球，有时是酩酊大醉，享受饕餮大餐。信件，催款通知，法庭传票，欠债。对"你身体好吗？"这个永恒的问题越来越讨厌。对性欲失去兴趣，对创作失去兴趣。"动物共同体"乐队那些歌曲里的亢奋，对我来说已经永远失去了。可是，愈来愈增长的稳定性和连续性，尽管所有的空虚以及面对所有的空虚。这种我始终必须战胜的阻力，以便完全和其他人建立联系。不过然后就没有问题了，大多是。

债务。它从四处压过来，最近几个月，任何一次讨厌的报纸订阅都变成了无数的威胁。我给《时代》周刊写些小东西，同时，《时代》周刊的财务部门又在催我支付订阅费用。很快获得又很快挥霍掉的贷款，也使亏空愈发不可收拾。这一切令我想起十七岁时的假期打工，我站在"哈里波"橡皮糖公司的机器旁，这些机器将甘草纤维卷成著名的蜗牛。大多是一个无聊透顶而又悲伤的工作，有些瞬间由于无法解释的原因突然被各方面的混乱不堪占据着。或许是一个滚动轴有一点点弄脏了，这就是为什么那里突然之间出现了一头匆匆忙忙的甘草怪物，通过异常的旋转，运用闪闪发亮的黑色触须，这些触须幼稚可笑地来回挥舞，而当人们刚刚把纤维引至下面的桶里，目的是要清洁那只轴时（甘草精继续流入桶内，将桶装满），他们就已经惊恐地发现，那些甘草怪物也在其他机器上生长起来了，它们就像有点精神失常的风滚草或者激动不安的波利犬那样手舞足蹈着，乌拉！乌拉！不行，它们放纵地向四面八方嚷道，究竟出什么事了！原因恐怕一定在于一群甘草改变了浓度，我告诉自己，然后来回奔忙。只有非常忙碌之下才能制服这样的混乱。可是接着，当这十六个线轴最终重新不动声色地吐出那些令人恶心的干草蜗牛时，人们甚至可能重新评价这种悲伤。无聊然后成了幸福，至于甘草的味道渗入皮肤后无法洗干净，也就无所谓了。

　　上述的债务怪物普遍地在我周围不断增长，乌拉！乌拉！不行，他们嚷道，我们来了，我们在增长和挥舞。如果我暂时将一头怪物置于沉默之中，那么接下来的怪物就会兴高采烈地在其他地方兴风作浪。不过，当一群怪物的平静在"哈里波"那里只持续大约半小时的时候，它在债务那里却可以延续多年时间。其实他们也根本没有叫嚷，那些怪物，那些债务。还不如说，一种沉默的恐怖从他们那里开始，那是成百上千封信件和法院通知，它们一声不吭，但越来越掐断我的咽喉。可它是可以做到的，我现在知道；这个没问题。

那些日子自动地和我分离。意识无法使所有的一切统一起来。时间也在过渡家园里：居住在那里的显然是另外一个人而不是我，即便我分享了他的记忆。我将他视同电视连续剧里的主角，我可以和他特别打成一片。

63

那种谨慎害怕其他的私有主义，而这种私有主义涉及其他人，不仅仅是我。不过还有这一点：阿洛夏又成了我的好朋友。最近一次，我们成功地重新彼此亲近，各尽其能。他始终站在我一边，在某一个地方进去很深，或许有时甚至都不知道，尽管有着各种各样的并发症，它们也对我们的关系至关重要，尽管有着不平衡、紧张和冲突，它们在没有这些考验的情况下想必也会带来数十年的友谊。即便家人的命运遭际遇到了问题，虽然迥异却是可以对比的，但他认识到上述灾难的逻辑。我们不再是同类人，但我们在。

我为此感到高兴。

64

日子月复一月地悄然流逝，我跟在它们后面吃力地前行。我的情况总是反复出现：生病，生病，依赖别人，生病。我翻译小说，遵守纪律却又冷酷无情，完成了我的定额，在街区周围走一圈，回来，骑着从易趣店拿来的自行车出去，这是真正的一堆废铁，或许上艾拉家去，干点儿什么事，日复一日，所有核心的东西都没有了。每周我不得不和照料我的女人见面，她在每次治疗结束时给我一个"中国式的祝福"。我还能更虚假地活着吗？这些照料我的人不明白我说的任何一句话。他们自己可都是曾经的吸毒者，这个可以从他们的外表看出来，他们如此说话，用他们八十年代的红灯区德语。他们当然不是这种人，或许，但我在冷酷无情的憎恨发作时如此想道。他们并不是我的帮手，只是那个屋子帮了我的忙，但不接受治疗就不会有屋子。那些对话在自说自话，旷日持久，且毫无意义，每周都要反复一次，可一点儿收获也没有，没有，没有。我必须从这里逃离。

我能做成此事，也要归功于罗伯特。他在组织方面帮助我走向正规。这段时间自然而然越积越多的债务被堵住了，分期付款协商好了，每月的部分稿酬支付给我了，担保也有了，翻译任务也拿到了。当根据初级法院的决定，某一个来自施潘道区，身材粗笨、不大能值得信任的律师作为照料者被指派给我之后，我们又成功地把他开掉，而让罗伯特亲自代替他承担这一任务。我们每周相约聚餐，一个小小的活动，他在坚持着。

有些日程安排我搞定了，比如《病人》图书首发式。正如已经描述的那样，我满怀绝望者的镇静站着，演讲和半开玩笑的回答，脱离了抑郁症，真真切切获知，假如一个人什么也无

二〇一〇年

法失去的时候,他可以发挥怎样一种幽默。镁光灯,汗水,恐慌,观众阴沉的脸,都无所谓,都无所谓。还有几场朗诵会要举行,我几乎坚持不下来。我咬紧牙关,干脆干下去,在穿越德国的火车上越来越沮丧。这一切可什么也不是,我想。这一切可什么也不是。那里有风景名胜,而我在这里。那里有沾沾自喜的人,而我在这里。那些树木,新鲜,却死了,那些人,在那里,但是走了。这究竟应该是什么,所有的一切。

而首先是我。我应该是什么。

65

还有究竟这个社会对我的疾病起到什么作用的问题,以及这种只是越来越详细地提出这个问题的认识,都永远无法回答出来。又没有罪人,只有罪孽,而罪孽永远只牵连到我自己。排斥机制,阶级差别,屈辱,紧紧抓住不放——以其他形式呈现不会有任何结果。假如我至少可以相信哪些神灵的话,那么我一定会指责和咒骂某个神灵了。可是我不相信。它无非就是本来的模样,我的目光落在湿淋淋的烤肉铁钎上,气泡从被烤成棕色的肉里冒出来,德籍土耳其裔小贩在那些人后面讨厌却又友好地嚷道:"请吧!"铿锵有力地磨快他的刀,然后心不在焉地瞪视那些从身边驶过的汽车,汽车对大街的潮湿发出嘶嘶声,而大街的潮湿也对汽车发出嘶嘶声。一切依旧,没有任何东西还像从前一样。

66

我们输掉了官司,这使我的债务继续增加了,而我们提起诉讼是为了在遇到这些债务时取得先例。我到后来应该把它虚构到小说《3000欧元》中。我得了最严重的椎间盘突出症,也许是,因为一年前我如此着了魔似的在挎包里装着手提电脑和图书穿越城市和乡村。有些人也提及这是变态心理的结果;我不是很清楚。至少我是无法再活动了,既不能躺着、坐着、站着,也不能走路,而且在长达三个月之久努力服药、打针、理疗以及付出耐心之后,最后不得不进行手术治疗。身体有着自身的报警系统。遗憾的是,发出警报晚了太多。

我几近无法在病房里说话。那些自豪地展示后背上大面积手术疤痕的病友,他们那么精神饱满,以至于我觉得自己犹如一个与世隔绝的自闭症患者。艾拉每天看望我;阿洛夏也过来看我,带着他暴躁然而热烈的气息。

我重又搬家了,在一年半之后,落脚在新克尔恩,很久以来第一次住在自己的居所里,因为我前女友一个女友的女友报告说对面的屋子空置着。罗伯特在必需的担保书上签了字,并向物业管理人员解释道:"是的,托马斯得过病——但这样的日子过去了,已经过去了!"

尽管椎间盘突出症做了手术,我的身体还是伤残的。走路稍稍有些瘸腿。我的精神和那居所一样没有家具,黯然失色,自我怀疑地和自己对峙着,一方面对太草率和强烈的想法,另一方面也对镇静状态和无精打采抱有怀疑。如果感到高兴，我就克制住自己，早在快乐出现的瞬间就不动声色地把它收拢起来。如果做白日梦了，我就无情地重新唤醒自己。当忧伤向我袭来，我干脆闭上眼睛，等待它消失。只是别太高兴才是！只是别陷入悲伤之中。这是一种拉紧手刹的生活。虽然我可以重新全神贯注，策划新的计划，强迫中止写书。但我已不再是一个完整的人，恐怕再也不会是。

我痊愈了，可我依然是病人。

二〇一六年

1

至关重要的是,后来在银幕上可以看到什么,维尔纳·赫尔佐克的电影《我最亲爱的敌人》如是说。我在那里不再如此肯定。我的银幕是我的书,但它们到最后帮不了我,而生活在悄然溜走,我恰恰是如此束紧它。可能我只是生活在写作中,这也就是为什么本书不仅是一份病历,一份有着盲点的自我牺牲,而且也是类似负面的迷你文化史,一部反成长小说,其实本应是那本《病人》的书:也是一场心酸的小丑表演。

不过,本书中的问题差不多已经解决,但生活中的问题还远没有提及,即便正如前面这些问题一样,它们是同时发生的。

2

我住在新克尔恩。我讨厌这个城区。每次到外面溜上一圈,大街小巷里那些没有表情的、被酗酒掏空了的面孔,使我的心情像被霜打了一样一蹶不振。他们展示着毫无生命的眼神和因为负荷而被扭曲了的嘴巴，此外还有不会少见的沾过酒精的爆米花鼻子，所谓的酒糟鼻，内部开裂、红光闪烁的花椰菜大鼻子，以及完全稀疏而破碎的头发，却被一条橡皮筋修整成一根细辫子，如果可能的话，这根细辫子理应引发克罗伊茨贝格的堕落选择。有这种辫子的人和那些没有辫子的人，满怀沮丧，屈从于生活，他们摇摇晃晃地走街串巷，似乎和我一样讨厌新克尔恩。人们可以从变得呆滞的脸上、从破损的超市购物袋上、从廉价的糕饼上看到这一点：在这里，一切仅仅是毁坏的现在，而未来在最好的情况下也无异于简单的重复乃至死亡。在这里，谁也没有出卖自己的灵魂，不，灵魂简直丢失了，或者它从未有过。那些移民要比在克罗伊茨贝格更与世隔绝地独自生活着，正如和那些西班牙和美国的艺术家游客一样，为城区各不相同的冷漠做出贡献，那些游客成群结队地闯入新开张的咖啡馆和酒吧，固执地置身其间，以便马上又作鸟兽散。在这里，谁也没有真的和他人有过任何交集，那种心情要么被刺激得很痴呆，要么糟糕得很麻木。网吧鳞次栉比，有几个是水烟吧，据说那里主要是洗钱的地方，然后还有一家购物广场，那里蔑视人类，对未来冷漠，塞满了令人奇怪的商店。然后又是很快拼凑起来的酒吧，那里有着矫揉造作的拼图游戏的人们，"充满自我"，尽管如此却还是那么空荡荡的。

3

  生活自会留下印记。这种永远真实的废话在我的病例中特别有效。这种很寻常却至少还存在着的吸引力，它在我二十岁到三十岁时还得到过证明，却迷失在我一堆外表越来越臃肿的烂肉里。那些药物也起到了推波助澜的作用。它们应该拯救我，可同时又在和我对着干。过去的那些年里，我一直虚胖，很长时间都超过一百公斤。曾经年轻人那种相当敏捷的身体，却因为经年累月的药物作用和麻痹过度而被迫变得不平衡和笨重，它们周而复始地给身体制造更多的麻烦：其结果就是长得介于昆汀·塔伦蒂诺①和一点点《星球大战》里的赫特人贾巴之间。那个连带出现的痤疮还始终时不时地侵袭到我的脸上。我睡得太过漫长和劳累，无法享受任何一个梦。可我不得不睡觉，尽可能睡得多，以免重新犯病。我的性欲趋向于零。我毫无兴趣地打量异性，如同富有教养的市民在打量艺术品，至少很高兴，但没有贪婪。可如果欲望出现了，我大多干脆让它自生自灭。而且同样毫无兴趣地，对，带着毫无兴趣的反感，我熬过我那毫无雄心壮志的生活，如同熬过一场没完没了的义务活动，而我大多蜷缩在那些活动场所。即便没有药物和治疗，所有这些事情恐怕也可能会发生，但这种怀疑再也挥之不去，即那些化学炸弹持续损害我的身体和精神，并且把我作为人质拘禁起来。

---

① 昆汀·塔伦蒂诺（Quentin Tarantino, 1963—　），美国电影导演和作家。

而这个每天以小小的硬币支付的赎金,叫做正常状态。

疾病让一个人在真正的时间面前变老了数十年,无论是身体上还是精神上:损耗加速了。与此同时,不成熟的核心在内部闪烁,这是一个反对所有发展并且坚持停滞的部分。这是那些时代的遗物,在疯狂和药物接受那些时代之前,这是一个被封闭的无法领悟的自我残余。他渴望过上原来的生活,在不受那种意志的影响下坚守这种生活,坚守自己。因此人们虽然变老,但不会成长。

4

我的疾病夺走了我的故乡。现在我的疾病就是我的故乡。可现在身体好转了,越来越好了。我终于舒了口气,两年以来。并非所有的一切都是疾病,不。人们也可以完全正常地和我说话。我马上将清偿最后剩余的债务。等到有一天,我得把文件整理归档,了结所有的一切。然后,新的居所来了,但愿它是漫长时间里的最后居所,而且终于,谁知道呢,这部长篇小说,它能满足形形色色的需要。这是迄今为止不可能做到的,因为我那该死的人生总是挤入文学,疾病掺和其中。我没有挑选这个人生主题。

一年半,两年,两年半:加起来六年。双相障碍偷走了我六年时间。我其实才三十五岁,可从身体上看是五十三岁,而从内心看则是交替的,时而七岁,时而七十岁。

5

这种阴影无法如此迅速地消除。人们既然在其他人身上可以诊断出一种抑郁的恶劣心情,那么也可以在我身上——在这些情况和变形之下——提及这是一种稳定不变的精神状态。其他人可能会上医院,我会去看电影。我对很少东西感到满意,只愿意可以继续下去。甚至重新想到了体育锻炼的可能。

因为自我折磨也仅仅是向左转的虚荣心而已。而且偏执狂是特别病态的自恋形式。应该就此结束了。

可我害怕的是,我将在长达数十年的孤独之旅中失去很难获得的躁狂和文化技术,作为一个有着从拔头发直至屏息的无数怪癖而被赶走的怪人勉强维持我的生活。我害怕继续失去我的内心生活,正如我失去了我的书籍一样。当我想起我的那些老电话号码时,一种不相称的悲伤就会向我袭来,可是新电话号码却不想进入我的脑袋里。当我喜欢想起那些新电话号码时,我想到的只有老电话号码里的部分号码。这使我疲惫不堪,并且表明我的脑袋在哪儿生活。

而且,它真的还梦见了它们,那个脑袋,它梦见了我的书籍,在漫长的未来派的梦里,在和解的幻觉中乘坐着没有尽头的地铁专线,它带我去参加书展,但我参加这些书展,不用很积极,而只是作为客人,他把他的几只大包装满,直至包里再也装不下任何东西,包里装的是图书,全是珍贵、精美而且是新鲜出炉的样书,等到了家里才会好好挑选一番。另外,在那里，在书展上，我遇见了所有的人，所有的人也早就原谅了我，我向他们展示那些我们一起感到高兴的图书。

6

然后是这种醒来时的贝克特瞬间①，这种从打瞌睡状态进入完全虚无中的惊吓，赤裸裸的恐慌是其结局，被惊醒的神经错乱，毫无意义的忙碌不堪迷失在某些漫不经心的行动中然后因为抽烟而获得平静。但那里就是它，这种生活。那里没有更多的东西。这就是一切。这就是你，赤裸裸，在存在中，只有肌肉和颤抖的文字。一个外人或者一个动物或者恰好是这个世界的那些看法，人们必须匆匆占领这个世界然后纯粹出于恐惧马上又离开它：这种人类获得解放的人类思考。两只眼睛，神经，声音中的信号。

这些想法在最近几次朗诵会时也落到了我的头上。我在那里陷入惊慌失措之中，它又一次使之前出现的所有惊慌失措的时刻黯然失色。突然之间，我无法说话。我一句话都说不出来，并且呼吸过度。观众们无可奈何地坐在那里，直瞪瞪地望着。一位女士给我留下了葡萄糖。一位记者后来写道，我的"言语行为能力"显然降低到了"绝对零点"。它可能和虚构和自传的模糊不清有关，以便当涉及那些迄今为止的文字时，我可以做到不完全诚实，可以一再掩盖主人公和作者之间的亲缘关系。

---

① 意指脆弱、无聊、赤裸的生活。

或许在这里尝试的身份可以帮上忙。但或许我也完全无能为力。

这究竟又该如何成功：一个来自境况艰难的工人家庭的孩子，被阴险的皮条客聪明地把持着，被纳博科夫打发到爱好文艺的圈子里，被学业的空谈理论把持到不复存在的地步，然后，尽管家族遗传的危险还横在脖子上，难道就合该成为一名作家，或者怎样，一个幸福的人？你还是省省吧！

我最大的安慰是：大夫的经验表明，这种疾病目前始终有可能痊愈，对，甚至是惯例——只是我们不知道，究竟是几月、几年还是永远。精神病和偏执狂的基本特点是它们不会成为慢性病。那种疯狂几乎始终只是瞬息而过，罕以永远的神经错乱或者痴呆告终。疾病只是慢性的，以复发的形式出现。它只是在威胁。威胁着，威胁着，威胁着。

我在阅读那些医学书籍及其预后诊断时，时而会产生最好马上离世的冲动。因为尽管有药物，这种旧病复发的比例如此之高，以至于我害怕得简直愿意就此长眠不醒。阅读这些书籍，我的心跳先是很急促，然后悲伤地停止了。

在流行音乐、诗歌、电影里有一种承诺，那是生活根本无法满足的。正因为如此，我坚守着这一承诺，只是从外部观察我的生活。阿尔诺·施密特[①]曾有言："艺术和幻想的世界是真实的世界，剩下的全是噩梦。"

最好还是回到虚构中，马上。会的，会的。那些画面重新

[①] 阿尔诺·施密特（Arno Schmidt，1914—1979），德国作家、翻译家。

彼此聚拢起来，然后渐渐合而为一。

7

汉堡，肩胛骨：我必须重新寻找那些让我爆发躁狂症的地方，好祛除它，使它无效。比如"第二大厅"酒吧，那里有一个名叫哈根的服务员。但也有其他的小酒馆、酒吧和饭店，我从它们旁边走过，我在它们前面停住。只消一瞥它们就被消除诅咒了，至少有几天时间。碰到人就没那么简单了。

8

回到了新克尔恩，我观赏了头目摊牌的一幕。本区的两个流浪女疯子之间发生了一次地区争霸战，互相尖利地谩骂，我眼前看到的场景正是争夺高潮时。其中一个女人，在老年妇女的脸上有着一个死气沉沉的男孩的容貌，她在本地街区四处流浪已久，有一年半到两个年头了。有时她对着某个人呵斥，然后开始自言自语，但仍然口齿不清地继续辱骂那个路人；很难分清楚这两种情况。她大多坐在地下室窗户上做填字游戏，到了夜晚她就睡在那里。另外一个女人，稍年轻一些，更精瘦，也更有活力，但明显更疯狂，事实上也感觉到更危险，她到这个地区才两个星期。她已经对我有过攻击，感觉她讨厌自己，讨厌他人，讨厌这个城区。这两人彼此遇见时，我在现场，她们认识到彼此是竞争对手，互相用呼喊声淹没对方的声音。本地的流浪女人马上溜走了，表面上不得不承认失败，走自己的路去了，而那个新来的女人则是用拐杖做武器，跟踪了她一会儿工夫，并且继续吼叫着。然后她就不见了踪影。一天后我还看到那个新来的女人，拐杖成了她的陪伴，她对着十字路口吼叫不停。然后她就永远消失了，那个有着比较年长权益的流浪女人赢了，可以重新搬入她的地下室窗户，仿佛什么都没有发生过。我徘徊在将心比心和厌恶之间，像打量这种不幸的其他人一样变得麻木不仁。我是他们中的一员。而且我也是其他人中的一员。

9

然后，在家里，机器重新开始转动，正如日复一日一样，老旧而过时的仪器装置，在发出哒哒声和咝咝声中启动，以便用那些导线和窟窿送上咖啡和煤气，只有我始终坐在它们的末端，独自消费那些仪器提供的东西，温泉、热水加热器、咖啡机，结痂而陈旧，另外，很差劲的是，贵得要命。我一动不动地站在居所里，一直是上午时候，我细听从暖气装置和恒温器发出的嘎嘎低语的噪音。闻起来有股尼古丁、睡眠和告别的味道。

10

哦，我确实相信

二〇一六年

在你看到的所有东西里
现在看到的要比之前看到的
更好①

11

　　那座图书馆永远失去了，但在我的背上，现在慢慢地，完全慢慢地，一座新的图书馆成长起来。其他人自愿地卖掉全部藏书，将它视为一大进步：手里拿着电子书阅读器，对固定价格预先考虑好成本优化。我是一个老旧的样本，以某种方式，尽管有着各种各样的网络亲和力，我还是一个对文学有着另类的和更为古老的概念的家伙，背对图书馆，呼吸着酒精。作为一个遗留下来的人，我失败了。化石不再有。现在一切可以从头开始。自由由此而生。

　　这个背向的世界，我是不会放弃的。希望意味着：永远不再犯上躁狂症。但它喜欢再一次把我扳倒和轰走，然后作为某些水母般无骨的东西遭到冲洗。我将重新获得骨头。假若我再犯一次躁狂症，但愿有人将本书塞进我手里。我若会再次陷入疯狂之中，也会将它视为命运来接受。我说的是在经历第二次躁狂症之后，我可能活不过第三次躁狂症。可我还是活过来了。

---

　　① 原文为英文，改写自美国歌手猫女魔力（Cat Power）的一首歌《我找到了一个理由》：哦，我确实相信／在你说过的所有话里／现在说的要比之前说的更好。

我很想重新活下去。我可能又想要自杀,将来有一天。不过之后我将继续活下去。

然后那一行行文字犹如祈祷。